紫丁香唯美书系

ZIDINGXIANGWEIMEISHUXI

本丛书集合当代最富才情的美文女作家{她们给读者带来一次从内容到语言的芳香之旅

女作家用温暖的笔触关注少女青春期的成长

关注生命体验在清新灵动的文字背后蕴藏着意味深长的价值

引导每一次读者以花儿一般至善至美的心去看待世界 对待他人 面对属于她们自己的那条成长河流

一渡青晖映落夕

千江有月◎著

敦煌文艺出版社

图书在版编目（CIP）数据

一渡青晖映落夕 / 千江有月著. -- 兰州 ：敦煌文艺出版社，2013.6

（紫丁香唯美书系）

ISBN 978-7-5468-0541-2

Ⅰ. ①一… Ⅱ. ①千… Ⅲ. ①散文集－中国－当代 Ⅳ. ①I267

中国版本图书馆CIP数据核字（2013）第128901号

一渡青晖映落夕

（紫丁香唯美书系）

千江有月　著

责任编辑：董宏强

封面设计：三合设计公社

敦煌文艺出版社出版、发行

本社地址：（730030）兰州市城关区读者大道 568 号

本社邮箱：dhwy@duzhe.cn

本社博客（新浪）：http://blog.sina.com.cn/dunhuangwy

本社微博（新浪）：http://weibo.com/1614982974

0931-8773084（编辑部）　　0931-8773276（发行部）

北京泽宇印刷有限公司

开本 710 毫米×1000 毫米　1/16　印张 12　字数 190 千

2013 年 9 月第 1 版　2013 年 9 月第 1 次印刷

印数：1～5 000

ISBN 978-7-5468-0541-2

定价：23. 80 元

代序《船头明月，船尾夕阳》

——小西

江南落了一晚上的雨。心血来潮想去买烧饼，街市还无喧嚣，偶见一店家门口的几缸睡莲开了，安静自在，似又有些俏皮，如同春草池塘深处毛色嫩黄的小鸭子。很自然地联想起千江的文字，有着莲花高贵的质地，含着些睡意，睁开眼来，却又是满脸的天真纯洁。《荷开的声音》是她早期的一篇散文，读完了以后，我望着满书架子的书，哑然失笑，这么多高深莫测，正襟危坐的文字，差不多都要败在这小女子的手里了。伊人漫不经心地写：“时常觉得，一些生活的感觉是很可取的，譬如觉得鱼会游泳，地板很干净，饭白，碗漂亮，衣服新鲜，钱很多，轻轻的对白，都是很有意思的事。所以我对于半夜里跑出去看荷花，没觉得半点不自然。”这样的起笔，原以为伊人的赏荷文会写得吊儿郎当的。可没料，她却认认真真地写道：“闲书里是说，可听到轻微的拔节的声音，想是记错了，花开是伸展的，一瓣一瓣的分离，直至她们认为足够美丽。而花与叶之间，再鲜艳茂盛，也应当留有落眼的空间，来盛贮芬芳。我怀疑花开的声音，是不是芬芳太过密集，而挤压花瓣，慢慢地张开撕磨，产生的回音？如果我想得再美，花瓣间是否有灵魂一定要飘逸出来，断断然而不可抑制，阻挡不住的轻轻的喟叹？那是没有的事，是半夜才想得出的吓人的美丽。”这段文字让我傻坐了很久，突然万分惆怅地想，若世人是一个字一个字地写文章，千江可以一个字掰开两半、三半写，也可以五个字六个字粘在一起写，一切全凭借她的高兴了。这段《荷开的声音》里，仿佛可以听见伊人的文字轻轻撕裂纸张，恣意盛开的声响。这是多自由的境界啊。有时缠着她问：“这些字是怎么写出来的，为什么要这样写。”她很无辜地答：“不知道，真的不知道。”后来我就气馁了，这些问题，就好比痴痴地问风，你是从哪里生成的？风就是风，若是把道理说得这么清楚，那岂不成哲学家了？

初收到她的样稿时，竟然有点失落，仿佛里面的文字被捆绑起来，变得我不熟识了。我原先是一篇一篇地在她的博客里看到这些文章的。每一页都衬着粗麻褐的底子，和宁静的鹅卵石，音乐匣子里又放着温柔似水的《斯卡布罗集市》。其实，阅读是需要时光的，倘若你要让一个人的文字沉淀到你的心灵里去，是需要时光极其缓慢的流逝。最好是在一只小船上，像伊人笔下的那篇《碧潭》。你要坐在船头，读千江的这本书，“然后心很柔软地向下沉，一直沉到水里。感觉到，情感在肌肤上默默流淌。”跟千江尚未谋面时，见过两张照片，一张是她在台湾地摊上对着释迦果凝思，另一张便是母亲，老太太站在田埂上，迎着风，虽是缺了半嘴的牙齿，却满腔热忱地笑着。千江在邮件里写：“你看，我跟母亲有多像啊。”我强忍笑意，心想千江真是有趣，哪有一个正当年华的女子，会拿母亲年迈的照片这样得意地宣扬，你看，我跟母亲真的很像啊。在《元宵，母亲和海棠》里她这样写母亲：“十七是父亲的忌日，外面仍然很热闹，家里也很热闹，姐妹们都来了。大姐吵着五月要到五台山出家，四姐嘘嘘地附和着，我觉得她们的信仰都有些刻意，没有我母亲智慧。我母亲吃花斋，每月要吃九天素，有时往口里塞肉时，大叫一声‘今日忘记要吃素!’，然后瞪着眼睛咽下去。偶尔给我大姐发现，便怪责，母亲就很委屈地说‘我是忘记了，不是有意哩’。是啊，母亲就是忘记么，世上哪有什么事都能记得的。时日久了，在她的博里便经常读到诸如此类写母亲的细节，教人心地柔软。有次跟友人聊天，大肆感叹家世渊源对于一个人成长的意义，如今想起来，真是肤浅。千江对母亲的心意仿佛是夏天枝头上的红樱桃，那株樱桃树无论是绿是青，是长叶子还是落牙齿，都是美好仁慈的。“这样诉说一片一片的记忆，发觉原来我的心底也是文艺的。我现在心里还是有一只鸟，它的丛林正在荒芜，但依然飞不到它的海洋。这是多么无力和怆然的一首歌，有一回启程在苍茫江面上，却不曾远去。我把年少一切的愚蠢和天真，把半辈子不能放肆的流浪的心，都化作飞鸟投向母亲的丛林。”《有一回启程在苍茫的江面上》伊人的这段话，让我落下泪来，也许千江是孤独的，喜欢写字的人，大抵都如此，把那不能诉说的心思，都交付给文字。若是文字也承受不了，那还有母亲，给了我们生命的母亲，我们一切的悲伤与欢喜，奔向她那里，都应该找得到源头，骚动的心灵还原成胎儿，蜷缩在那里，倾听母亲心跳的声音。

月季在我毫无防备的时候谢了，被风一吹，落了好几瓣，鲜艳淋漓。在一个帖子里看到二十几张哈勃望远镜拍的照片，楼主悲观地叹息，地球在宇宙里细若游丝，根本不值得一提，言下之意就是连地球都不值一提，更何况人了。我观摩着手中的花瓣，它红得那么具体，精巧，在瓣与蒂的缠连之处，还留了一点月白。不禁莞尔，难道这宇宙的一切，只有用体积的大小来衡量才有意义吗？弱水三千，只饮一瓢。我握着这朵花瓣，对这浩茫的宇宙，竟然生出了抵抗的勇气。喜欢千江描述过的许许多多细小的事物："夏天的雨很糟糕，花蒂沾不住花，刚撑开就掉下来。这样白和清脆的一朵花，落在水里，香气一段一段浮上来。鱼忽然长了鼻子，一个追着一个挤过来。开始时小心翼翼，遇着花就侧身而过。转了两圈，有个胆大的忽然就跳起来，用嘴顶了一下花便触电般地放开了。"《鸡蛋花，昆虫记》这样的情形简直就像一幅儿童画了，画的中心便是那些长了鼻子的鱼，其中有一条调皮的，竖起身子，用它的鱼鼻子在戏花。再比如《明月生》里："八月十四，月色轻轻漫来。天空是青湛的蓝，如母亲碗橱里，古旧竹花碗里盛着的榴枝水，手指拔一拔，一片清凉，让人禁不住遐想起来。"这样的月色，真是曼妙轻柔，好像一朵石榴花当头一记掉到水中央，怎么捞，也是徒然，只留下心痒。

有的时候觉得千江有点像那个写《我的阿勒泰》的李娟，没心没肺却又情感纯真，让人爱也不是，恨也不是。"哥几十年才正经出一次门，却晕车晕得七零八落，去开平立园短短的一个小时，两次眯着媚眼叫"阿五，给个塑料袋来"，真受不了，软弱的，恰似深闺梦里人。"——《开门逐鸟意》。居然把她晕车的哥比作深闺梦里人，真是又好气又好笑。那日好好地在看她在《白云生》里写纳木错的星夜，正看得诗情画意，只见伊人劈头一段："繁星灿烂，个个如斗，劈头劈脸铺天盖地地向我压来，如果我愿意伸手，定可以揽下一大盆来。天地间万籁俱寂，只有我瑟缩的身影，月亮也不见了。我要到哪里方便呢，这银色的世界，这圣洁的世界，这茫茫的世界。走几步，我寂寞极了，屋檐上，水面上，山坡上，地上，怎么只有星星啊。日间的那个狗，那些牛有没有睡啊。那些客舍里的人都在哪里，怎么没有一点人间的气息，谁的梦里，又能梦见今夜的天空呢?如果这时我能碰上一个狗，那一定是雪獒，高原上的精灵，如碰上一个人，那定是雪域上神圣的度母。可是，我要到哪里方便呢?”我笑得差点从椅子上跌落下来，至今没有去过纳木错，如果哪天去了，仰望星空，必定会想起伊人最经典的叹息：“这纳木错的星空如此灿烂，可是，我要到哪里方便呢?”后来，我问千江：“你写纳木错的星空也就罢了，可是抒情的时候，能不能存雅去俗啊?”不料伊人严肃地答：“不行，这样子，就不自然了。”曾经在加油站的口子上，看到一株盛放的桃花，娇艳欲滴，惊为天物，我总以为是可惜了。但现在想来，这就是天地的美好，它从来不忸怩，不做作。大到日月星辰，小到蝼蚁草芥，在天地的眼光里，皆是平等的，谁说过，这桃树，不能生在尘沙飞扬的路边?所以千江的文字是当得起“浑然天成”这四个字的。

我总是想起碧潭，想起那个坐在船头抱住双膝沉思的女子。我不知道她轻蹙的眉尖里结着什么心事，不知道那个穿着浆红碎花布衫的阿姨摇着桨，要摇到哪里去。水流悠悠，仿佛是黄昏了。我听见她对我说：“小西，你见过这样的风景吗?船头明月，船尾夕阳。”那一日，在喧闹的市场，就因为这一句话，所有的心思都变得温暖了。

目录 CONTENTS

第一辑　旧时光 …… 1

我的重阳 …… 2

开门逐鸟意 …… 4

旧时光 …… 7

万里长梦到凤凰 …… 9

初夏夜里的事 …… 13

三月薄事 …… 15

有一回启程在苍茫江面上 …… 41

楼角的月亮飞过去了 …… 52

行落南华寺 …… 57

一渡青晖映落夕 …… 60

第二辑　百花笺 …… 63

清薇，清薇 …… 64

百花笺 …… 66

明月桐花 …… 68

莫奈的村庄 …… 72

铃子，西湖的桃花开 …… 76
加州的天空 …… 79
人间四月天 …… 83

第三辑　白云生 …… 89

苍山月 …… 90
白云生 …… 97
明月山复山 …… 114
吐鲁番的葡萄熟了 …… 115
江上日出 …… 130
巴山雪 …… 136
恒河边的七个日夜 …… 144
山樱背着太阳开放的地方 …… 153
塞纳河畔 …… 167
威尼斯的水鸟 …… 175

第一辑　旧时光

我的重阳
开门逐鸟意
旧时光
万里长梦到凤凰
初夏夜里的事
三月薄事
……

我的重阳

我的重阳，在高山上。

那一年，我携着我的父亲，我的母亲，混杂在潮湿的人流中，去登高山。我的父亲有浅浅的秧青的胡楂子，宽广的脸如长天一样高远。他清旷的气息，落在我胖乎乎的母亲柔和的咿呀声中，如三月奏和的禽鸣一样好听。那时的山门还没有拆建，岁月热闹而又古朴。他鼓励我的母亲，走到山门山寺就要到了，走到山寺重阳就要来了。我背着矿泉水，踏着他们的背影，时光被拉得悠长。

南方的树，十月了还是那么苍绿。台风打不到这里，秋虫在喧嚣声中蛰伏，天空半朵烟浥的月亮，照着人间数不尽的悲欢离合，以及接踵比肩滚滚的尘埃，汽车的尾气拖得飞机云一样长。那年的月亮也是这样清白，只是我还买不起汽车，我们是从家里直接走路去的，到了人多的地方，月亮就模糊了。我父亲说，大伙手里的萤火棒比灯光还要亮，没有灯光也看得见人。灯光和月亮都照得出人的身影，只有萤火棒是照不出的。现在也有满山的萤光棒，我却还是找不到你的身影。

几天前母亲忘记了我的生日，我咿咿呀呀地控诉，你不记得我生日后我们就去登高吗？母亲说她什么都记不住了，包括她心爱的孙子到底在哪一天出世。我父亲就记得住，他乌黑的头发长着一片记忆。哦，我记得他离开时也是一条白发都没有的。

我的头发到秋天就簌簌地往下掉，我也是记不住东西的了。重阳的风簌簌地吹，南方的树色，南方的月色，一路簌簌地掉。荧光棒的光芒越来越远，连忧伤都留不住。

我的重阳，在一夜的秋梦里。

是夜，我蜷曲在小池边，看鱼游泳。我发觉，鱼也是惧怕黑暗的，漆黑时它们躲在石头的暗影里，光亮时，它们就出来探看世界。茉莉开了四朵花，在它们的头顶招摇。它们朝我眨眼，眼神闪亮，如天上的星星。满山的萤火棒都远去了，星星和花朵会来到我的梦里吗？

那个梦里，我很不争气，我一直在梦猪蹄和鸡汤，没有背影，没有鱼，也没有花朵。被岁月纵容和腐蚀的我，一直耽于吃喝玩乐。每当夜静更深，我听见馋虫在肚子里咕咕乱叫，除了叫猪蹄叫鸡汤，还叫一去不回的青春热血，和满怀惊慌。外面的世界总是让人忧心忡忡，我懒散而又自责，心里找不到依靠。

梦里我总在鼓捣，越鼓捣越伤心，我总是鼓捣不出什么东西来，连猪蹄都酱成白色。母亲托人送来的两块中秋米糕，弟弟两个晚上就消灭了。记得那时年年的中秋节，母亲做花生酥，都是父亲负责压成方块的。一大锅花生麦芽糖稠倒了出来，喳的一声，父亲的汗就滴满了脸盆。不知道旧屋里那个四只脚的脸盆架上，雕梁上经年的汗迹是否还在？十月，我种的桂花不开了，山上的菊花也没开。

我的重阳，在梵花下。

那两日，阳光意外的好。光线从白色的窗纱透进来，落在窄小的书桌上，散发微黄的甜香。我的案头堆积着太多祝福的愿望，我愿意一个个化入字里，充满真挚的情意。可是，我真的很少写字了，小西送给我的湖笔，墨汁少点都不行，一点一横干涩的尾巴，如人生碍眼的一处处缺陷。我想把它圆了，却越画越胖，肥大如我母亲生养太多的肚子，想起她念“鞸殺逝…”的时候，那叮叮当当流水欢畅的语调，分明在唱岁月的童谣。

我趴在小桌子上，从日出趴到日落，又从日落趴到日出。花瓶里干枯的花瓣，还有满天星的蕊，一片片飘下来，覆盖了我的重阳。

开门逐鸟意

我热忱地喜爱一些小生物，如跳跃的鸟，鱼，或会走路的小蛙。是青蛙，不是蛤蟆，青蛙叫是时高时低的“喔喔”或“呱呱”，虽然很唠叨，却透着尘世温暖的热闹。蛤蟆则不然，只会阴沉沉地“咕…咕…”，拉长的，憋抑的，在窄黑的巷子里，是最恐怖的了。一个人若总是听到蛤蟆叫，心里一定很幽暗。

一个黄昏，我发现有一只小指头般幼小的青蛙，他似乎是从泥土里跳出来的，撑直两个浅绿色的带黑纹的前腿，蹲在地上不动，显然不怕人。我很好奇，也蹲下来看，我的眼睛比他身子还大呢，他大概还不会叫罢，怎么会这样小呢？可他对我一点兴趣都没有，睇了我几眼，拧了头过去，继续看他的石头。泥土能跳出青蛙来？哥笑着告诉我，泥土能跳出蚯蚓来。又一个黄昏，我听见阳台花丛的角落里不停地吱吱响，声音分明是从泥土里发出来，我立马喊哥，“你听，你听，是不是蚯蚓叫？”“不是，是蛐蛐叫。”怎么蛐蛐也长土里去啊？

哦，我的哥哥，是一个种了二十几年地的纯朴的农民，天天晒太阳晒星星，越晒越白净，脸上还不长斑。每回看着他的斯文样，我就想，合该倒过来，我去种田，他来种花。可是，我种两棵花都种得一塌糊涂，种田会不会种出一地的虫子来？哥对这边菜市场里的菜很有意见，觉得不可思议，“种菜的是不是一日都在睡觉啊，又老又硬又不好看，谁爱吃啊”，他说，他种的菜十四天能上市，叶片儿嫩得下雨能打出洞来。他说话一脸的嬉皮，真是没见个人种田种得他那样得意。他还有一双妩媚的眼睛，认识的动物比我多，能看见苍蝇的后腿比前腿长。但他不认识花，小区的羽毛球场，周围种满了米兰，我和他打球，他一边打一边啜鼻子，“真香啊，这一圈茉莉花！”这米兰和茉莉，外形差了十万八千里，也能认错？他分辩说，“都开白色的花，都一个味儿的香。”我闻了闻，确实也有茉莉般清蕴的香，这米兰花莫非也能冲茶吃？

哥几十年才正经出一次门，却晕车晕得七零八落，去开平立园短短的一个小时，两次眯着媚眼叫“阿五，给个塑料袋来”，真受不了，软弱的，恰似深闺梦里人。我跟他说，开平的乡下是广东最美的，一片片的青青田野，耸立的那么几座苔痕斑驳的楼，多么好看，想想里头再走出几只鸭，一只狗来，又是多么的有意思。有时，门前的翠竹或高高的蒲葵上偶然停下一两只鸟，叫落两三声鸟语，这世界立马就飘逸生动起来。这里是铃子的家乡，我一直都对她充满情意。记得铃子家有一座两层楼的房子，坐落在一片宽阔的稻田中间，窄窄的阡陌总让人担心会把车开到水沟里去。我去过一次，去看那幅蓝月亮的画，似乎后院里还种有两棵果树，一棵是龙眼，一棵是什么呢？

“阿五，这样远，带我来看破房子。”兄妹一个德性，总能在情怀无限缥缈时，一句话一个念头，便生生坠落红尘。“什么破房子，是世界文化遗产，真没眼光。”“什么好物件，屋顶矮到，走几步撞一个头！”哥要看什么呢？他看立园里，修剪得有型有状的绿化树觉得很美，一路上发表建议，这里建个亭就好，这里有个茶座就好。我干脆带他去看万家灯火，当他看见公园里那些树因为灯光的关系，幻化成五颜六色的迷彩时，高兴得像只鸟。这便是万千世界中万千热闹的一种，我纯朴的兄长，安顿在热闹的尘埃里，从来不晓得什么是忧伤。

啾啾，是我母亲用来形容一切鸟的样板的词。麻雀在啄食，母亲说“麻雀啾啾叫”，燕子来搭窝，母亲说“燕子啾啾叫”，花给鸟吃了，果给鸟吃了，母亲还是来报讯说“鸟啾啾叫”。母亲的眼里，世事简单得只有啾啾叫，偶尔的忧愁也是啾啾叫，叫完就过去了。哥出门，母亲交代说，不要去那个小鸟天堂，什么都没有，几十元，只有啾啾叫。哥到小鸟天堂，一边用手机拍天空里飞过的鹭，一边快乐地总结说，“就几只鸟，啾啾叫”，我忽然就觉得很好笑，这母子俩，怎一个模样啊？带他去爬山，他一边拍花朵，一边研究植物。有一种树，形貌都一样，一些结满一串串青绿的果子，一些却半个果子都没有，哥告诉我，“结子的是母的，不结子的是公的”，我愕然，树也分雌雄？那些果子，蒙着饱满的白烟，在阴天里，绿色的里核涨满生命的鲜活，如我的哥哥一样率真。路过一片白桦林，哥不识白桦，指着那些树说“这是什么树呢，气死猴子了”，嫌白桦长得又细又直，猴子不好爬。若此时有猴子，不是气死，是笑死了，跟哥一起真是快乐，那些稚意如孩童一样飞扬。我嫌山里的蝉噪，我们一走近就尖叫，走一步叫三回，哥说，公蝉叫爱，当我们都是母的了，可是，也不必这样不叫死不罢休啊。奇怪，动植物这些雌雄的事，我怎么就不懂得呢？

哥住了十天，就回去了，因为乡里要重分自留地。我说：“阿兄，如果种田太辛苦，俺就不种了。”“不种，哪里能赚钱够活呢？”。记得父亲还在世的那一年，哥翻新房子，我回去，他拍了拍胸口说：“阿五，我房子起好了，你没有钱来拿！”从来没有一个人这样跟我说过，我没钱可以问他要。哥手脚长，走路甩来甩去，母亲有时很忧愁地说：“一个个，瘦得行路啪啪飞，怎么好哩。”我却发现，哥的神态越来越像父亲，我的父亲也不胖。

每天早晨醒来，常听得窗外几声鸟语，推门相见，却总是飞鸿掠影，契意迷离。流光奢侈如同窗外月，陌上花。何时我哥哥的自留地，不再是一摊污水围着一坯巴掌大的黄沙地，有果树成行，有绿畦垅垅，我就不嫌那蝉噪。

旧时光

师姐是旧时光里的人。明天是她的生日，她说她八十八岁了，我褪了尘衫，穿上旗袍，端淑见她。

紫云观的古榕高过青瓦的屋顶，院子里的芙蓉萎了花枝，紫薇的叶子正打红，一些叶落了，一些花就要开。师姐不看这些景色，她喜欢在屋里打坐。她打坐的样子不是我想象的盘膝，而是坐在高高的靠背椅子上，垂着双脚，整夜地坐着，不晓得想些什么。

是不是韶华的烟云，老了又欲来。师姐翻了她二十岁的照片给我们看，那时她在香港玛丽医院做护士，脸上都是青春婉约。我说，“师姐，你现在也很美丽啊。”她的眼睛风姿又清澈，她告诉我，“我可以看见对面山上的树。”我的眼睛没她好，看不见对面山上的树，只看得见一堆颜色。她的耳朵还很灵，我们嘀咕什么她都能听见，害我不敢乱说话。紫云观里也有小鸟叫，不用买门票，偶尔走进来的人都很朴素。

师姐穿素白印花的旧襟道袍出门，我说“你的衣服这么优雅好看”，她就笑了。我们点她以前喜欢吃的芋头白菜，她不领情，说现在不爱吃了。她容易肚子饿，一坐下就催着吃点心，服务员哄她“就来，就来”，她就隔两分钟问一次，问得服务员都脸红。点心上来了，她却只吃一个，那轻手轻脚的样子，好像蝴蝶微沾花露，春花秋月都在指间。婷姐给师姐写了一个文，白袍无尘和白袍不染尘，问取哪一个名字好。我说，当然是白袍不染尘好，这一染就生动有意思了。婷姐不信我，说同事们都认为白袍无尘更好。我问师姐喜欢哪一个，师姐说“白袍不染尘好”，真是英雄所见略同啊。婷姐看师姐想到白袍不染尘，我看师姐想到芳华富贵，她的调子那样清高，我里头包裹的却全是热闹的世俗，正如我穿着旗袍，还好意思对着那盘点心狂风扫落叶，她们来不及吃的，我都包了。

送师姐回去的时候，惊见黄昏的太阳，光影如此夺目。想起师姐房间墙上挂着的一幅字，“一性圆明登觉岸，三才融会步瑶池”，字迹圆明清致，这是成仙成道的美好意愿，不晓得那瑶池是不是比西方的极乐世界更有意思，起码美女多些，总比师父白晃晃的光头来得养眼罢？

回来拿着和师姐的合照，不停地问人，“我有没有出家相?”我的两位姐姐去了五台山还未回来，大姐整天吵着要出家，如果让她传染到就完蛋了。不过，想想距离还是很远的，我对苍蝇，蚊子和小强从不手软，眼明手快，一拍一个准。

万里长梦到凤凰

万里长梦是杨绛的万里长梦，凤凰是桔荷的《夜的凤凰》，我因为过糊涂日子的关系，心有感触，把不相干的两个搭拉到一起了。

昨夜狂雨，无法安眠，伸手抓到杨绛的《我们仨》。书缝夹着红绳书签，是花落寄来的，一幅图两句话，“书卷多情似故人，晨昏忧乐每相亲”，呵呵，恰好半夜里我忧乐了，需要与人相亲。书卷是故人吗，不是，又恍惚是。

杨绛写她每天在古驿道上，一脚一脚地走，带着自己的影子，踏着落叶，杨柳黄了又青了。她做了一个长达万里的梦，这梦掉落在古驿道上，一路上都是离情。我看书已很少忧郁了，这个万里长梦，她原来不叫万里长梦，是我自己给她总结的，就这一个梦，我看了两遍，想了几次，想得眼泪都爬出来了。人世间的情义，并非要激烈到如火如荼才叫人心动，那是鲁莽的情绪，易来易去，偏这样轻轻浅浅的叙说，像春蚕抽丝一样，绵绵不绝，让人的忧戚啊，沉荷到不晓得该如何忘却。

我活不到九十二岁。杨绛的九十二岁，活成了梦，让我在这个夜里，听着窗外瓦棚顶上，一点不温柔的噼里啪啦的雨声，辗转不眠。文字的气息是随着岁月伸长的吗？像杜拉斯，七十多岁写《情人》，笔调也似梦，是不是越老的梦就越动人，梦里都是内容，不用抒情，就把人哄得，心酸软得一塌糊涂。

从来便不觉得雨声有多么动听，多少人的文字写得叮叮当当，一拧可以拧出一盆水来，水里捞不出东西，便如这雨一样，下了就下了，只会吵人眠，不会让人做美梦。新闻上还说，到处水浸。半夜里看搜狐网上的视频，说沱江水淹了凤凰城，便想到那水里的青荇，一定给淤泥掩埋了。如果天亮有阳光，我就去跑步。

天亮是晨光，没有阳光，午后才有阳光。正是榴花红桂花白的季节，因为下大雨，榴花落红，桂花不开，淋不着雨的茉莉又悄悄地结苞，我发现掉到水里的茉莉花总是一下子就不见了，原来鱼是吃花香的。枯荷不喜欢杨绛，说她太聪明，没有女人味。聪明还不好？难道要像我养的鱼，傻得只会冒泡才好？我看杨绛的眉目，清扬端正，和笔墨就很相亲，我是越看越喜欢，我以后老掉牙的时候，也学她穿旗袍去。

雨后又有阳光，很容易让人懒散。因为念及凤凰，午后便翻起几年前去凤凰的旧事。文字和照片都没有，没有文字是因为那时和伊不亲近，寡情少意，而照片还在别人的相机里，没有给我。不意却翻到早些时抄录枯荷《夜的凤凰》的两卷字，越看越泄气。我一直认为，除了书法家为书法而书法，凡笔墨气息，都应和书写的文字相通，若附不上情意，写来做什么。王羲之的兰亭序帖为什么最好，因为文墨相融，情意饱满，意到笔到，这笔墨若放到他人的文章里去，再上好也是一个样板，我看他抄的佛遗教经，字很好，意思却没多到哪里去。杨绛的墨迹便很好，和她的文字很相近。枯荷夜的凤凰，很抒情很放逸，我泄气，是因为我抄的，一点也体现不出她文字的气象。她的情抒得义无反顾一泻到底，那种抒死作罢的架势，可以不要内容，不要文字，“沈从文是否也在这样的一个夜晚，望着川流不息的沱江水，而暗自的怅然过？那些精致而悠然的文字，是否就是在这样的夜晚顿生？其实，这样的夜，什么文字都没有，也是美丽得让你感觉如诗歌如散文的流畅与淡然。不必为此书写一个文字，只因根本无词可以去琢磨，去雕刻，流淌在你心间的，永远就那么原始着，催发着你情思的涌动，让你为她歌，为她舞。”我找不到这样情思涌动的感觉，沱江的水意深，浸了她的心，沱江的水意浅，来不到我笔端。

我不是一个人去凤凰的，我不孤独，我又不喝酒，所以她笔下那些怅怅然的婉约和惆怅，我一点也没有。她喝了酒，独自在夜色里吟唱寂寞，悱恻缠绵，想着这样一个两腮桃红，衣衫荼蘼，眼睛发光的女子，脚下迷离，跌跌撞撞地荡漾在凤凰的街头巷尾，在沱江边无限妖媚地看吊脚楼上的红灯笼和来往的风，便让人十分绮想，不晓得那一年我流连的水中的青荇，是否也窥得见伊人那一种万千招摇的风情？

那一年的四月，我蹲在沱江边，卖莲灯的孩子们哄涌而来，编排各种理由，非要我们买尽他们怀里的所有。我只好坐破脚头，放尽一江莲灯，没有余暇去放任情绪，而我确实也不寂寞，所以无法如此抒情。我是愿意抒情的，我但愿此刻我的笔下，有情意汩汩而来，这样我就可以写出一卷行云流水，不小气，笔意湍湍，清秀而不断绝。但我不能，这不是我的文字，这不是我的抒情，我即便再欢喜，也变不成别人的样子，所以我描绘不出她的情，她的意，这使我有些泄气。

记得在一个夜晚，反复听念瑶柔情款款地，朗读这夜的凤凰，明明觉得这意思到此就要停断了，偏偏又嫣然而来，“心与自然的切合，宛然中演奏着一曲缠绵而悠扬的古乐，凤凰就在这乐曲声中缓缓而来，轻轻的盈握你的双手，带着你穿越时空，行走在自由的角落，释放你的所有快乐和不快乐的情绪，就那么倾然流泻，恣意的，无拘无束。”枯荷是华美的，并不是说这些句子有多迷人，而是其中蕴发的情绪让人无法拒绝，让人愿意跟着她沉溺和飞扬，我想，我是错误的，这文字本不该截取任何一段出来，这会阻断她的气息，也使截出来的这些没有了她本来应有的意义，她是一个整体的，一卷不能停断的华美的抒情。

文字有各式各样的样子，性情有各式各样的性情，所谓美不美，好不好全在于人的真心人的诚意。枯荷无疑是矫情的，而这矫情却是源于本性，她本来就是这样，即便矫，矫的也是真情，这夜的凤凰，又何曾不是，全身心地置于其中，她就要抒，抒到死，你又如何，这为文本来就应当如此坦率和可爱。

我的字写得不好，像我软塌塌的性情一样，缺少力量和坚持。而且我还糊涂，没有坚定的信念，常常觉得这个好，那个也好。这世上，没有恶心到让我吃不下饭，就是好罢，如我觉得，五官端正就是美人，但别人就笑话我眼界低。我不晓得，以我这样的认知标准，赞扬杨绛赞扬枯荷，她们会不会鄙视死我。不过，我真的很喜欢万里长梦，也很喜欢夜的凤凰，这真是两个极端啊。

初夏夜里的事

这几日月圆。正如清少纳言所说，夏天是夜里最好，有月亮的时候，就不必说了。

不晓得是不是月华照久，灵根易长的缘故，这两天茉莉结了很多苞，只一日时间，绿豆大的青苞就长成小指头大的白生生的苞了。茉莉的叶子易长，一饱水就长过眉头。我告诉小西，太长的枝头可以剪掉，不影响开花的。

我埋在藤椅里听青蛙叫。蛙声，短短的，一声挨着一声，一声粗过一声，一点都不细腻，真不晓得那些人如何会觉得，蛙声入梦是诗意浪漫，尘世的蛙声叫到梦里去，估计成了鬼叫的机会更大。想起母亲正追的那个电视剧《晚婚》，我想，这叽叽喳喳的蝉鸣和蛙叫，肯定会吵得李曼娟的妈妈血压上升，里面的奶奶很有意思，让我母亲看得这么欢喜。

初夏的月亮，晚上九点才会伸出对面的楼檐，这时母亲和大姐看完《晚婚》要去睡觉了。大姐夜里礼佛，开很微弱的灯光，温谧透过厚厚的布帘，慢慢爬出阳台来。傍晚时分茉莉才开了三朵，这时又有好几朵半开，清香轻轻地逸来。我的毛病又犯了，以前半夜里守荷花，守茶花，现在居然对茉莉花也想入非非。这么细小，简单的花，开放的过程会不会很有意思？是不是倏忽间，花瓣就全撑开了？

大哥笑我，总想些不着边的事，我对他说，“要么吃茶，不出声，要么睡觉去，”要晓得，一切的花开，都是不经打扰的，不能开灯，不能吵，吵就不开了，“我吃茶，吃茶，不出声。”鲜茉莉下茶，气息酝酝轻轻，细细的香味很有意思，老水仙不经泡，七八遍便淡了，而茉莉香气却未散尽，所以吃白水也是好的。今晚浮云，月亮一下有，一下没有，有的时候也朦胧，没有线条，像块白饭团，借着月色看花开是不能指望了。

若她愿意，一个多小时，就一个多小时，花就开了，这样地就开了。原来茉莉花开，不是一瓣一瓣的，是分层渐开，有分两层开的，也有分三层开的。开始时，这样左边先伸一瓣，右边再伸一瓣，接着，第一层一围花瓣，第二层一围花瓣，渐次同时散开，当花蕊绽出，气味和意思便全涌出来了。

看花时，我像个贼似的鬼鬼祟祟，这样的雅事，轮我来做，怎么就小气巴拉偷人似的，那个没捏好的饭团似的月亮也要笑我了。入夜的蛙声，是叫得越来越响了，对面楼台的灯火已经黯熄。茉莉的思绪要漫过今夜吗？这绽开的花朵，明天铁定成为大姐供盘里的礼物，我没法比她起得更早，我是否要在半夜里起来，等月色，等一夜花开？

半夜两点半，我倒是爬得起来，可惜没有月色，连那个饭团月亮的影子都没有，黑沉沉的，我用手机的光照茉莉，发现茉莉也没再开。难道我种的茉莉，要等我在的时候才开花？想想，这是多么令人快乐的事啊，草木真是有情有义。

三月薄事

换土

三月，虽然天气反常，乍寒乍暖，但阳台上的春意还是忍不住的，从泥土下挺拔出来。石榴花结了很多蕊，开了三朵，水池上方吊盆的植物又缀满了白花，石头缝中的茉莉正长青叶。

我用小铁铲敲了敲泥土，即便是温润的春天，泡在水汽里的日子，花槽里的泥一点也不见松软。我晓得，因为泥土板结了，吸收不了水分，我的花才会越种越瘦。这个春天，无论如何我都要把泥土全部翻起，让花草重生。

一早起来，我便把炮仗花的藤一股脑儿剪下来。我实在不能忍受，年年别人的花开时，我的却在落叶，落叶也就算了，还几年不开花。我想种紫藤，我觉得这个名字比炮仗花好听，估计开的花也比炮仗花好看。是的，卖花的人跟我说，紫藤开时，一大棚一大棚的花朵，听得耳朵也要开出花来。

我因为力气不大，锄不动土，找来了两个大力气的帮手。他们说，你得去买个大的铁锹，还有几袋疏水的碳粒。我说，你们要好好锄，我要种回去的。我种的花都不漂亮，土里埋的全是日子和感情，这些东西真没用，烂在土里一点养分都没有。恰好珍约我打球，我说，“你不要打球，你要来帮我种花”。

我穿黑色的旅游裤，上面糊满了泥巴，扛着铁锹在花市看花。珍笑我，整个的邋遢样，我总不能穿着旗袍来搓泥巴吧？其实穿了也没关系，我只有一件旗袍，白底碎花的，才一百五十元，没好意思穿出来见人，也许可以穿来浇花。我有时很气馁，怎么人啊，衣啊，种的花啊，都上不了台面。

我买了一车碳粒，一盆紫藤，一盆使君子。紫藤要种在鱼池旁边，使君子要种在三楼阳台，那里也有个花架，我兴高采烈地想象，花开时怎样的一屋阳光，一屋灿烂。但当我踏进门时，却发现，花槽里所有的花草已被拔了出来，大根没有了，花头的泥敲得精光，乱七八糟躺在地上，石榴花和角花的花瓣四处飘零。我“啊”了一声，一屁股坐在泥堆上，说不出话来，这花还能种活吗？

把泥土全部翻出来。先在底部铺一层七八公分厚的碳粒，出水口用小石头堆叠，不能让泥土入内形成瘀塞。然后一层塘泥夹一层煤渣，这样才不板结，底下要空间疏透，花草才能长出生气。我把拔出来的花草，一棵一棵重新种上，边种边忧伤，这软蔫蔫的，不活怎么办啊？若活，还会不会长得像以前那样吊儿郎当啊？草木有情，这个词肯定是骗人的。

接下来的日子，我很勤快地淋水施肥。不晓得我买的肥料是不是伪劣产品，淋那么多水总不见溶解。第一天，我念叨石榴花是不能再开了，剪了一次枝。第二天，花蕾的尾巴黑了，又剪了一次枝。第三天，这叶子还站不起来，干脆全摘了。第四天，我站在那里琢磨，母亲忙走过来，“不用你理，我一日负责浇水哩，”又说，“那枝角花，开那样好，你就掷掉了。”“伊是不会开花了，我种一丛更好看的。”

第六天，我发现石榴有长芽的迹象，不晓得今年还能不能再开花，春天不是还未过去么？母亲又怂恿我，把瓶子里养着叶子的吊钟花，插到土里去养根。我把她种在角花的位置，期待她忽然长大，春天不是还未过去么。

母亲

母亲已有两年不愿意来我这里，冷天我哄她来，她说“要带一大车衣衫，太麻烦，等伊天时暖些再去”，热天时我哄她来，她却说“过些时天就冷了，要带热天和冷天的衣衫，太麻烦了”，我说“你可以不带衣衫，我给你买么，你不来，是挂念伊老人组给你每月二十元的工资罢，你来，我每月给你二百”，母亲忙说“现在一个月是六十，不是二十了”，“那我每月给你六百”，“我有钱使哩”，母亲笑笑，还是不情愿。

过年时，大姐回家，我使她去跟母亲说，过了元宵，我回去接她们来。我又跟母亲哭诉说“你若来，我就有饭吃，你不来，我就没饭吃，我快饿死了”，母亲这次居然就愿意了。

岭南的春天很早就抽枝发芽。一路上，龙眼和荔枝树枝头抽满了重重叠叠的，浅橙浅红的细碎新叶，远看便似花。我从后视镜观察母亲的精神，努力把车开得又快又好，如果我把她弄晕，下次求死她都不来了。导航器里的女声一响，母亲就叫“坐好！伊叫俺坐好”，而那女声分明是说“走右线进入深汕高速”，母亲听不懂话，总叫坐好，全车笑成一团，开车的也十分精神。

回家的第一件事，就是趴水池，看那尾已浮肚皮两个多星期的鱼。发现她白色的飘逸的长鳍已经断了，肚子里不晓得长什么东西，越来越大，皮肤一点点在变色，已不会游泳了。母亲说她是生怪，看着她那么艰难地浮水，我很多次想拿刀子把那个怪割出来，我怎么就不是医生呢？后来，母亲看我总是蠢蠢欲动，便把鱼拿到楼下的大池里放生去了。我算了算，到放生时，她已经在水池里浮了三十二天了，这生命力顽强得让人无语，而到头来不是鱼坚持不住，是人坚持不住，我不晓得她现在死了没有。

那天，我和大姐洗水池，我数了数，还有十三尾鱼，我希望她们地老天荒地活着。我仔细地用牙刷擦洗石缝里的青苔，让石头恢复光芒，鱼也是爱干净的，干净了不容易病。母亲怕孤独，搬了个小凳子，笨拙地擦洗我从水池里搬出来的石头，湿了两脚袜子。春天的厚云下有薄薄的阳光，照着我的母亲，我的光脚，我的鱼。

云海和云天的母亲脾气都很大，喜欢骂人，我想，大约北方的妈妈脾气都不好。而我的母亲，真的是个宝贝，脾气好得一塌糊涂。她天真无邪，喜欢搭话头，又一搭就错，让人禁不住快乐。她动作笨拙，又喜欢帮忙，常常越帮越忙。安静的时候，她搬个小凳子，戴着老花镜，坐在电视机前面看唐伯虎与秋香，这个电视剧编得没头没脑，不晓得她为什么看得很高兴。早上和下午的时候，她会和大姐念佛经，她念得很好听，有节奏和心灵的美。这些天她念药师经，会拿过来问我，这个“鸠”怎么念，这个“塚”是什么，我告诉她天龙八部里有个坏人叫鸠摩智，塚的意思是土堆。那天，我与她说，“有个朋友要开大刀，你给她念念么”，“报个名来，好回献给伊”，“彭姬辉”，反正她们都是要念么，有念总比没念好。

和母亲在一起，我也细碎起来。母亲要来时，我便与人说，以后免不了总要听我念叨了。我第一次给母亲测血糖，测了半天，测出 1．8，吓得我立马打电话向云天求救，她问母亲在做什么，我说在吃饭，她便笑了，我转头看母亲，没事人似的，也一点不紧张，我更迷糊了。母亲眼睛肿了一个多月，我带她去看，医生让洗眼，洗了半只，她便跳下来，医生又把她捉回去，唬她说不洗以后看不见，她便唉唉呀呀地从了。带她到海边，回来时不许我走崖门过海大桥，说那条桥又细又长，看不见有人在上面走，肯定很危险，让人又好笑又无奈。母亲还喜欢人哄她，那天婷姐过来，送她一大盒陈皮制品，表扬她说“看不出你有七十岁了，这样精神”，我翻译给她听，她便笑得看不见眼睛，不停拿这个拿那个叫人，“吃！吃！”

我还是不要说罢，我觉得我快唠死了。母亲戴上老花镜，样子更加可爱，我愿意老了像母亲，心里无枝无蒂，忘了这个世上有什么不好。

春天不要写字

春天为什么要写字呢？难道你不晓得木棉花已经开了吗？

这时我常常会停下脚步，在办公室临街的楼梯上，眺望外面盛开的木棉。除了一棵尚在落叶，它一般要比别人迟半月才开，其余能看见的，都在荼蘼盛开。这个时候在树下摄影的老人，还是去年的那个老人，他喜欢拍碉楼街口的那两株木棉，一朵一朵地拍，拍到胡须被太阳照到金黄。

春天不要写字，是因为需要时间去观察花朵的颜色与去年有什么不同。

圭峰山的映山红也迟开了，似乎红紫的比以前要多，而小区里映山红的花瓣，却觉得比去年的更大。未必繁花如锦。随便一眼，只要有花开，便觉得很好看了。

东湖的玫瑰园，很多品种的花朵，我以前没有见过。那天的光线柔和，我一个一个地去拍摄，不晓得是不是因为光线的关系，拍出来一些花的颜色有些变异。我在这里很多年，竟然不知道，被水泥楼房围绕的东湖，在微微日照下，竟也有幽幽生烟的气象，使人恍惚也有了一脚拔出尘世的闲情。可惜那天我穿的鞋比较紧迫，一下踢疼尘世的脚趾头。一路上，我们都觉得那种树很美好，是笔直的树身，叶子一层层平行的，向上错开的，翠得吱吱响，一排排站着，便是春天了。

这是平常的景物，我不住南山，我不种菊结篱，我铜臭，我不逃世，小城镇里可以让我把日子过成怎么样，我就过成怎么样。铃子，春天繁花奢侈，不要念叨我不见人，不要念叨我不写字。

拉杂

是春天了吗？藤架上的炮仗花开始落叶了，我记得，炮仗花一落叶，春天就来了。

池边的三角梅开了很久，我才发现，原来花朵里，还有紫红的三个花芯，花芯还会开嫩白的蕊。也许荷韵会笑我，连三角梅有芯都不知道。我哪里会晓得呢，我常常需要亲自经历看过，才晓得记住。这些实在的东西，不管你欢不欢喜，晓得不晓得，都意思勃勃地自顾招摇着。又想起昨天洗了鱼池，发现鱼又肥了。我还咳得乌烟瘴气，它们怎么又肥了啊？养了那么久，真是一点义气都没有。

这番日子，忽然觉得文字很陌生，陌生得几辈子不曾相见。文字原是奢侈无因的东西，与幸福永远隔岸迢遥。所以她若不认人，人最好不要去认她。料想终有一日，打理过往，发现与文字曾经一片缱绻，会惊奇得莫名所以。这些不带企求，拖泥带水沾尘染埃的东西，于人到底有何意义。我只是有些幽暗了。记得曾委屈地，与来看我的荷韵说，“我说我忧郁了，但没人信，”荷韵说，“我信。”鬼知道她信什么。我也是会忧郁的，忧郁时不晓得做什么好，常常睡很长的觉，说很狗屁的废话。那天，太阳很好，又很冷。我不想睡了，我要倾诉，我要去山上。

山上很静，不见什么人，树叶刷刷刷地，反弹清凉的光亮，风也很干净，吱吱地从我浅绿色的夹袄上不断跳开。我踢着青石板，一脚，一脚地，踢到弥勒佛的脚下，爬下磕了个头，“您要笑我吗?”问完忍不住咯了出来。又跑到大殿，无比虔诚地磕头，许了一大堆重复混乱的愿，然后心得意满地，坐到玉台斋馆二楼平台上的三角枫下吃茶，晒太阳。

我常常有很幼稚可笑的思想，觉得磕完头了，事情已交付，可以坐享其成，我母亲也是这样的。那天下午，我用透明胶纸把脱了头的小毛笔包扎起来。香雪海梅开时，我要去看小西，她身体也不好，我要把给她抄的半落子的金刚经抄完。一块五一支的小毛笔，前年从潮州古城买了一大扎，散发给孩子们描红，自己也留了几支。我不舍得买贵重的笔，却企图写高雅的字，这样算计，结果越坐越冷，越写越歪，晚上终于烧得一塌糊涂。我好不容易忧郁了，去拜一下菩萨，明明还许了身体健康，结果一拜完就病了。发烧的时候，一直在嘟囔，这菩萨基本是靠不住么。

发烧的时候，我缩在几层的棉被里死活不起来。熬到听见小子开门的声响，我就大叫，弟弟，我病了，给我找温度计来，给我拿水来。结果第二天，他拿着迟到的检讨书让我签名，我没好意思，写了三个字，请原谅。

没想到，一烧一星期，天天吃白粥。后来，越想越不情愿，哪有病得这样寂寞难受的，吃亏死了。挂针的时候，开始向人叫苦，这一叫，饭有了，菜有了，汤也有了，试过一天居然吃三碗瘦肉川贝炖陈皮，其中一碗还隔着半个小时车程的温暖而来。病一下，满天满地都是爱惜，情意滚滚而来，挡也挡不住。我晓得这是要还的，可这红尘里，正是这样还来还去还不清的情意，使人羁留，使生命不冷清。

在家里休息的时候，我又开始数阳光。我喜欢干净的地板，在阳光下反射光泽。上午九点，光线的影子透过落地窗，拉到电视柜的尽头。我便搬了小凳子，坐到光线中，晒玻璃窗过滤后的太阳。而且，我还偷偷地吃茶，吃了茶又吃中药，反正吃不死人。精神好时，我在网上哄人，哄得人送我一个紫砂壶，二十年前制的，两杯壶。开包的时候，忍不住大笑，这么小啊，就两口茶，铃子说，你不就喝一口茶么。是啊，我就喝一口茶，另一口留着给她喝，但不晓得她什么时候回来。她羡慕我有时间生病，她说她生病要等到下班以后。她还莫名其妙地告诉我，心安之处即是家，租房有免费医疗卡。

我用心地给新壶编绳子，不明白为什么轻摇说，结了绳会受牵制，结了绳洗壶会碍事。我却觉得，结了绳才有生气，不烟火使人亲热不起来。可我还是禁不住要笑，这样小的壶啊，用这壶吃茶，立马觉得自己也变得窈窕秀气起来。又想起正在狂恋风吹阑叶的田园气的清薇，一乍一乍的，有岁月披靡的热情。田园，田园，我怎么想到的是，那条嘴上有四个触角，身上有六个触盘，这样唰唰地吃过来又吃过去时，叶子顷刻就光秃了的菜青虫，那天我观察了大半个小时，看得很清楚，我洗菜不干净，都不晓得吃了多少条到肚子里去了。凡是世上应有的事，都避不到哪里去，一脚踩到田园里的泥泞，必是一双合穿草鞋的脚。如我，就只能在阳台上糊弄着吃茶看半格子的月亮，一辈子也淘不上渊明气。

刚才我抱着热宝，指着锅里白蒙蒙的东西，问大哥说“这是什么”，“这是鳄鱼肉，化痰止咳”，哦，鳄鱼肉啊。烦的时候，心里打一百个小心眼不想理他，可肚子饿的时候，又想要他，世上再没有我这样任性过分的人了。我浑身上下长满缺点，已很多年装不出好样子来。看小西写《歌未央》，这样完美圆融的字，我就一直在想，如果人生也这样完美，会不会吓得睡不着觉？这是酸葡萄的逻辑，又爱又恨，只好不在乎。

团聚

那日，西贡两位姨妈偶然与母亲说，要来探望。母亲便早晚电话，万千叮嘱我，“莫四处去，要好生来待。”

等到桔花谢，桂花开，两位姨妈大包小包，拖沓而来。那两日，我正接洽一案，已到了水到渠成地步，想了想，决定中止。此事，后来铃子评说我任性，我反驳说，那是因为晓得母亲心里喜欢团聚，不是钱的问题，而是感情如何安置的问题。四姨妈有扁长的脸，微凹浅灰的眼角，四平八稳贮满岁月平和的气息。我说到赚钱艰难，她附和说：“五啊，欲钱来寻人，莫人去寻伊，人寻伊愈寻愈薄，是这个道理。”这个姨妈，怎么跟我一个德性呢，两个马脸，一拍即合。便不敢耽误，立马收拾行李启程，带两位姨妈回粤东乡下，想来母亲已待到眉花欲谢。

启程前，细姨妈冲了一杯浓浓的咖啡给我吃，专治我的瞌睡症。我忌讳咖啡，非到万不得已，譬如考试前的临时抱佛脚，平常绝不敢吃。这一杯咖啡，果然让我那几天浑浑僵僵，软软蹋蹋，坐卧都不成样子，四姐家里彻夜的念经声也没法让我清醒过来。母亲见了姐妹，那身子却忽然充满活力，一下子想起这个，一下子想起那个，行出行入，体重仿佛一下轻了几十斤，不晓得在忙什么。四姨妈六十好几，几月前经历大手术，劫后余生想来看望老姐姐。按她的想法，一来难以相见，一次比一次少；二来姨夫去年叫朋友骗走三百两金，已一气病死，未死的要出来散散腐朽气息；三来关系到细姨妈想谋取她的一块地皮，儿女又不许，吵吵嚷嚷不得省心，不如出来。我抬眼看细姨妈，也将近六十了，依然精干利落，年轻时唱戏的粉饰，痕迹犹存，人有一个根基，说话做事便大方得体，只有细节处才显得出抠门计较的气质来。想起家里姐妹们有时取笑小妹“那时要去，不是说好给细姨做仔么”，小妹便委屈地说“如若随伊，怕皮都要被揭去一层”，这可见细姨妈的利害处。那么些年的乱世，又有多少个能像母亲那样历尽艰辛而无怨无悔，温和处世呢。那日一大群人歇在四姐家中。我建议说，不如叫三姐二姐也出来，母亲听见，立马给三姐夫拨电话，俨然一派家长的权威。而我们都知道，母亲害怕这个女婿，母女都给人欺负惯了。两个姨妈对此很抱不平，出主意说“我们一排人到伊家去，骂伊一顿，把人领回来，不吃伊家饭了”，还强调“必得有声势”。我忍不住吱了一声，“那还得看我三姐的意思。”四姨说：“若我们去相骂一场，结果伊却自己要回去，我们岂不没脸死了。”这姨妈真可爱，想为甥女出头都没有个妥善出处，只好叹气起来。“我那仔婿还是好的。”“还好，好什个啊。”“我也不敢说伊不好，只得说好了。”“阿姐，你怎老实到糊涂，你没中用，细仔也没中用，叫人欺负死算了。”母亲给说得好没意思，只好说起年轻的事来，如何无父无母给人看轻，如何一回和父亲赌气，行到村头无处可去，哭了一场折回去。我头回听觉得新鲜，抬眼一看，四姨的眼眶已然泛红，里头晶莹一片。母亲有了姐妹，便不爱和我们哼哼拉扯了。我跑去翻父亲的遗物，才晓得全给收拾掉了。一直记挂着的父亲工整誊写下来的药单和信件，连半个也找不着。只找到一包牡丹牌卷烟纸和几张三九骨牌。顺手搜罗母亲的衣柜，搜出一堆石垢破玻璃，破玻璃是用来削羚角的，连带都收到衣柜里去了，幸亏没有割到手。又搜出两本土地证和几张纸契，四姨在旁笑话“阿姐，阿五是想查你家底。”母亲眨眨眼说，“哪有什个家底，旧年把散银打了，一人一个戒指，莫说我偏心。”母亲真是没有家底，几个木盒装满破损的纸头，记着我们的生辰八字。我答应母亲用红纸再誊抄一次，便出神研究起那几张纸契来。纸契的纸质、笔墨，用词都极其精妙，分明是民间文化的宝贵见证。母亲把证件和纸契交给嫂子保管，我再三与嫂子说，这纸契千万收好，你们不要，就给我。隔日三姐到来，果然嘴上坚定，心里打鼓，要去相骂的计划就此打住。我这个家里长得最漂亮的姐姐，大约不长寿，病痛抑郁，样样都要命。四姨妈说“三啊，随我去吧，我养得起你。”三姐说“这怎生好，我早晚还要给伊看铺煮食，手脚慢些，满世界都是冷目。”她自己认命，别人看着也无奈何。觉得还是自己独立好，谁的账都可不买，想如何便如何，好命死了。四姐吃长斋，一脸尘埃落定的圆润。现在她的人生安定，性情静好，现实里的利益，争与不争实在是不重要了，何况有什么事都可以与菩萨商量。母亲现在喜欢去四姐处住，把我冷落一旁，大姐也一心一意吃斋念佛，个个都不管我了。我其实也是一个不热情的人，尘世里的事，能够不理的，都选择跳过，没人理我，我可以与被单及花草虫蠡做伴，虽然我的被单未必洗得很干净，或常把花种死，把鱼养亡。我是在说，我也可以很冷淡地过日子。擦地板时，总要趴在地上，把脱落的头发，一根一根地从地上捡起。我端详四姐做事的那个样子，居然和我一模一样，就是慢吞吞地把一生耗掉，不带忏悔反省的。那个早晨，露水还未干，蚂蚱还在叶儿上跳，阳光躲躲闪闪带着忧伤。我们姐妹陪母亲和姨妈，去给父亲上坟。我泊完车，看见小妹还在那里绕圈找不着路头，我笑了笑，小妹小时一定让父亲打多了，显得要比我陌生。香带多了，四姨交代说，与邻为善，个个都要有份。放在坟头上的鲜花，是黄菊，白菊和紫纹的百合。看似昨夜的花，洒了今早的水，小妹说这便宜实惠。人生是多么实际，魂灵的安息本来就和鲜花没有关系。这时太阳热烈地照下来，满身满脸都是日头。离家的时候，把“深圳宝安机场”帮四姐夫输入到导航系统，说“我不负责了，轮你负责，宝安机场最少要开五个多钟头才到”。跑进去跟母亲说，“我要走了”，母亲“哦”了一声没有反应，那时她正准备带两个姨妈去田地里看哥哥种的菜。这个母亲怎么这样？见了姐妹，便忘了女儿。我帮她们数了数，这应是她们这一生的第四次相见。

假若美好都记住

一条短信，是一首诗：

“假如所有的事情

都很好

都被很好地记住

就像鲜花　法典和小鸟

从字母到存在的一切

那么　童年

就是白色的亚麻

白色的亚麻

与红线一针一针缀在一起

有花瓣还有花的随意”

那夜，我看着手机屏幕上这一首诗，静静地走出阳台。

二〇〇八年十月十二日，农历九月十四。月亮清白，带着下脚那一弦浅浅的没有明显边界的影子，挂在墨绿的天上。

我种的扁扁的桂花开了，浅浅的花蕊在墨绿的叶子间沁出清香。一切都是浅浅的，人，花香，以及月色。只有那树叶的颜色因为夜的光影而加重，使人觉得天是墨绿的。

我又一次很随意地便察觉到第一夜的花开。正如十月四日那个早上，桂林静江王府35号讲解员掩不住的喜悦：“一夜之间都开了，整个城市充满花香，这是今年的第一天花开，你们都是贵人啊。”我在贡院前的树林里摘桂花，用旅行社发的浅啡色帽子装，35号说“摘吧，摘吧，到处都是，这里的花干净。”

我想记住桂花的味道，这是一件很美好的事情，一园的桂花，一城的桂花，第一天的桂花。摘桂花时，我的朋友们纷纷往我的帽子里放，我说“回去晒干，做了桂花茶，分给你们”。后来，在榕园里跟一个孩子追逐，桂花散了一地，让风吹得七零八落。再后来，朋友们在桂林的商店里买了桂花包，便再也没人记起桂花茶了。那一帽子的桂花香，芬芳飘逸，我忍不住地闻，问35号：“这么多样桂花合在一起，到底是金桂香，银桂香，还是丹桂香呢?”她怔了一下说，“一样香。”

不一样的。那一帽子的桂香，还留在我的裤袋里浓郁不散，我记得清楚。我种的桂花没有这么香。那些墨绿间的清香，淡淡，要趁近前才能闻着，而这个趁向前的过程便很美好。这些日常里鸡毛蒜皮的瞬间感受，常常组成生活合适的音调，在兵荒马乱的滚滚红尘中镇定地消化各种使人短命的欲望和颓废的情绪，就像鲜花，法典和小鸟，从字母到存在的一切。

童年，白色的亚麻。这是一首能引起遥远和纯洁情结的诗。我的童年是卑微和谨慎的，在作业和猪食菜的交缠中度过，安然没有故事。我也好像没有早恋，没有过热烈的爱情。我现在吊儿郎当的样子，是这许多年的疏淡造成的，心底对动荡情感有偏激的抵抗，不愿面对一切突然而来的物事，包括人。看过一篇文章《安静是我一定该想起些什么》，我理解这种境界，诗经很多时候是给不上进的人看的，我是这些年才惹上这些闲书。这两日，热衷于把杭白菊兑普洱吃，为了使菊花的颜色看起来更愉悦，还换了一只明黄的茶壶。刚刚和铃子约好，她说这个月就要辞职，到时有大把的时间，我说我们可奢侈一下，我甚至想到，我们可开个车，把江南的各个城市走遍，我问她这辈子有没有这种机会，她说争取，我说一言为定。在她离去之后，我会有大把的时间，再不可能忽然想去看她就去看她。真不晓得美国有什么好，小西去，铃子也去，我青涩年代，也差点给一个美国佬拐跑。

白色的亚麻。我想起在印度五十卢比一件买来的白土布衫裤。初一那日，我穿上它们，懒散地到车站接专程从广州来吃茶的澜姐。在停车场遇到闻讯而来的Jane，她大叫一声："不准穿这样衣服出街，像做白事的孝子！"我说来不及了，接了人再说。宽松的，衣袂荡漾。喜欢自己裁剪各种色彩浓重的土布裙子穿的婷姐说，"真好看，人高，衣长，清洁和飘逸。"我也觉的是，十元一件的粗布衣服，只有手低眼笨的人才当正经穿。那两日，我成了茶管，从日出吃到日落，又从日落吃到日出，真不晓得从哪里来的那么多废话。我用青瓷小杯装春天酿的糯米酒来招待她们。一杯下去，我脸颊发热，眼神迷惘。半坐半卧地管着茶炉，隔着一枱面的小食和容器，凝望她们的眼角。在这些或光滑或粗糙的皮纹上，神经和时光不停地跳动，恍惚在经历一幕无声喜剧，热闹却不知就里。之后，在阳朔的几个日子里，我被朋友们温暖的热闹包围着，一直没有醒过。阳朔，是个曾经美好的名词。那年惊鸿一瞥，看见黄昏下的那个月亮山，清晰的，高远的，如隔着尘世，之后便丢落心底。那日，莹对我说"朋友们组个团，一起去阳朔住几日吧。"我说："你们去，我约了人吃茶。"她说："你不去，我们都觉得很没有意思。"声音很柔软。其实她的声音本来就很柔软。我说，"好，我们可以骑单车到月亮山。"那个黄昏，风很清凉。骑了一个多小时的车，站在月亮山入山的路口，望见山角上一弯窄窄的月亮，孤高的，寂寞的，似阅尽沧桑。因错过了时间，景区关了门，离开的时候，忍不住回头。回头相对，身边呼啸而过的车水马龙，和一弯窄窄的，不动声色的月牙。

云海，在每个清晨，跟我说着她跑步时看见的每个不同的月亮，有成熟的，有衰老的。无疑她现在是活分的，充满生机。每次收到她的信息，我无一例外还在赖床，对此我很有些惭愧。我甚至预想到假若相见，一个容颜焕发，一个憔悴如斯，将是如何的尴尬。她是计较的，计较情意上的往来。正如铃子一个早上跟我磨蹭，非要在出国之前跟我清算，我说"不要这样，我们要来来往往算不清楚，才得长命"。假如美好都被记住。是的，我喜欢选择些好的来记得。长年累月之后，便会觉得，生存着总会有意思的。我不是天才，不是大人物，不必将生活升华到哲学般深邃和虚无。每日在欲望之间彷徨，在错失之后张望，心肌劳损，不可以记得太复杂。很喜欢病得七零八落的桃花的放恣"在匆匆的生活里，我只想，不急迫不争夺，细致看顾着自己的内心。虽然已经不再是少女的粉嫩青涩，但仍旧像刚出壳的小鸽子一样，细细地啄着，一下一下，春水泛滥"。这是一种自然适宜和舒展的方式，一看就明白，简单纯真。白色的亚麻上，用红线缀成花瓣。这种分明如秋天的底色，飘逸的雪白在湛蓝里飞，千万年千万人仰头看着，记住的永远是那样干净的美好。又如普洱茶里的杭白菊，一壶水冲下去，立马开出一朵赏心悦目的清香。

天长地久

一夜之间，楼下的黄花风铃从几朵长到一树，生脆明亮的色彩，蓬蓬勃勃，便觉春天漫天漫地来到眼前。

朝南的门窗，玻璃上结了一层轻雾，从里向外看，很烟花的感觉。原来春天的一层薄雾便可以使人这样慵倦。我想起，我已近二十天没回事务所了。

忽然便很想母亲。春天潮湿，毛病易发芽，母亲的脚，母亲的腰，都不晓得怎样了。

凌晨四点钟到达，不敢惊动母亲，跑去敲四姐家的门，四姐顶着个菜花头出来，见着我“啊”了一声。

我一向喜爱这个姐姐，她心思单纯，善良温厚，小时总纵容我，害我贪吃又偷懒。现在她是半个佛爷了，总忘不了寻缝寻隙给我灌输伟大的慈悲思想。她卤鸭脚给人吃，一锅一锅卤，我一只一只从锅里捞上来吃。她吃长素不晓味道，我把甜的说成咸的，把咸的说成甜的，还指点她下这下那，俨然有大师的架势。用九层塔和八角株卤出来的鸭脚还真是美味极了，让人齿角生香。我从台湾回来，唯一未能恢复过来的，还是那一脸不雅的吃相。

当我答应第二天陪她和母亲去福建东山参加晒净仪式时，她脸上立马来了光辉，仿佛又渡了一次苦难，积了一回恩德。我望着她背影，心里有些过意不去，我是个老不正经的人，却要去答应一些庄严的事，有点没谱。

母亲没想到我回来，手忙脚乱地给我弄甜饼吃，煎了粿头又煎芝麻糕，仿佛我已饿了七天七夜。我问母亲：“听说你也吃了长斋，受会起么?”“我只吃花斋，日日吃菜，我没力气”。母亲说的花斋，是花样斋，一个月象征性吃几天素。我和母亲磨蹭，听她唠叨别人的人才吃得多么好，肚子饱满得象圆筐，有样有相。我告诉母亲，我去台湾，平均一天重半斤，积压了不少重量回来，现在不能吃太多，有入无出。母亲说“勿怕，明日给你求佛祖，保佑你肠肚通朗”。母亲是但愿我立即变得肠满脸圆，行路八字形，一派富贵相。

母亲也撒谎。我问母亲什么时候到我那去，她说，等到真正暖，不要带一堆衣服，像搬家。站在外面晒太阳，遇着邻居问却说，“我不去了，这样远，来回都要人跟着，麻烦得要死，再不去了”，听得我心都凉了。她说等到天暖，分明是哄我。

小西说，“跟母亲在一起，就是天长地久了。”想想便有些怄气，这个天长地久和我真没有关系，爱情没有，现在这个似乎也没指望。

行李歇在四姐处，晚上要过去，便大声喊母亲来关门，母亲刚好如厕，在里面大声应着“待我带你去”。

“我自己晓去”。

“你不晓去”。

“我晓去，你个六巷尾，伊个十八巷头。”

“你会走岔的。”“我走了很多年了。”我边说边带门，还听见母亲在里面嘟囔“我想你是不晓的。”一抬眼，暮色深深浅浅，全是天长地久。

砥流寺是个千年古庵，墙壁上都是大洞，还塌了一面墙，墙脚缠满青苔和浮藤，几只硬壳虫在里头缓缓地爬来爬去，模样似乎比墙上残存的影像还要古老。这个地方有的是破旧的历史，没有香火，没有气息。然后在某年的某日某时，钦定为吉祥时刻，几个出家人和一帮信众大袍长褂，敲锣打鼓，来这里举行一个“重修砥流寺洒净仪式”。蓑草断垣里，信众们的唱经声比录音带还好听。母亲还不忘让我磕下头去，请求菩萨保佑我肠肚通朗。然后便没眼看我，任我四处游荡。

田野里种着一行一行的春菜和油菜花，我隔着盛开的花朵去看那古庵，一百几十号人倏然不见。这个破落庙堂四面吹风的墙洞里，膨胀着红尘千军万马的鼓瑟吹笙，还包裹着我母亲和四姐热闹的信仰。砥流寺背靠山，山脚有一棵未开的枝丫美好的桃树，对面是一溪青青涧水，潺潺而来，岸上种满茂密的翠竹。一条水泥小路，左边有竹，右边有花，应了“青青翠竹，郁郁黄花”的偈。如果硬要说这寺有什么风水，横竖在于此罢。

我踩着凤梨的树头往山上爬，脚背手背被长满硬刺的凤梨叶子刮伤，我只是闲得发晕要上去看看寺庙背后还长着什么。里面的鼓喧声一停，我便紧紧张张地滚下来，怕母亲和四姐找不见我。

那日在潮州开元寺旁边，我大包大包地买小食。吃斋宴时，看着一桌子惟妙惟肖色香味俱全的鸡鸭鱼肉，情窦大开，心想，只要不吃死，便是天长地久。

茶脚与乡小

前两日看见某人拿一双烟花眼，看茶色女人，并提到茶具。我立马动了心，把茶柜里的茶和少得可怜的器具细细检查了一番。有时细心看待一样东西，并非为了利用，而是欢喜上面附着的愉悦感觉。

在吃茶一事上，我颇为经心，却并不知晓什么茶道。

从懂事起，便看长辈侍弄一壶三个杯，在平头百姓浅淡的喫茶声中长大。在我们乡下，即便家徒四壁的贫寒人家，不缺的是都有一套功夫茶具。一个红泥烧制成的风炉，两隔，中间用井字形薄铁条隔开，上面敞口，放碳，下面开口通风。煮水的壶很多是轻铁做的，表面凹凸不平，壶底补了又补，这样的壶煮水特别快。间或也有祖传的铜壶，让火烤得红光漆亮。茶壶和茶杯一般是土瓷的，不精细，却通气。以前固定的搭配，是一壶配三杯，现在是一壶四杯，取双数意头。

冲茶的时候，用一个大桶汲来深井水，起碳煎水，洗壶温杯，落茶，过茶，涤杯，程序一丝不苟，约定俗成。讲究的，还给每个程序起了名目。吃的是浅加工或不加工的粗制青茶，多是从走街串巷的小茶贩手里买来的凤凰单丛或福建乌龙茶，那时很多人尚不知龙井碧螺春为何物。物虽粗糙，但人心纯真，茶水天然，味道清新绵长，长到如今。

乡下人吃茶，吃的是一种人情，一种风俗习惯，随意随吃。城里人吃茶，悄然传染成一种小资文化，越吃越讲究。我很不好意思地检讨起来，我也如此。很多时候冲茶，吃茶，都是在侍候一种情绪，还有点安度人生的意思。

别人说喝茶，我总是不接受，喝是一种很豪气的表现，小杯茶，实在想象不出如何吃出豪气来。吃茶，昔时好听些的叫法是喫茶。不是啜茶，啜茶是酸溜溜文人吃茶的方式，雅称为品。有品的人，啜茶会啜出袅袅生烟的风情来，没品的人，啜茶如定要在砂纸上写字，沙沙涩涩，不自如，还使人难受。我吃茶，不品茶，品茶得有好茶脚。

苏轼在《汲江煎茶》里写道“雪乳已翻煎处脚，松风忽作泻时声”，记得以前落梅曾问我“煎处脚”的典故。想来这个煎处脚，便是“茶脚”，他是在吃独脚茶罢，茶脚只得自己。仿佛美好的茶水已陶醉了煎茶的人，冲沏的声音如风过松响一样美妙使人向往，一个人掉到大碗茶里，“枯肠未易禁三碗，坐听荒城长短更”。雪乳松风，想必煮的是活水生茶，我体会不到那种境界的真切，而更亲近伊“红焙浅瓯新火活，龙团小碾斗晴窗”，这种情景也很美妙，分明趁向小资。

乡小朋友有伊人。在吃茶时会问，“缺茶脚不”，“不哩，来汝恰恰好”。放假时候，三四乡小，搬着小凳子，坐在门楼下，围炉晒太阳，一边做钩绣，一边轮流掌茶。彼时彼景，温暖得无法言说。

乡小里有个跳橡皮筋，然后吵架决绝的，现在住在我四姐的隔壁，专门贩茶。我偶尔回去，问她买茶，“与君，有什个好茶，还人吃耶。”她便很小心地回应，“有哩，唔知合你意未。”，声音还是怯生生的。有时觉得好笑，心底早已没有隔阂，却因为习惯，陌生反倒成了自然。

陆羽的《茶经》里有很多道，领悟得来，个个都成了茶仙。有这种讲究的工夫，拿来过日子，不晓得如何舒适情愿。《茶经》一开始便把茶说得美好，叶如栀子，花如蔷薇，蒂如丁香。至于颜色，《茶赋》里说，新香嫩色，淡绿微黄。那是刚采的生茶色。生茶色，我觉得最好看的还是三月龙井，必得用高腰透明玻璃杯，半沸的水沏下去，一条条的茶柱便耸立起来，一杯氤绿，底下大地回春。而碧螺春的茶芯细絮，冲泡时候，毛尖微开，一杯轻翠盈盈伸张。这两样茶，不宜工夫，一杯一水，越简单越好，且时常觉得，看着的要比吃着的美好。想起前年在苏州唐人茶馆吃茶的情景来，一杯碧螺春，荡漾着青丝，隔着青灰布帘的街上的人影，恍如拉近的遥远的，拖拖沓沓的似水流年。想起《赤壁》里的小乔，矜持妩媚地坐在帐幕后煎茶，教导曹操茶经里一沸二沸三沸的道理，三沸一过水便老了，可怜的曹操犹傻吊着眼皮，学着闻香观色，整个场景可爱极了，茶色一片嫣然。

去年春天已开盖的龙井和碧螺春，居然到现在还消化不了，便一股脑儿地把柜子里未开封的各式各样茶统统扫清，送给铃子家大哥带出去。有些茶适合优雅的人吃，比如绿茶。她家大哥拉一手动听的小提琴，而我没有半个艺术细胞，绿茶于我根本不合，还削肠剔胃。

说这个，常想着想着便泛滥成灾。我的话痨，是因为没有好茶脚，消化不到茶水里。茶脚好不好，不是吃茶高低，而是要看对眼，一个吃一个看也没关系。说到底，反省一下，此时我只是觉得有些孤独了，要热闹些才好。

荷开的声音

时常觉得，一些生活的感觉是很可取的，譬如觉得鱼会游泳，地板很干净，饭白，碗漂亮，衣服新鲜，钱很多，轻轻的对白，都是很有意思的事。

所以我对于半夜里跑出去看荷花，没觉得半点不自然。

闲书里是说，可听到轻微的拔节的声音，想是记错了，花开是伸展的，一瓣一瓣地分离，直至她们认为足够美丽。而花与叶之间，再鲜艳茂盛，也应当留有落眼的空间，来盛贮芬芳。我怀疑花开的声音，是不是芬芳太过密集，而挤压花瓣，慢慢地张开撕磨，产生的回音?

如果我想得再美，花瓣间是否有灵魂一定要飘逸出来，断断然而不可抑制，阻挡不住的轻轻的喟叹？那是没有的事，是半夜才想得出的吓人的美丽。

无论如何，花开的声音，对我是一种深深的诱惑，不去听下是绝不死心的。奇怪于岁月越流走，我越来越有一些天真得近乎无邪的念头，并因此深信不疑，仿佛返老还童是必然过程。

其实在我想着的时候，我已然明白地想象到那样的一种声音，花瓣间分离的芬芳流过的声音。静静地淌过我的肌肤，我衣服的纹理，轻轻地流逝而去。不能把握到一些什么，并且不能记忆。

我不知道会有谁也像我三更半夜揣着一窝怪念头，跑出去找寻花开的声音。但我确实是没有听到，因为我没有想到没有星月的晚上，漆黑会让我的眼睛，耳朵和心灵失去一切灵动，而混沌不堪。更加没有想到的是，会忽然下起一场大雨，把在黑暗中鬼魂一样飘荡的我，从头发涤到脚尖。荷也这样，瑟瑟而可怜地声张，一声声是冷雨敲打叶的声音。这时我也发觉，原来荷花与我一样的仓皇，紧紧地合抱，倾侧在叶梗的边缘，相依相偎，不胜楚楚。此等性情，与人何似?

甚而我想，平日人看荷时，人若愉悦，荷也愉悦；人若忧郁，荷也忧郁。荷有芬芳则人也芬芳。如此说来，花开的声音岂不是人心底的声音，我眼巴巴地淋雨来便显得很可笑了。

我卷起裤角，拖着两鞋半夜的雨水，慢悠地撤回。我为此付出的代价是，半个月感冒的疲惫和混沌。荷又比我惨，她自此就开始谢了，谢去流年鲜颜色，留得枯荷听雨声。之后，我两次心犹不甘地绕路去看，总要开始凭吊秋荷凄清的美了。

倒是愿望，明年我还记得去听荷开的声音，是否有另外的感受。生活没有一个想望的联系，好像赤脚行路，趟过沙砾，再也不肯去想以前的事了。不晓得去记忆的习惯是多么的不好啊。

玫瑰，镜子和亲人

我所爱的都从泥土里来，草籽，知了，灰色的松蕈。

我所爱的终要埋入地下，玫瑰，镜子，亲人。

——王妃的诗

我的玫瑰，四月轰轰烈烈地开，五月就萎了。黄色的花瓣，散尽了芳菲，一片片埋入泥土里。

我六十九岁的姨妈，和我七十三岁的母亲，蹲在玉米地里，母亲爬不起来。

我负责给她们照相。我对母亲说："你就这样站着，二姨细姨栖近，玉米须红红遮着，就是三朵花。"没有阳光，没有云裳，脚下泥土，有畦上青青菜，一个镜头就是一生。后来冲洗照片，指着额头对母亲说，你老了像外婆，我们老了像你，可是外婆很灵活，你却这样笨拙呢。

母亲和二姨围着圆桌，做春天的粿头。大姐负责搓粿皮，细姨在旁边说闲话。母亲说，要做一大堆的粿头，让二姨带回去，给西贡的四妹和巴黎的细弟伊人食。二姨悄悄地说，"伊人未食着，粿头都生毛了。"母亲听不见，很用心地上粿印，然后整齐地排到竹箕上，小心翼翼端到铁锅里，并交代我守炉，说只能蒸十五分钟。

吃饭时，二姨向母亲汇报情况，当年逃难，一斤金一张船票，船没沉，辗转去了法国，缝了十几年的衣衫，后来退休了，她腼腆地说“也来过两次广州，以前不识得路不敢来看你。”“我也不晓你们在何处，今日你来相见，我想着很欢喜，你返去和伊人说，这边人不贪心。”母亲又说，“我七十四了，还未见细弟，细弟前年说要寄重薄钱给我，我说我免用。伊又说要来看大姐，忽然又做手术了。”她们没有共同的童年，也不晓得对方如何长大，说着说着就没有话说了，彼此把菜挟来挟去，等菜挟烂了就噼啪一口吃掉，嘴巴一合都向里弯，原来都是一嘴义齿。

六十九年，情意若埋到地下，不晓得可发多少茬芽，为何觉察那种陌生，便似二姨染过的头发，漆黑的郁郁葱葱？母亲也不感慨，那些故事很遥远了，里面并没有姨妈的影子，甚至也没有外公的影子。外公只是信封里寄来的，那一张没有温度的照片，母亲表现不出强烈的哀愁。母亲刚出世，外公外婆便带着大舅逃荒去西贡，自此各自流离，父女至死未曾相见，细舅和几个姨妈都是在那边出生的。

那一个下午，我们都在地里摘野菜。我摘不到野菜，不拿相机的时候，我蹲在地上，说不着边际的话，拿相机的时候，我追着蝴蝶拍白色的通菜花。我白色的衬衫长长地蹭着泥土，头发遮住了眼睛，姨妈忍不住，叫我把春天扎起来。我扎起来也没有春天，我眼角飞满了皱纹，正如她和母亲，老死不相往来的青春，丢在各自迷茫的苦难上，再也记不起当初的样子。

夜晚和母亲睡。开一盏小灯，母亲躺下去又爬起来。夜里她的脚总是抽筋，要站到地下顿腿才能放松。父亲离去后她一段时间睡觉爱做梦，大喊大叫，现在不叫了，换半夜满地走。我给她按摩，她说我没妹妹有力气，像抓痒。她拔开我的手，说走走，走走就好了。我已经很努力了，怎么还是像抓痒呢？母亲的床不铺软垫，床板硌疹着我的骨头，动一下就吱呀响，床头的小收音机昼夜不停地只唱一句“南无阿弥陀佛”，像蚊子叫，嗡得人全身都软了。长夜漫漫，母亲怕孤独，蚊子叫来叫去不寂寞。

松蕈，我的家乡没有灰色的松蕈。童年，我们到田野里挖猪菜，到山上拔猫毛草，学着认识铁马鞭，普地锦这些草药，在野外用胶泥粘树上的知了下来烤，回家就偷邻居种的石榴吃。粤东的气候湿润，石榴四季长叶，红花年年璀璨地开。这是一种吉祥的树，哪一家有喜事，或者除丧去哀，可以偷偷溜过门来，折一枝榴花，泡水洗了眼明，带在身上去秽，所以家家的院子里都种这种花。听二姨说，她们的姨妈院子里也种了榴花，她们去的时候，榴花正嫣然，老姨搬了个凳子，坐在那边的门口守门。门已没了一扇，她把剩下的那扇掩了，每天守着，看着猫狗经过。她的孙媳妇每天会给她送一次饭，从这边巷子的门进去，人走了，老姨会把这边的门拴上，因为她只能守一个门。那天母亲和二姨去叫门，以为没有人在，但老姨还是听见了，开门时稀奇地看了很久，不认识，让她们坐在门槛上。后来二姨给她一张钱，她就很高兴，让她们进屋，屋里架着一张木板床，地面中间放着一个水瓶，蜘蛛在墙角爬着。母亲不敢动她的东西，怕弄错了位置磕了她。她们走的时候，老姨送了又送，详细交代了什么时候起床，什么时候可以来看她，然后带她们从那边巷子的门出去，告诉她们以后也从这里进来，就不用拍门了。

我的阳台上也种有榴花，但我的邻居不会爬墙过来摘。我的门也很坚固，不会缺了一边，母亲不用担心守门，但我想她还是很寂寞的。玫瑰谢了就谢了，现在我要和一切搞好关系，虫儿，鸟儿，朋友和花朵。

夏天的月色

我不是一个会抒情的人，却时而耽于一些很抒情的物事。譬如刚才，一推门，惊见月色浣满大半个厅子，纯白的抛光砖地板上，一个明月照在地底，微微荡漾，又有一些叶的光影在摇曳，俨然一片深深的风景。这是一种很奇妙的感觉了，地上生明月，我不举头不出去，月色影影绰绰，便到我眼里来了。

这立马使人有了情绪起来。外面风很好，清凉地漫过轻慢的夜晚，整洁的肌肤，惬意一点一点地扩散开来。我不要坐在空调房里了，暧昧的灯光照得人没有一点生气。但月华不会，无论多么庸俗的躯体，只要你愿意，这样坐下来晒一晒，便自然地生出温馨的灵气来。

以前我也思考过这个问题，为什么月色特别容易使人安定。是单调的黑的消沉撞见白的繁华的欢喜？但白炽灯光为何不能？是尘埃消停时人心自觉趋向清明？但黑暗深处，欲望分明正在横流。反正我一直没想明白。看月的时候，总觉得有一种母性的光辉，包容，消解，领悟，在明滋暗长。徐梵澄先生说“明，是生长着的”，这月的明也是会生长的，看着看着，澄和长入人心，积聚起来，便埋了一些大气在心底。

这两晚，天气静好，月色格外清白起来。我的阳台可能是因为坐向的关系，一年看得最长久最有情的是夏月。从一痕，到半朵，再到团影影的满月，都使人动情。小西描写月光“如同猫在墙角根的童子，用无邪的眼光看着我”，这使我感触并想起那半朵月色，只有那样清淡不娇气的光色，才称得起无邪。呵呵，无邪，若星空里闪躲的眼睛，总是一眨一眨的，使人想起遥远的童年。如今这般镶嵌在天空里，用无邪的眼光看我，看小西。

八点半，夏的晚上，月亮从小区左边的楼角出来。有时带着光晕，有时不带。带光晕是很好看的，光晕会变色，橙的，白的，浅紫的，这使天空暖和，看的眼睛也从生喜悦。而不带光晕也是好看的，那种白略显清高，但却不是要紧的，她只是不和你诉说，静静地照看你，心里头不存一点隔阂。铃子说因为干净没遮挡，洛杉矶的月亮显得要比这里的更大更亮，我想了想，太圆满了总会沾些离愁忧伤，不知她心里是如何看待的。云海半年来一直在不同的医院之间奔波，她曾抱怨出租屋的窗口看不见月，我想，她看不见月是好的，她的眼睛如此忧郁，医院走廊上如果有月色，也一定清冷得，像手术刀上凛凛的寒光。

我总是在有限的格子里去眺望天空。我现实里的空间就只有这么大，以至于星星，浮云，花草和风，流水的声音，甚至喧闹和尘埃的味道，年复一年，日复一日，都成了日常混熟的东西，远离了外面磅礴多姿的世界。我偶尔也出去转转，但那不是常态，转来转去最终还是会转回来。我还是想要安定的，适合于在阳台上，看那一格子总是不动声色的月亮。

还想说一说月亮下的蛙声。晓月在《山居心情》里描写蛙声是“贴近神灵的声音”，我说那是最尘世的，她告诉我，最尘世也是最神灵的。我至今没见过神灵，但我夜夜听见蛙声，蛙声真的是最尘世的一样东西，直可以把天上的月亮叫下凡来。十二点，依然是夏的晚上，月亮慢慢爬上中天，四面楼台的灯火，不知在什么时候已熄灭了。这个时候蛙声最嚣张，而月色正好。看一样东西看得久了，容易发傻，“哇哇”，便把魂叫回来了。蛙声是这个世上最混浊笨拙的声音，从来不理会人间的心情，有事也叫，无事也叫，越没人打理，越叫得大声。这一叫，觉得月色再清白，也是落到人间的月色，我看不看，她都照常来去。蛙声，月色和我原来都没有关系，都是自然界平等的事物，该睡觉还是要睡觉去。这样说来，这月亮下的蛙声，既不美妙，也没有什么情意，怎么就最神灵了呢？

有风时，常常有一些浅浅的云带，在夏夜温凉的天空里散落飘移。她不定要和月亮在一起，她们常常是隔着一段距离的，但只要是在可以看得见的同一块星空，那种绵白和细腻，便起到了烘云托月的意趣。如果多几条云带，又不遮着月亮，那就更有意思了。月亮，星星和云带，一个端庄，一个活泼，一个散漫，使天空的层次一下丰富起来，眼睛看着不疲劳，还滋生动感，觉得与人间离得更近。又想起有一个词“春花秋月”，我一向认为意思比较萧瑟，因为没有把花月放在一起。南方的四季不分明，只有春夏和秋冬，一些花花草草，还倒着生长。即是说，春天是蓬勃，花却不是开得最好。南方也没有“秋”月，只有冬天的月。冬月从我居住的这座楼后升起，这让我几乎没有机会面对她。阳台看不见月，便得穿着厚厚的棉衾，到旷野里去看，看不长久还很容易就冻病了。因为看得少，所以我对冬月，没有一个分明的印象。忽然便记起去年冬天，在收音机里曾听到一则信息，好像是说乌克兰那边，冬天的月亮，如挂在地平线上发亮的大盘，月亮和星星离人很近很近，个个历历在目，美妙得无法言说。我听后很想像了一阵日子，难道冬月真有这样的好？会不会月亮还没出来，我就被冻死了？

曾经在恒河边看月亮，那个月是最静谧的，安宁得可拧出水来，却长着陌生。曾经在呼伦贝尔大草原看月，那个月竟然华丽到让人恐惧。只有阳台上的这一个夏月，可使人安定，年复一年，日复一日地看不厌，越看越好看，越看越绵长，哗啦啦便流过了一段人世。

元宵，母亲和海棠

母亲在下汤圆，我抓着一把一把往锅里扔。母亲说："你毋抓，帮我扶住竹箕，莫让伊掉地下。""掉地下就捡起来好呢。""掉地下就不能要了，伊是谢公婆的。"母亲又交代说，半夜里她谢公婆时，我不要起来，我说若要上厕怎么办，她都囔了一下说，那就不要出来了。谢公婆就是送祖先，不晓得为什么三更半夜要送祖先出门。正月十五家家户户拜几天，我一直弄不清楚拜的是哪些神仙，我估计很多人都是乱拜的，反正拜多神不怪。

傍晚母亲洗了澡，上楼来晾衣。我见她穿了窄脚裤，肚子悠悠地长出来，"你的肚子怎么这样大?""哦"，她翻起衣服，数给我看，一层，二层，三层，四层，然后腼腆地说："还有一层皮。"我跑去检查她的衣柜，她指着挂架上的衣衫说给我听，这个是平时穿的，这个也没坏，这个是用来做皮的，"你给我买的这个青衫，我过年穿来做皮。"母亲说的皮，就是外衣。"阿四要给我买衫，我说不要了，她就买了裤子。这个青衫，别人说好看哩。""我就说好看哩，很时尚。"母亲受表扬，一表扬她就高兴得像孩子，害羞起来。

乡下的元宵很热闹。一到晚上，祠堂门前的广场聚满了人。社里点了几十根龙头香，摆了一排大方桌供人祭拜。大路边拉了白布，榕树下架起放映机，放的是喋血孤城，吕良伟饰的余程万帅得要命。另一边的戏台上没有人，听说今年请不到戏班，便放了一台大电视在上面播潮剧，一群老人看得津津有味，我问他们戏名，却没有人知道。电视里那个周素贞，一天到晚叫"苦呀"，让人不忍心看。我跑到热闹里去寻母亲，母亲出来拜晋绅爷，她行动笨拙，眼睛又不好，夜里过国道很危险。人群里，一个老人家告诉我，母亲在佛堂。

我倚着门柱，看母亲和一帮人在慈悲大住的门里唱经，她戴着老花镜，负责敲木鱼，一声一声，全是庄重欢喜。门口的阿伯埋在香纸堆里，在吹着大元宝。我在外面走来走去，看围栏上的风景。菊花黄了，仙人掌上吊下一大圈瑰红的花苞，海棠枝上开着几朵紫色，沾满湿漉漉的俗气。我是喜欢俗气的，高尚的世界里充斥着富贵的拘谨，如案头上的金花银花，能看不能吃，没有灶台上的锅巴实在。海棠和锅巴原本没有关系，只是门口供桌上的供品很诱人，那是正月十五各家各户拿来敬佛的，花式繁多，晶亮迷人，奇怪菩萨一点都不动心，脸上一点表情都没有，换我眼睛早绿了。我没事踢着地下的关刀玩，那是木制的，刀头贴了符纸，原来以为是戏台上比武用的，后来才晓得是用来挂花旗的，就是把一幅一幅的写着风调雨顺吉祥如意的彩绸挂上去，然后抬着去游行，村里人认为，贴了符纸有灵，走一走就风调雨顺，就吉祥如意了。

母亲唱完经出来，又想起晋绅爷那边的香纸没献上，却找不着，原来人多，位置被占了。后来终于在床底下的角落里找到了，又不见了装香纸的竹箕。母亲拜神，我憋着气帮着吹元宝，原来这个一点都不轻松啊，要先握住折口，然后一口气冲上去，才能吹得方方正正，不散不歪。拜完神，母亲还不愿回去，说要看打腰鼓。打腰鼓的孩子们用红绫把鼓缚在腰上，随着二姐的哨子跳着转着，打的全是热闹，母亲看得眼都眯了。我悄悄地，在静寂的庙里，给菩萨磕了三个头，我母亲每天早晨都来这里报到，希望关照。转身出来，看见拱门的墙头上，黄色的炮仗花正开得无比灿烂，那种不遮不掩，热烈如眼前这场难分难舍的俗世。

十六是最热闹的，神庙里的老爷夫人和大香炉都被抬出来游行。村里的几十条街巷，家家户户都做了迎神的准备。兄长去田里未回来，我负责在门口挂鞭炮。我的技术不行，居然把鞭炮头尾挂反了，点鞭炮时找不到绳头，直接点着火线，嗖一声就炸完了，同样的鞭炮，别人家的炸几分钟，我们家的才几秒，少了很多气势，而且我还站在下风口，被炸得满头灰。还来不及清理，乱哄哄的游行队伍就过来了，敲锣打鼓，笛子二胡，红腰鼓绿花旗，还有脸上画得像麻花的戏剧人物，喜气滑稽。母亲这时特灵活，嚓嚓几步追上去，迅速把手里的香插到香炉去，又从香炉里抓了一把香，这是乡下的习俗，叫换香，反正神老爷的东西都是好的。游行队伍过去了，我母亲也不见了，这一天母亲都没影，不晓得东拜西拜拜到哪里去了。我则睡了一个下午长长的觉，直到被小西取笑，才爬起来。

十七是父亲的忌日，外面仍然很热闹，家里也很热闹，姐妹们都来了。大姐吵着五月要到五台出家，四姐嘘嘘地附和着，我觉得她们的信仰都有些刻意，没有我母亲智慧。我母亲吃花斋，每月要吃九天素，有时往口里塞肉时，大叫一声“今日忘记要吃素！”，然后瞪着眼睛咽下去。偶尔给我大姐发现，便责怪，母亲就很委屈地说“我是忘记了，不是有意哩。”是啊，母亲就是忘记么，世上哪有什么事都能记得的。

烧纸钱时，正热衷于宏扬乡土艺术的二姐，哄母亲回忆花鼓舞，配曲是“牛啊，羊啊，送给解放军”那首歌。火光中，父亲看着母亲笨拙的动作，笑得眉都弯了。

有一回启程在苍茫江面上

有一回启程在苍茫江面上
有一阵清风送来隔岸花香
有一杯烈酒饮醉了袖间月光
把那童话从黑夜讲到了天亮

有一次张望把异乡望成了故乡
有一只飞鸟从丛林扑向海洋
有一双眼睛清澈已成荒凉
还有什么能阻止我去远方流浪

——芳杜若的歌

十八岁那年，我以路费的名义，向工会借了150元，买了一部珠江牌照相机，从此落下了堕落享受的恶名。那时的我，揣着微薄的工钱，窘迫得请不起朋友吃一顿饱饭，用仅有的三块钱买了一包嘉顿克力架饼干，就着粗糙的茶水，招待来看望我的铃子，却心心念念不忘买一部相机。

二十岁那年的冬天，我提前请了假，背起了包裹，和阿武一起出门。在凌晨三点的时候，我们到了九江车站，被一个在车站揽客的阿姨，在七弯八拐的黑暗里带到一个房间，房间外面一帮男女通宵在吃酒打牌，房价一晚十元。第二天醒来时，阿武问我为什么能睡得像个猪，一点不怕，我觉得奇怪，我为什么要怕？那一年在薄雾里，我们登上了庐山，我迷恋美龄别墅面前的那一片竹林，便如迷恋廉价便当盒里的那一块肥脆的叉烧，一口咬下去都是青春丰饶的汁液。那时我的胆子大得像可以开飞机的天空，想住在竹林的云雾里看过往的月亮，阿武笑了笑，把我带下山去。下山时，我们经过庐陵湖，那是一个小小的湖泊，泅渡不用半个小时。彼时我对爱情虽然没有什么概念，但觉得爱情并不应那么漫长。湖边的影院每天播着同一部影片，那是给吃饱的人看的，郭凯敏的眼神虽然痴迷，但看久就没有感觉了。后来我们坐船上溯岳阳，我穿着宽大的牛仔布衫，吊着一条马尾，伫在船头，看长江的风纷纷吹过眼前。从岳阳楼到君山，是一站静静的路，路边的滩涂停着飞鸟，知竹林的梢头挂满清香雨露。还有在长沙湘江西岸的岳麓书院，我抚摸石碑时也是满眼柔情。

还是那年，我穿着黑色的布裙，脖子上挂着一串贝壳，长长的头发在三亚的阳光下闪闪发亮。有个眼睛细小的男子喜欢我，一路卑微地讨好我，写一些很平凡的诗歌，但我不喜欢他，我是个坏蛋，对人很不好。还有其他的男子，在楼下唱歌，问我能不能听得懂，在酒后流泪，问能不能为我留下来，每一次都吓得我手足无措。我从来不觉自己好，好只是因为当时年轻，年轻的心里总有一只鸟，可它总是找不到它的海洋。那个旧金山来的男人，眼神那样的深邃，也吓得我几日不敢睡觉。芳杜若的歌多么不好，惹我想起这么多的陈年故事。

这样诉说一片一片的记忆，发觉原来我的心底也是文艺的。我现在心里还是有一只鸟，它的从林正在荒芜，但依然飞不到它的海洋。

现实有时是严酷的。有些日前，脚步仓皇地回来，进门呼了一声母亲，背过身去眼泪潸然，如果我被人害了，母亲该如何是好。前晚，诗书伤心说醉话，她一声声地哭说，不要母亲晚景凄凉，哭得人的心都散了，想起那天我如交代后事一般交代助理，若我有事该如何安顿母亲，心更碎得一片都拾不起来。母亲今年更添了严重的肩周炎，一个左手抬不起来，不能穿衣服，晚上痛得不能睡觉。我每天早上带她去做推拿和理疗，她做了七八天，便死活不去了，她埋怨推拿的医生事前没有和她商量，总在她没准备好的情况下便掰她的手，故意要让她疼，现在她一见医生就逃跑，我一点办法都没有。这些日子，常常下雨，母亲做理疗时，我便靠在医院的窗口，看窗外的广玉兰的叶子，在雨中静静地伸张，白色清淡的花，在水影里微微呼翕。

现在母亲自已在家里做操，她用右手拉住左手，微微弯成一个拱，努力低了头，在臂弯里无邪地对着人笑，嘻嘻，嘻嘻。我心里一软，想起诗书说的那句胡话“因为庄子的好，都在我母亲的怀抱里”，一切的好，都在母亲的怀抱里。原来如此。

这是多么无力和怆然的一首歌，有一回启程在苍茫江面上，却不曾远去。我把年少一切的愚蠢和天真，把半辈子不能放肆的流浪的心，都化作飞鸟投向母亲的丛林。

离离原上草

听说细舅要来，母亲便几日几日不睡觉。她不睡觉，我便遭殃，每日几次电话，反复讲述细舅的容貌，如何接机，如何安排。

我用剪刀裁开纸盒，糊一张挂历纸上去，蘸了重墨写了大字“接细舅孟奇”，背面支上木棍，便举着牌子去机场了。

工作人员告诉我，国际航班都是在 E1 出口。我便守在 E1 出口，把牌子举得高高的。可是，航班已经到了一个多小时了，一堆人又一堆人走出来，就是没人理我。细舅不会不识字吧？我一急，见了周围稍微年龄符合的，就拿着牌子跑到人面前乱晃，还是没人理我。后来是四姐辗转打电话来，让我到指定的地方找人，原来我等错出口了，他是从 E2 出来的。

回粤东的一路上，电话不停吱吱叫，吓得我们半路连饭都不敢吃，母亲一定在路口站了很久了。

晚上九点半，见到母亲和侄子站在国道边昏黄的路灯下，一老一小表情迷茫。我们"唰"的停车，吓了她一跳。她笨拙地帮忙拿行李，笨拙地指路说："细弟，行这里，行这里，看石头。"

她煮了一大锅粥，稠稠的，盛了很多碗，推在细舅面前，细舅皱眉说："大姐，这一锅我吃不落。"她就说："慢慢吃，慢慢吃。"然后分给我们几碗。一会儿，几个姐妹都来了，大家开始讨论谁像谁，谁好看。母亲最像外婆，细舅和细姨长得最挺拔俊秀，像外公，母亲批评自己说，"不雅，无面无相"，细舅拍拍她的驼背，表扬说："不哩，你长得最好看了。"母亲便掩嘴，笑得脸像苹果一样红。

细舅打开他的大行李袋，从里面摸东西，香水，酒心巧克力，双飞人药水，还有四姨托带的辉记鱿鱼，还有开酒瓶用的多功能工具，其他不晓得什么了，摆满了整个饭桌。我们六姐妹各可得独立包装的一袋，哥哥便没有，细舅说，没包装的都是哥哥的。母亲点了数，发愁说："还有几个母姨呢。"二姐忙说："我还有一个结拜的。"细舅有些窘，对母亲说："我都不知哩，你看着安排罢。"我立马能干起来，帮母亲安排，我的不要，四姐的可以不要，哥的药水匀出来，二姐陪笑说："不够，我的也不要。"但却不拆包。二姐还懂说话："细舅，你五十八岁，第一次到中国来，未坐稳，我们就忙着分你的东西。"我忙说："以后我们也给你带东西。"说完自己也脸红。我为什么总这样市侩呢，想到的总是东西赔东西。

细舅又偷偷给母亲塞钱，母亲忸怩，"不要这么多"，细舅帮她放到衫袋里，她又很高兴，念叨，"细弟给我的"。细舅又给我们发红包，一人二百欧元，轮到我窘了。他在巴黎做厨师，负责煮面，养着一家大小，哪有许多钱。母亲做主说："阿大，阿三和最尾要，其他的不要了。"二姐要了一百，说做记念。细舅不收回，母亲又做主说"给几个母姨，说是大番客来，有钱分。"两姐弟呱呱地笑了，露出两嘴牙，都是义齿。

夜里，细舅上二楼睡。母亲爬起又爬下，总是发现有拿不完的东西。我被赶到大姐家里睡，夜里数着天花板上粘贴的星星，想起母亲房间里的老人味更重了，怎么母亲一下子比我老得还快呢？怎么大家都忘记给她洗被子呢？早上天未光，鸟儿就在窗外叫，啾啾，啾啾，人世到处都是欢情，就是不料得钱会花光人会老。

细舅贪玩，大没大样，我们做什么，他都凑过来。我们打牌，他不懂，就在旁边说牌，急得人跳脚。我们带他去屋后爬山，看一山的孤坟和盛开的狗尾巴花，偶尔的三角梅怒放在坟茔边上，他也很高兴，说巴黎没有什么山，他很久没爬山了。我因为事多，急着回去，便哄他说："你来我处，我带你去玩，去泡温泉。"他就记住了。临走那天，我把他和母亲领到屋外，摆了两张凳子，给他们拍照，阳光浅浅的，他们笑得很腼腆，不远处的芥篮正在抽花。

细舅果然来找我玩，四姐和小妹陪他来。我带他们到古兜山里去。傍晚我们开一个多小时的车去台山都斛吃海鲜，直接在海鲜市场买来材料，交给大排档加工，味道真是好极了，一个个吃得嘴角流油。白天我们泡温泉。我因为不方便下水，便找了一处僻静，倚着一块石头，卷起裤角，浸着双脚，看《停车暂借问》，太阳轻轻晒下来，唉，我真是天下最逍遥好命的人啊。

人多的时候，我们就离开。带细舅去看国母殿，路过崖门大桥时，跟细舅描述上次母亲不让我过桥的经历，说她在远处望着，觉得桥细细长长，看着晃啊晃，又见不到有人在上面走，所以不许我过桥，细舅听了笑弯了腰，指着窗外喘气说，"这桥晃啊晃……"这人生才晃啊晃呢，忽然之间，就多了一个可以耍赖的舅父。细舅不浪漫，我问起莫奈的池塘，问起普罗旺斯，他都不知道。倒过来问我法语叫什么，我哪里晓得啊，我都是看闲书看来的，里面也没有教我法语怎么说。

我又磨细舅说他年少的往事，他却说起逃难的情景。那时一只船那么小，才十五六米长，就坐了几百人，人只能蹲着不能活动，一伸手便摸着海水。细舅说，这个船出海，不能遇着浪，遇着浪就完蛋，这个船走三四天要靠岸，不靠岸就饿死。他说，当时上了船，心就发凉，觉得死定了，却已经无法下来。从西贡到香港，从香港到新加坡，从新加坡到罗马，从罗马到巴黎，才尘埃落定。说这些话时，我们正半路休息，蹲在路边晒太阳，看见路边杂生的野草，顾自一垛垛蔓延开去，沾满春天挺拔的意思，似乎都要开花了。

答应细舅给他发去图片。在整理照片时，看见几张拍旧屋的，心里有些恍惚。那天特地去小妹家，看她搜刮了我们许多钱建成的房子。回来时大姐带我绕弯去看旧屋。在这个狭窄沉寂的巷子里，曾丢满我生涩年华细碎的脚步，遍及角落，心里一下子有些难过，那些破败的檐角，旧时也有燕子垒窝。转弯时，恰遇儿时玩伴，坐在门口勾花，见面生疏得不晓得如何说话，便拍了几张照片，赞叹那是旧时富贵人家。人世真是局促，回头看一看，半辈子忽然就没有了，人物两非。只有虚荣依旧，觉得自己总是比别人老得快，便羞答答和人告别。

这些年拍了很多照片，都藏在电脑里，没冲洗过一张，如果哪一天电脑傻了，把它们都丢掉，这人生便一片纯洁了。

明月生

八月十四，月色轻轻漫来。天空是青湛的蓝，如母亲碗橱里，古旧竹花碗里盛着的榴枝水，手指拔一拔，一片清凉，让人禁不住遐想起来。

母亲总是在忙着永远忙不完的过节准备工作，过了一个节日，又要过一个节日，拜了一个神，又要拜一个神。岁月无情神有情，人生里翻来覆去不厌其烦的倾诉和请愿，只有神灵才禁受得住。我向母亲要中秋糕饼吃，母亲摸索了半天，给了我一个干瘪的柿子，说只有这个是拜过神的，其他的要等明天拜过才能吃。我只好干咽了一下，黯然搬了一张椅子上天台看月亮。

月色是照得见书的。书里的林清玄那么小资，现世处处讲究，无论什么事，鸡毛蒜皮，都能发一通感慨，估计是生活太闲好的关系。他看月亮时，总是在吃茶，月亮无论如何好，最后都是掉到茶杯里，沾满青黄青黄的茶色。我和他不同，我是吃茶时看月亮，茶无论如何好，吃着吃着，杯里全是月亮的影子，清清白白，一点味道都没有。所以月亮下，也不一定要吃茶，吃柿子也可以。此时天心是藏青的蓝，月亮吊在左上角，清冷冷的，天真又孤独，偶尔一朵两朵白云，从与尘世接壤之处，一片乱哄哄的粉红中跳出来，瞬间就纯洁了。

我把书丢在地上，埋在椅子里听风月的声音，真是安静极了。隐约有一两阵蛙声，田野里轻轻的嘁嘁虫鸣，还有嗞嗞的细微的蝉噪，缠绵不绝。其实不是蝉噪，是水管震动的声响。如果人心不寂寞，真是什么声音都能听见呢。月色如水，照得人浑身发软，影子掉在地上，也婉转得一塌糊涂。我把手指弯绕成鸟头的模样，在地上做影子。想起雀之灵，杨丽萍灵魅的手，每一个颤动都优雅高贵，而自己无论如何装，比来比去，都像饿鸟在啄食，真是气馁。又想到《金锁记》里，张爱玲写曹七巧年轻的时候，圆润得手镯只能塞进一块洋绉手巾，而快完蛋的时候，衣服一褪就可以褪到腋窝，便赶紧把自己吊在半空中的麻秆手缩回袖子里。

十五的夕阳无限好，燕子低头掠过巷檐。我趿了拖鞋，到田野里去寻堂兄，想托他给伯父零花钱，伯父老得不会认人了。田野里的植物多么可爱，芥蓝刚长身骨，苍郁郁一片鲜嫩，春菜一畦一畦的，咽着阳光和水分，楚楚动人。最亲切的是花生，拔拉着叶子，不娇贵不夺目，全是童年的天真。想起小时跟在父亲的后面，他挖一个坑，我埋两粒种子，十几天后便惊奇地长出叶子来。倘若父亲还在，伯父是否也不认得了？堂兄的草寮在三棵苦楝树后面，矮矮的苦楝树中间挂着斗大的一个夕阳。夕照落在堂兄黑黝黝的脸膛，全是被岁月磨灭的表情，只有两个白白的小眼睛，是活动的。说起堂侄，大学毕业后要买车，要谈恋爱，要置房子，每一处都不能小气，他倾尽所有凑了十万给他了，只在一次生病的时候向他要了五百元，“伊在城市讨生活也困难，我尽量不敢麻烦伊”。临走时，他殷勤地要摘丝瓜给我，我赶紧跑掉。傍晚吃饭时，嫂子指着窗外说，夜里黑乎乎的，戴着头灯在种田的就是他，他不舍得拉电灯。

不记得有多少年没在家里过中秋了，孩童时过节的激情蓦然便撞了回来。刚吃过晚饭，我便催着母亲快点摆桌子拜月亮。母亲唉唉呀呀，“月娘哪有影儿?”“对面楼台已摆起来了，还点了灯。”我和小侄子勤快地搬桌子，搬椅子上天台，母亲咕囔咕囔在后面跟着。天台的栏墙还带着阳光的温暖，对面的邻居靠过来，“阿姑，你这些日子是不是很不闲啊，这样乌，乌过墨水。”我羞愧起来，“是哩，不知怎么了，就乌到发亮，乌过金。”我明明是穿着白衣裳么，还这样黑，估计是黄昏的关系。“你怎么拜得这样早啊，月娘都没上来。”“是哩，早拜好，吃了早睡觉。”世上真是没有比睡觉吃饭更实在的事了。

母亲给桌子系上大红团凤绣花的“金玉满堂”床裙，然后一件一件摆上五果：葡萄，石榴，香蕉，柿子和杨桃，用有脚的红盘子盛着，整齐有序，并珍重地给每个盘头插上榴枝，象征吉祥和无邪。大红玻璃窗框的画着青竹，写着“清风明月，合家平安”的风油灯放在中间，又供了茶和饭，还有小时万分稀罕的米糕，绿豆印，花生酥等等，反正一个桌头都是我爱吃的。东西摆好了，我又催着母亲：“怎么不升灯点烛呢，别人都在磕头了。”母亲不理我，“你紧张什么，先去洗浴。”原来拜月亮是要先沐浴的，这样洗一洗，一身红尘就放下了。此时，对面的邻居又磕下头去，但见满天的霞光，还有孔明灯闪啊闪，全是人世间热闹的动静。

八点半，母亲升起油灯，燃起红烛，点了一支高香，香居然有个底座，一插上就唱“十五的月亮，照在家乡照在边关……”，真是让人晕倒。母亲庄严地祈愿起来，我轻轻的在旁边吃茶，看月色徐徐爬上母亲慈祥的，洁净的脸。夜渐渐地深了，不晓得她要跪到什么时候。这世界真是寂寞极了，怎么只剩下我和母亲呢？小时候拜月亮，是一个大院子联合起来，在院子中间并排几个大方桌，每个桌脚缚着甘蔗，上面堆满祭品，炉子里插着很大的香，孩子们把书包全部摆上去。德高望重的奶奶负责拜月亮，为院子里每一个大人和孩子祈福请愿。她许完一个愿，便把手里的竹筊往空中高高一抛，称“掷杯”，竹筊是用竹头做成的，从中间切成两边，若掷出一边平面向上，一边平面向下，便是“胜杯”，被许了愿的人就可以刮一片香灰下来，在月光下冲一杯茶吃，称“吃仙丹”；若两边都是平面向上或平面向下便是“笑杯”或“稳杯”，是不能吃仙丹的。虽说有点迷信，但许的愿都是很美好的，特别是孩子，吃了仙丹便很高兴地把书包领走，明天考试一定能够及格。那个院子的孩子现在都在哪里呢？那时的月光啊，翠如水晶，一脚踩下去，便踩出一地银光。

母亲一个头磕下去，月亮已经很高了，我怀疑是不是有个《明月经》，可以念到心里明月生，而不会觉得累？她掷了一个很清脆的“杯”，高兴地说，“阿三的官司，你的事，我已和月娘说好，都是胜杯。”我跳起来，就要去刮香灰吃，母亲阻止我，说仙丹要另求，结果她再也掷不出一个胜杯来。我急了，接了竹筮过来：“你手气不好，我自己来。”掷一下，不行，只好再掷一下，真是倒霉透了，吃个香灰也这么难。天天看月亮，年年看月亮，看到铁树都开花了，伊却情意一点都不相通，真是白看了。

是夜，茶吃多了，睡也睡不着。埋在阳台上，看玻璃框里昏黄的灯光，在清凉的月色里，缓缓沁出温暖。华光如水，淌入心里，幻想里面长出一个月亮来，便一辈子前途光明。

母亲跌落在春天里

一点点的光线照落在藤椅背上，反射出旧白的光，母亲把藤椅搬出又搬入。她每日里总是这样，放在外面怕晒坏，放在里面嫌碰脚。似是没事人专门等事来做，只有这样搬来搬去，日子才得过去。

我对母亲说，莫搬了，我带你去看花罢。母亲说，不去不去，花有什么好看的，落楼就有。母亲晕车，腰也不好，最怕折腾。我说外面的不相同，花没长着一个样的。不远，不用一个半钟，骗你保佑我没饭吃。

人老了像孩子，哄一哄便欢喜。我说专给她和花朵照相，她便翻出最齐整的衣服出来穿，还用毛巾仔细擦了不知戴了几十年的旧耳环。出门前照例埋怨鞋子，这原是我的错，花了一百几十元给她买的皮鞋，没有比街市路边十几块的成倍数的好，她心里不合，天天不忘做比较，害得我每买一件三百的，回来便得报三十，人掉价很多。

每遇见春天，最想的两事，便是吃茶和看花。天阴绿，窗微雨，窝在一个柔和的角落煎两杯熟茶吃，只温香和茶色便能把人醉死。没有周作人的一窗茶抵十年尘梦的境界，却是倒过来，十年尘梦一窗茶，这是不是很颓废？反正想着不颓废也发不了财，也便随意了。

至于花事，前些天见楼下的花园里一种叫黄花风铃木的，很是灿烂地开了几日，一夜之间全谢了，换了蓬蓬勃勃青翠的叶子出来。那种黄色的很纯净的花，却给人一种黄昏的感觉，让人想到花事荼靡。凡好看的东西，都不长久。花事如此，人也如此。人多想到的是回忆的好，而不是将来的好。将来的好是看不定的，却要想着，人生才有寄托。

带母亲去看的地方是珠江口的百万葵园，在一个叫万顷沙的地方，要行过十七顷桥。每过一顷桥，母亲便说，没听说一朵花要到这样远的静僻地方来看，你看都没人来，鸟儿也没一个。及至临近，看见一条窄窄的路上停满大巴，人车塞得进出不得，母亲便大吃一惊，说“这样多人，就到这乡下看一朵花！”我给她纠正，不是一朵花，是很多样花，不是乡下，是自然保护区，我们那里才是乡下。

母亲有着喜爱热闹的天性，如孩童般的纯真和赤诚。她开始惊叹各种花，追着相机跑，却只晓得站直一个姿势。我说，很好，中正和顺，有大人样。她听了便乐呵呵地笑，两排义齿引得嘴唇嘴角全向里凹着，眼似羞涩地欲避人，偏溢满了生命最为天真和喜悦的神采。我偶尔抓到几个镜头，放与她看，她总是很不好意思地说“这样碍看”，样子非常可爱。

真不晓得那些花的名字。除了成片成林的葵花、樱花、熏衣草认得外，其他都不常见。有些花娇得看多几眼便要谢去。有一种花，盆栽，种满几个花棚，颜色极其鲜艳，瓣芯饱润，最惊奇的是叠瓣之间，竟似凝烟凝雪，母亲形容说“这花开得很醉”。如微醉温润的女子，春眠未起，却在梦里一醉一醉地将体形伸展。我很喜欢这花，一朵一朵地看，看得旁人都不耐烦。我想，今日不看，明日可能就没了。

母亲很喜欢那片如非洲菊一样绚丽的小花，偏要学着小孩子一样蹲下去照相，结果爬不起来，跌坐在春天的花丛里。母亲因为生养多，肚子很大，而腿又扁扁的，显得头重脚轻。她去年车祸撞折了两节腰椎，膝头弯不下去，前段日子带她去做针灸，才勉强弯得，再摔坏可不能收拾了。我们弄了半天，才把她拉扯起来，所幸没事，不然我的罪过大了。接着我也不敢再蹲，怕母亲又跟着学。

带母亲去看那一片樱花林，母亲非常喜欢，一棵一棵去转。雪白的樱花洒落在母亲灰白的发端，和有些驼的肩背上，美丽又沧桑。母亲依然很欢喜，去帮正在樱花下拍婚照的新娘们拉裙角。花开季节，人们都很美丽。时光的美丽，塞满了庸俗，最好的方式就是用底片保存，不如意时拿出来感叹一番。

我给母亲照一张相，在开满了一地的紫白的一串串吊钟花里，摆一张白色的靠椅，母亲坐在上面，镜头从下向上向远处伸去，有一种静和端庄的美。我的母亲很静美，在镜头里看着我笑。在放相片时，我似看见父亲站在后面的影子。

在开着罂粟花的路边，离樱花不远的地方，我找到了一张枱子，把旅行装的茶具摆开，竹做的茶盒，白瓷的杯，用保温瓶里的水冲春茶，陪母亲吃面包。

要走的时候，母亲很有意见，说八十五元的票才看得几个钟头的花，太吃亏了，非要到那边玩乐的场所活动一下。我说，那些晃秋千，走荡板的不合你玩，你莫整人罢。

她不晓我心里想着，快些回去，忘记带钱出来吃饭了。

楼角的月亮飞过去了

陌寄来的书

陌给我寄来一本种菜的书，附了五颗豆角种子。我阅遍全书，找不到对应的种法，相近的只有介绍毛豆和扁豆。在我的心里，觉得豆角要比毛豆和扁豆好看多了。于是我把种子埋在玉兰树下，玫瑰花旁，期待它们优雅地生长出来。

清晨的微风中，躺在地板上翻陌寄来的林清玄的《平常茶非常道》。简单普通的装帖，内里温柔收敛的文字，气息集中，使人欢喜。以前没看过林清玄的书，真是错过。我在书缝里夹上花落去年寄来的刘二刚画的一枚书签，题跋是陆游的“万卷古今消永日，一窗昏晓送流年”。画里先生歪着脑袋坐在一边，童子捧着碗自语，“不知他迷上了什么书，饭硬他也吃，饭烂他也吃，饭焦他也吃。”人生不讲究的快意，“吱”的一声就冒出来。这样躺一躺，看一本书，好时光枕上黄梁就过去了。

附带寄来的还有朱千华的《水流花开》，大约陌认为适合我看，她在扉页写道“这样一本草木札记，由你读来，是为最美。”很可惜，翻开书，看见车前子手稿的序“欣欣向荣”，心情立马黯了一截。潦草豆芽般的汉字不具有美感，看不清楚，却又没有打印字说明，心里想，这就是文人的矫情了，他们其实不想人看得明白。又翻及内里的插图，整页整页不留一丝缝隙的漆黑的铅珠笔画，也让人压抑，实在与朱先生的文字不配合，不具有内容应有的自然之态，心情粗糙时是断看不下去的。这段日子我心里不够安定，真是辜负了陌的情意，也辜负了朱先生美好的笔墨。过些日子我的魂回来了，这书就会变得可爱起来。

楼角的月亮飞过去了

楼角的月亮飞过去了。

我蹲在池脚数茉莉的花朵，一朵，两朵，都这样温柔洁白。

想起早上醒来，就听见大哥在叫，“你看，你看，这鱼真离谱，鲜的吃，老的就不吃，像你一样！”原来他往水里扔欲谢的茉莉花，鱼不理他。我怍了一下，又觉得不对，“我哪有这样挑剔呢？”

几日前云海来看我，我与她说，你要不要到家里来住住，看看月亮，看看我的日子。她不愿意。不愿意就拉倒，有人在，我还不好意思想躺地就躺地，想伸脚上桌就伸脚上桌。而且她根本就不会看月亮，让她看月亮，她就睡觉。本来在月亮底下睡觉，也是一件很抒情的事，但若换她来做，估计就什么情调都没了。我觉得我已经很粗糙了，她比我还粗糙。我们互不惺惺，她说我走路一字脚，我就说她八字脚，我跟她说茉莉开了多少朵花，她就说我的竹子长得不像话。我们还玩不到一块，总是各走各的，害得跟她同来的三生，一下子去找她，一下子又来找我，两头拢不过来。

此前，荷韵就跟我打了底，说云海她们喜欢带干粮，然后一天不吃饭。我赶紧声明，我不经饿，我是要吃饭的。第二天带她们去开平村庄看碉楼，我一进村就拉了三生去农家订饭吃，挑了一个鸡，叮嘱农家千万不要杀错，要等我们回来才开锅，不要煮老了。我们又去看农家锅里的汤，正是解暑的荷叶冬瓜汤，立马先要了汤喝了。喝完出来看见二流子似的云海晃过来，三生连忙陪上去，给她提水，给她递这递那。世上事真奇妙，一物降一物，这么爱欺负人的大头鸟的云海，偏有个三生像呵护孩子似的宝贝她，吃尽苦头不吭声。

那天金凤花开得特别绚烂，我傍在开平自力村铭石楼楼顶的石柱上，看着尚未播秧的赤赭色土地上，阳光闪闪发亮，远处的云幻楼一片恍惚。那个门口种着泪竹的，写着“袛谈风月”、“春风及第，淑气临门”的云幻楼。这是铃子的故乡，她说过多少故事，我一个都记不起来。云海和三生爬上天台，那么久都不下来，阳光就把我晒傻了。晒傻了的时候，看什么都是恍惚，仿佛这世界跟我一点关系都没有。云海一定觉得我很冷淡，我只是表现不出来，她站在那里，壮硕得仿佛一堵墙，我一句好听话都说不出来。那么笨重的一堵墙，万里迢迢地开着一辆微型面包车来看我，我还嫌那车没空调，我真是坏死了。

下午的立园，风吹过，夏天一层一层的潮热涌来。我站在石凳上摘洋桃，摘了一个虫吃过的，再摘一个还是虫吃过的，我用衫角擦了一下，在没虫吃的一边一口咬下去，呀的一声，牙齿立马痹掉。真是奇怪，这么酸，虫怎么会喜欢吃？实在没事做，又不晓得云海她们在哪里，我只好一个接一个地吃洋桃。虫都能吃，我为什么不能吃呢？

母亲

母亲坐在门第上吹风，衣襟一荡一荡的，白发绾不住，一条条从发夹里爬了出来。

我抱着一堆资料，从外面踩了两脚尘回来，拍了拍裤角就挤了下去。“怎么没人与你说话啊？”“谁个有闲呢。”左边的巷子被脚手架阻断了，厝边头尾走不过来，右边是半丢荒的田地，苍蝇、草猛和野蛙，没一个和她说话。“奇怪，早上还听见鸟叫么，现在什么都不叫？”“那是要落雨么，落雨就不叫了。”“大姐不是从五台山回来么。”“她做工去了，一日赚五十元”。说到钱，母亲高兴了，说她每月也领五十元，“我一日行来行去，叫伊人入会，每年缴二百，以后老了一年就分六百。”母亲觉得这样合算极了，每天以自己举例，动员村民加入乡里组织的自助会，她总结自己每月五十元是“赚脚皮”，即走路费。母亲说话有时喜欢摸耳朵，我忽然发觉母亲的耳环不对，“你的耳环怎么这样小?”“这个是假的，那个真的收起来了，怕戴了真的，一会就给人抢走呢。”母亲长着大耳朵大耳垂，是典型的长寿相，而她戴的耳环没半个小指头大，紧巴巴地贴着耳脚。“你的耳朵这样大，耳环小不好看哩，我给你买一对么。”“不要，我有哩。”

母亲有过三对耳环。那年要嫁过来，奶奶哄母亲去穿耳洞，说要给她耳环戴，母亲说：“原来是骗我的，嫁了一直没得戴，隔了几年，伊腊月天时，风呼呼叫，山脚边的水寒冷得刺骨，你阿爸跳了下去，捞了一竹蒌鱼去卖，买了一对耳环给我，二十六元。后来没地方住，要修阁楼，耳环卖了十三元”，母亲一直放不下那对耳环，“那水是冷得真刺骨，才卖十三元。”母亲的第二对耳环是外婆给她的，说是有几钱重，哥哥结婚时拿去打成项链给媳妇了。母亲现在收着的耳环是四姨给她的，她说要留着到最后穿戴。去年，母亲把所有的金啊银啊，全拿去打了，打成八个戒指，两条项链，项链给两个孙子，戒指分给女儿和媳妇，一人一个。我忘了我拿了没有。母亲说，“现在我什么都没有，没有钱也没有金!”我硬着头皮问，“那你现在有没有钱用啊?”“有是有哩，都是你给我的。”我只好摸出钱包，分她一半，她半推半就就要了，估计明天这钱就全跑妹妹那去了。

母亲天天担心我们没有吃饱，吃饭时守在饭锅旁专门帮人盛饭。盛饭的时候，她用饭勺子一压，碗面立马塌下，她就在上面再加上一勺，碗面立马又高高凸起，这时我就惊呼，“这一碗比两碗还多，我哪里吃得下啊。”天天不撑死不罢休。我跟小西炫耀说，我在母亲那天天吃好的，牛肉丸，清脆芥蓝，鲜薄壳，卤鹅，笛子鱼，她羡慕得很，若是让她顿顿吃这样一碗饭，估计她吓得影都没了。

母亲的脚不好，抽筋时在地下顿脚的那招已经失效，现在她在脚底贴膏药，我好奇地问她膏药哪里来的，她说从跑江湖的人那买来的，“那个人卖膏药，叫了老人去听，说是如何如何好，还给人免费按摩，第二天就卖光了。伊以前也来卖过，大家说伊骗人，再也不买了，可是伊又来，大家又买了。”“那你知伊骗人，你还买？”“大家都知伊骗人，大家都买了，不是我一个。”母亲无辜地眨着眼睛，我吱的一声气笑了，“真是笨蛋。要不，你和我回去罢，我让医生给你看。”她不干，说天气太热了，等凉了再说。这种论调我太熟悉了，晓得天气凉了的时候，她就说等天气暖了再说。

那天要走，母亲七手八脚地往车厢里塞东西，我急了，“别塞，中秋我还来……”结果一厢汤汤，回来清理了半天车子，还好，芥蓝没有压坏，青脆脆的，一盘子都是清香。一口咬下去，眼前晃的全是母亲无辜的眼神，天晓得她什么时候又会被骗呢？

师姐

师姐终于走了。当我在高速公路上堵车进退不得的时候，她的追思会正在举行。

回家之前，我和婷姐去紫云观看她，发现她正奄奄一息躺在床上，看护阿银一点表情都没有。我们坚持要把她送医院，我不晓得是否逆了她心意，她曾说过希望在这间房子里归去。但我们实在于心不忍，我说，“不吃水，不吃饭，难道这样由着干枯死去？去医院打些营养液，也许能缓过来。”

第二天，婷姐要去北京，我要回粤东，动身之前我去医院看她，她的眼睛骨碌骨碌转，不能说话，不晓得她认不认得我。我拉她的手说，我回来就来看你，那时你就会说话了。她终于还是不能说话。电话里，我让助手帮我去买花圈，想了两句“仙烟渺渺，一世清高”，后来买了统一花圈，挽联便不要了，不要也好，反正我也想不出有什么话好听。

紫云观总是很安静。月亮照在绿色的檐缘上，泛出青白，如玉生烟。那里的紫薇和青竹，还有山壁上爬满的常春藤，郁结水露，一年到头都晶莹欲滴。

行落南华寺

我已很久没有参加这样的活动了，在人群里我扎不了堆。在这些意气风发的人们面前，我显得有些格格不入的忧郁，这和我的职业很不相符。

协会每年收入一万大元，也没见如何对人好。每年三八前后的唯一的一次外出活动，还要规定短期和成本。腐败和任性已深入到每个社会构成的末梢，只要有人的地方便生机发叶。

我不愤世嫉俗，我讲究心灵不吃亏。要与不要，予与不予，释然就好。如果愿意留神和感受，生活里到处布满智慧和欢喜。但欢喜有时却是忧郁着的，因为落在尘世。

反正必得找到一个地方要去的，并且要符合设定条件。所以，她们说，决定去韶关，爬丹霞山和拜六祖。我说，我也去吧，我不能离人群太远了，又不用花钱，不吃亏。

十六年前，我来过这里。那时的六祖殿正在修缮，不得相见。

那时初涉人生，天真无邪地跪倒在三世如来的脚下，奢求一双慧眼，结果没有得逞。

记得那年的菩提树，叶子落满了一地，很少人去拾。我拾了一些好看齐整的回来，夹在书缝里阴干做书签。回想起来，人生就似一片菩提叶书签，拗不过缘分，该飘落时飘落。

今日重来，想看看那两棵菩提，再有就是六祖的真身，一直有些好奇。即是说，犯了执著。

南华寺是南宗禅法的发源地，寺门口的牌碑上有他一千四百九十八年历史的简介，于我是无须多说。六祖传经的光孝、国恩、南华三寺，我都因缘行过。光孝寺坐落在广州闹市的尘嚣之中，却是难得的庄严肃第。新兴国恩寺是质朴平和的，门口的那棵著名的菩提，挂满十方祈祷，却也是村民和小儿闲坐戏耍的地方，平凡得如同百姓晨暮的炊烟，新陈代谢，春荣秋萎。而曹溪的南华，因了慧能真身，因了六祖坛经，还因了那个幽静的佛学院，人气似乎要旺盛得多。

南华寺门口挖一条渠，修三道桥，这三道桥是很现代的，我以前没见过。佛祖不管门面的事，沧海桑田，物是人非，一切无可说。其实也说不明白，佛常教导信徒说，是即非，非即是，有是无，无是有，这很容易就把人绕晕了。所以明白些的人们便不管他，与时俱进，觉得造三道桥好，就造三道桥。

三道桥后，便是曹溪门，两旁蔚然，行入即是佛门。昔高僧说，“宛如西天宝林地”，遂有此宝林道场，后经几个皇帝，从宝林寺改到南华祥寺。总觉得武则天是个极其伟大的皇帝，从家事国事世人事，乃至于禅事，莫不让人惊叹。其在处理南北禅宗，以及题金刚经的开篇揭义上的大手笔，让爱掩疸生饰的道学臭老九哑言。当然，历史常附带个人的喜恶，多数人在本质上还是唯心的。我很唯心，佛祖也很唯心，唯心使人心存感念，趁向美好。譬如此刻行在这个寺院里，除了获得感官上的安宁，你还可以体悟到感恩，体悟到应当去奉献，在这种情绪下，看见任何一物一事，都觉得自然美好。

这种虚空的情绪，很影响人，脚步也会随着变得虚幻琐碎。曹溪门和宝林门之间隔着一座五香亭，听说在这亭子里，可闻得着五种香味。我没闻到什么，除了在生理上很敏感的烟火味外，就是两侧的绿化让我感到的一片蓬勃的春的气息。这个南华寺，一般寺院应有的殿堂构局他也有，比如入门见四大天王，然后是未来佛，大雄宝殿，再在后面和两侧生出钟鼓楼、观音殿、藏经阁等等，都很循规蹈矩，行过便是。他特别的地方，在于他有一个供奉慧能真身的六祖殿，以及藏经阁两旁那两棵古老的菩提。他可笑的地方也有，在宝林门后面的百年香樟树下，竟新造一个豪华庙子，供着一个土地爷，让人忍俊不禁。

进了寺院，我常常愿意是独行的。香烟缭绕，使我的眼睛饱受硫磺的刺激，而黄墙红梁却能顷刻使人安定。佛陀的容颜永远亲近如人，金身、银身、泥身，受的全是人间的烟火，听的全是世间琐事，怎不充满人情味呢？六祖的真身只能隔着距离和玻璃瞻仰，我努力地睁大眼，还是看不清楚，看久了，竟觉六祖的脸是侧着的，并且线条要比画像柔和得多。看个真身也能看走样，我真是没有慧根了。

菩提树的叶子正青绿，没看见什么人在拾落叶。跟在我后面的同事小黎问我，去买香烛吗？我说好的。买了香烛，对小黎说“我不讲究，就在大堂烧罢，不走远了”，小黎只好自己跑去六祖殿烧香。人们讲究来南华寺第一炷香要烧给六祖。当我把一大扎香插到大殿的香炉时，看见阶下的月季开得美丽极了，带着刚下的新雨的温润。

无所事事地看一些花朵，终究还是忍不住晃荡进菩提树旁的阅经室，只怕忘了集合时间。我有本事看这些闲书，抄金刚经抄到比上网还有瘾，到头来却发觉没记得一句。

其实南华寺最有意思的是树木。在六祖浣袈裟的卓锡泉前面，古老的水松幽深挺拔，连光线落入，都觉高远静默。还有寺旁的那两片很美的枫叶林，宁静幽郁，虽然那天没见着日头，总觉似有阳光透射下来，又明亮又干净。

从阅经室带了一本地藏经回来，给母亲。六祖坛经没有免费的，小卖部八十元一本，觉得太贵，且还没有断句，根本看不懂。可以从网上下载，抄一本。不指望识心见性。

十六年前根本不晓有经，清纯着忧郁。十六年后居然抄经，忧郁着清纯。这世上事，考究起来，件件都没有来头。

一渡青晖映落夕

母亲一日里打几次电话来，“你若十二点前不来，就落伊人饭脚下”，“晓了，晓了。”凌晨四点我就爬起来，一路罚单，奔到家里推门一看，母亲，四姐，大姐正围着吃斋桌，一个客人也没有。母亲站起来，拍了拍衣前掉落的饭屑，忸怩着说：“哦哦，伊人还未来。”

母亲屋前原来是一片良田，哥曾在上面种植过，雨滴能打出洞来的鲜嫩的蔬菜。现在，这里即将被圈地分配，荒草丛生，几只麻雀停在草花顶上啾啾地叫。南方十月的阳光多么好，落到地上溅起一堆温暖。我坐在小凳子上，教母亲用“随身炙”捂发麻的脚腕，九块钱一只“随身炙”，从网上就能买到，十块钱一盒的艾条可以用六十次。艾的味道很好闻，我曾让小汐买来捂，这个成本低，反正也捂不坏，不晓得她用了没有，是不是应付就了事。母亲七十几呢？我也没算过，就记得她七十岁时我开始赶宴席。现在吃宴席基本是吃话痨，七姐妹，还有二姐结拜的一个姐姐，一堆人围着母亲团团转，吃完了以为还没吃。我以后肯定孤独死了，如果有一打孩子就好了，有人吵架，有人差遣。

乡村的夜晚多么寂静，母亲在追电视剧，屋顶的白炽灯泡照着几个苍蝇，噼噼呼呼却没一个掉下来。我帮嫂子把塑料的松枝插到瓶子里，又倒出来重新插过。插播广告时，母亲咚咚地跑出来说，这个不好看，这个好看，声音一停，又咚咚跑回去，腰坐得木板一样直。“我们明日去南澳，早去，日暗就回来啊”，“我有去过哩，无什么好看，就一个井，待船待几点钟去看个井，又待船待几点钟回来，莫去，伊人骗你的。”“没人骗，就去看一下么。”有时很痴情地想，若有人这样浪漫地骗一下，我也是愿意上当的呀。

十点半到了渡口，要排两个小时队才能下船。我闲得发霉，坐在卖橄榄的小摊档前，啃一根很长的甘蔗，看阳光下来来往往华丽穿梭的人群，猜测他们要去干什么。他们也看我，我穿长长的雪白的衬衫，蹲在一只脏兮兮的石凳上，一嘴蔗毛，模样一定很不雅。不雅就不雅，反正陌路相逢，转身两脚生烟，尘埃俱散。南澳的海不澄蓝，灰溜溜如清薇闭荒的岁月，这些日子总有人在提她，我好像也有些想她了。车子都停在甲板上，船摇一摇，海浪就跳上来，窜进没有关好的车窗里，在楼顶吹风的车主这时刚好看见，就“哇”的一声，看着真是很有意思。中午的太阳就最没有意思了，直啉啉直扑人眼，睁大了眼还是看不清楚海面发白的东西，是阳光还是鱼雷。对面的海山则有些婉约，山后几朵白云青涩的腼开。

我仔细的看了地图，从长山尾码头，沿着海岸向云澳的方向走去，便可以去到青澳湾。一路上，阳光和海风缓缓袭来，海上波光粼粼，感觉竟然昏昏欲睡。我惦记钱，又惦记风景，还要想着家里的那十一条鱼，真是很累啊，风一吹就想睡觉了。阳光下有人在晒紫菜，那黏糊糊的一团团东西，让阳光这样晒一晒，便变得干脆了，真是很有趣。在去宋井的路上，看见一群孩子在凉亭里玩陀螺，布条一拉，陀螺就滴溜地转。“我也会耍耶。”我跟在他们的后面探头探脑，不过没人理我。我真的会玩呢，我童年玩的陀螺像一把伞，不用布条拉，这样一搓手掌，陀螺就飞出去了，不过我搓的陀螺没有他们转得快。

最温暖的莫过于蹲在海边看渔船了。向晚的船身压得低低的，一眼望去，都是喜悦，都是华年。这些有关于在尘世勤劳和收获的事，最容易让人感动，平常和生生不息，和自然相偎相依，是人世最普遍的意义。我在青澳湾的荒草和乱石滩上，很认真的思考了人和自然的一些问题，可能因为景色有些寂寞荒凉，水也不是很好看，一下子被吹得头晕流鼻水，就忘了曾想过些什么。

回来的时候，裹着厚厚的围巾，站在渡船的楼顶上，看夕阳慢慢西沉，海面闪烁着金黄的光泽，远处的海山也渐渐的，变得遥远忧伤。黄昏的风很凉了，我爬回车厢，车厢不忧伤。而当我睁开眼，天窗里，蓦然长出一轮白月。我跳了出来，不晓得如何说话，一轮圆月静静挂在东边渡口的山顶上，天地间青晖流泻。船头夕阳，船后明月，一渡青晖落照，这人间美好的光色，一刹那全落到我的身上，感觉无法诉说。

第二辑　百花笺

清薇，清薇

百花笺

明月桐花

莫奈的村庄

铃子，西湖的桃花开

加州的天空

……

清薇，清薇

清薇，想起你，我常微笑。你一定不知道，你很动人。

记得我与云海叙说忧伤的时候，你曾羡慕，说“阳光一点一点地照进来”，我觉得那是可以照进你的心里去的。

我虽然老大不小，但生活和思想尚算质朴，并且有日渐幼稚的趋势。对此很有些无可奈何，你不要笑我。清薇，你说这人生幼稚好不好。它可以忘记很多东西，可以不记仇，最重要的是它可以不计较得失对等，在孩子的眼里，喜欢一颗金子和一粒糖果，感情是一样的，没有价值的差别。我这是在对我自己说话呢。也许你会驳我，岁月一路行来，有些东西怎么能够忘记，怎么可能长不大。是的，岁月一路行来，好的，坏的，要命的，不要命的，像身上长疮，斑迹掰也掰不掉。可是，总不能因为身上有癍，就非要一年四季穿长衫长裤呀，夏天一定会憋得发烧死掉。哦，清薇，我以前特老土，念初中时，还在穿我哥哥的改装过来的裤子，就是把前面的拉链缝起，两侧再开个袋。一直到十七岁出来做工，才自己赚钱买了条短裤，羞答答地穿了。

清薇，我喜欢看月亮，留意光色，云，和天空变化的细微处，你认为我宁静清朗，云海认为我寂寞入骨。这就是感知的区别了。我有安定和寂寞，这本来是相随相生的。我觉得你心里有趁向安定的意愿，是光明磊落的，云海比你浮躁和隐晦。清薇，想一想，人生不是如这月色么，你磊落时，她就安定，你隐晦时，她就寂寞。

清薇，你喜欢看书，并且看了很多书。我不知道是好是坏，很多敏感和忧伤都是从书里滋生出来的。我希望你的敏感忧伤便是从书里掉落而来，而不是社会附带给你或是与生俱来的。有些敏感忧伤，长着长着，容易成为性格缺陷，简直无药可救，比如丁香，动不动来个冬眠夏眠，思想和情绪深深地藏在躯体里，成了淋巴结，适时就发炎，我觉得她应该去念经。清薇，我感觉你是健康的，你常常哈哈大笑，清纯不已。这很动人，清薇。

这个社会，是不是有时很无赖。它创造了很多貌似正当的追求，同时又设置了很多阻难，我们要怎么走，有时还要看人的眼色，有时还不得不委曲求全。只是思想不随伊，思想自己会生脚，一走神便偏岔了。我们观察社会，受人影响和教唆，读书识字，一切像搬着石头，妄图垫高脚看得远一点，可一不小心便砸伤自己。清薇，人是不是很奇怪，要搬石头，又要弄伤自己。可这又有什么办法呢，人活着总要有个动静吧。

我是坐在晨光里打这些字的。这些日子打台风，总是下雨，今天早上忽然看见阳光，就这样一点一点地照进来。清薇，你需要阳光，你还需要在阳光下去爬一座山。自然里，你身边可能没有一座山，所以你爬书山。我又说到书了。阳光下的山，有树荫遮挡，有小草在脚边悄悄站起，这些情景，也会流落到书里的某个角落，偶然让你拾到，你能感觉到里头传来的阵阵泥香吗？我不知怎么搞的，总觉得你和我一样，都没上过大学。没上大学，不知是好是坏，这让我天生对书本有免疫力，可你好像不是。很多时候发觉你站在书里的窗口看外面，很淡然，又很无趣。清薇，我想，现实里你可能是谨小慎微，默默寡言的，张着一双无辜的眼睛这样望来望去，身边的情意一丝一丝的捉不着。

说到情意，清薇是有距离的，比云海的距离更长更寂寞。清薇一定觉得，太亲近的感情让人惊慌，比如像婉那样的患得患失，把什么都弄得紧张兮兮的。可是，清薇，这很可爱。远处是有阳光的山，如果你是残疾的，她推你上山，如果你是健康的，她陪你上山。呵呵，关键是，那个山上是不是真的有阳光，她都没闹清楚。清薇，山上的阳光真的很美。四月的时候，我在江西的三清山，早上去看日出，晨曦慢慢泄出，嫩红洒在山尖上，有出落红尘的圣洁的光辉，那时忽然想起你来。

外面的阳光越来越扎眼了，开始热烈地蒸发花朵的水分。阳光是越老越无情，下一刻便七情六欲上面。清薇，我把头发拢一下，要出去应付生活了。

百花笺

夏。月亮好得让人不忍心睡觉。

陌，就在刚才，回来的路上，瞥见路边金凤树的树梢上，有如襟抱一样大的月亮，在楼台的转角处雪立，让我一下子就想到唐诗里的“白玉盘”，原来便是这个意思。停车的时候，我仔细的数了数玉盘里面的墨染，大约有八块，或者是九块。世上再没有我这样无聊的人了，竟然会去研究月亮的花纹。让你取笑了，呵呵。

旷野里的月亮是不是也这样大？这样一想，我就忍不住要跟踪到田野里。我住的地方，隔着一条灯光明亮的街头，便有一片草木丛生的土地，杂乱的长着丝瓜，爬藤和豆角，估计是很久没有人打理了，野草和腰一样高，走几步便认不出路来。我站在野地里，看孤高的月亮，却发现，原来在街上和旷野里看月亮并不一样。陌，也许你不晓得，街角的月亮是尘世的月亮，是尘世的楼台和生物，衬托她壮大，清洁和淡泊，而旷野里的月亮啊，没有倚仗，远远的嵌在天上，没有尘世那样大，光辉，寂寞。这时想起这两天也在晒月亮的烟霞，住高楼的她，认为高楼最美好的功用，是用来看月亮，真奇怪她怎么不会寂寞，古诗里明明说是，明月高楼休独倚。反正我是领略不到这高楼月明的境界了，我有严重的畏高症。

萤火虫，月光下的萤火虫，你看见过吗？那么多，在草丛里咕咕地飞，拖着闪闪发亮的，长长的蓝色的尾巴。我发现，萤火虫不只是翅膀振动时会发亮，呼吸时也会发亮，当她匿在草尖上，静静的在黑暗里吐纳，一翕一翕的，尾巴就一亮一亮，有趣极了。陌，你晓得萤火虫翅膀是什么颜色吗？我悄悄地把草条儿拔开来看，看见月色下，紧挨的两个深绿色的翅膀，像一个盔甲，遮住了软绵绵的尾巴。如果我的眼睛再好一点，也许能看见翅膀上的花纹，不晓得萤火虫的翅膀上有没有花纹？萤火虫不断地从远处一垛一垛的草丛里飞出来，很想走近去看，看看那里头，到底是如何光明的一个世界，可是，如果杂草丛里有一个蛇跳出来，我就完蛋了。我蹲下来，观察形势，虽然没看见蛇，却看见长得不好看的，拳头大的灰色青蛙，在那里阴谋地瞪着我，吓得我寒毛竖起。茂密的瓜地里有蟋蟀，一声一声的鸣，忽然又有小指头大的小蛙跳到我的脚背，月色那么高远，萤火虫闪烁的光包围着我，如果足够勇敢，我就能走得远些，远处有几棵木瓜树，一片香蕉林，还有一排木搭的鸡棚，鸡棚那边一定有一个很大的池塘，鱼儿在月光下跳跃，可惜我看不见。

陌，尘世的日子这样普通，该有的烦恼一个也不会少来，如果没有月亮，没有蟋蟀和萤火虫，这日子将多么无趣。对于外面光华陆离的世界，你耽于书香并日趁淡薄，有时淡薄是一种无力，多数时候却是一种积淀，你的书香里没有怨恨。你晓得，我从来说不出高深道理，我把生活的各种心事尽量简洁，按照世俗的程序慢慢消化。有关于一些风花雪月的东西，是我心里头的童真，充满世俗的情意，我愿意用百花笺，慢慢眷记下来。这里，很不好意思地检讨，我看见那么好看的信笺，竟一个字也写不出来，一肚子的话瞬间丢得干干净净，唉，我怎么这么笨呢。

明月桐花

江南有桐花。载着云烟，一树树，散落在人间四月的水畦屋后，雪白的，浅紫的纹，一丝丝春光的意思，唑唑地跑到我们的眼里来。在苏州平江路，是书虫书店左岸的水畦吧，第一眼看见时，我说“小西，小西，这是桐花耶”。几天前，我还傻傻地问人，桐花是不是梧桐开的花？今日到江南，她们便一串串，一瓣瓣地飘落我眼前来。

我怀着纯洁的情意，在春天里来看小西。小西，小西，第一眼见你时，你那么家常地站在机场接口处的玻璃窗外，让我一时不晓得说话，只好不停地磨手，磨完左手磨右手，最后憋了一句“小西，你像个孩子啊”，你好像晕了一下，我便说“这是什么地方啊”，“机场啊”，“哪里的机场啊”，“无锡啊”，我真是莫名其妙呢。

小西在厨房热饭的时候，我开始不安分起来，小心翼翼地观察她家里的东西，怎么会这么多零碎的物件，不知道会不会很贵重？莫奈的，我不懂，毕加索的，我也不懂，还有电视机墙上的那幅，只见叶子不见树的画，我看了半天还是不懂。我还是去看花草比较好，她装了半桶水，在柜子里抓了个碗给我。她种的绣球花像茂盛的菜，种的茉莉还没开花，竹子的模样如丛生的乱草，非洲菊正在萎，最好看的是海棠，开两朵还是三朵？她说，“千江，不许说我的花不好。”我到处端详她的照片，翻她的相册，小西真美，那时光里和心底淌出来的纯真，美丽和自然，真打动人，像我家铃子，像张艾嘉。

我不是在说桐花么。这桐花还和花开有关。那晚正在苏州逗留的花开来约相见，小西委屈地说，“哦，哦，我又不认识花开”，我又没说你认识，我也有些怕花开，但相见随缘，本是人间自然美好的事情，有什么不好呢。花开喜欢照相，我不晓得她照了多少桐花，是不是可以照到花瓣在阳光里飘洒的景象，我的相机很傻，什么意境都照不出来。桐花开时，一树都是花，没有叶子，但那蓬蓬密密的枝头，遮掩着流水人家，疏疏落落，便很有江南的意思了。平江路还有柳，还有美丽的做旗袍的女子，柳色郁郁青青，做旗袍的女子也郁郁青青，我一进门便说“妹妹，你真美啊”，她便腼腆地笑，轻柔绽开。花开怂恿我试旗袍，旗袍一上身，我手脚就不晓得往哪儿放。真眼红跟花开一起来的女子，穿起旗袍来古典优雅，好看死了，可她却一点不动心。世事就这样，不合适的偏要，合适的却不在乎。小西很专心地在挑耳环，她挑的耳环很好看，在阳光下有明亮的光泽。

在平江路胡厢使巷的路口，盛开着满亭子的紫藤花。我没见过紫藤花开，我不晓得紫藤花开可以这样美，素洁的淡紫的花朵，如十六岁少女轻扬的心思，在阳光下嫣然无邪，顾盼生辉。小西说，“千江，我们要在紫藤花下合一张影。”多么美好，我笨笨的，她傻傻的，想着这样一拍，花朵，流年，美好，和情意就都有了。我们两个都不上相，拍照像开会，不晓得人家会不会笑我们。紫藤花旁，一溪流水轻轻向深处流去，我瞥见那里有桥，有树，有花，有软软弱弱的江南。小西晓得我的心意，说，“千江，我以后进去看了告诉你。”要告诉我什么呢，里面是不是也有桐花和紫藤花开，是不是也有此刻江南阳光下的款款情意？

那晚和花开在山塘分手，春雨纷纷洒洒。她们要去无锡，我和小西要去南浔。哦，南浔，我和小西的南浔，一提起来就想抒情，我要如何来描述你好呢？微雨里，我们来了，任三轮车七拐八拐地送我们到留荫庐。这是一间古朴的民宅客栈，小小的庭院里，种满了各样花草树木，我尚在前院数花朵，小西已发现有一个更美的后院。后院里，又是紫藤花开，花瓣从小亭子上面飘下来，落到小池里，几条小鱼在里面钻来钻去吃落花。亭脚居然有鸢尾，以前看小西写鸢尾，总想象不出什么样子，原来是兰草的叶，伸细长的枝，枝上开六瓣的白莹莹的花，白里透出蓝来，间隔的三个瓣心沾染鹅黄，这是柔弱而清新的花，恰合在江南庭院里养着，吃一些烟雨春光。后院里最有趣的是爬山虎墙下的佛像，小西学伊的样子，提起两个嘴角撅了一下，哪里是这样的呢，伊分明是在腼腆和害羞地笑。那晚，借了茶具，在后院亭子里吃小西送的雨前碧螺春，看月亮在爬山虎和长春藤的墙角缓缓升起。

八点半，拉小西的手，出门去看月亮。南浔的夜，不喧哗，安静得只剩人间灯火。坐在百间河的浣衣石上，晒着月华，看一溪倒影，听小西轻轻的，诉说心中的信仰，和对文字的理想。“千江，在美好的时候，我总是要想到忧伤了。”哦，她要忧伤罢。我想起第一天在金湖湾她送我去酒店的路边，她望着天空说，“我第一次发现月亮好看耶，居然有橙色的光晕。”而今晚的夜里，月亮没有炫目的光晕，只是清冷冷地照落人间，照落我们的身上。我给她讲，灯火的倒影是折射成一条条的，而云也是有倒影的，水里那些浅浅荡漾的一痕黑一痕绿便是，只有月亮的倒影不是倒影，是水底深深生出另一个明月来。小西说，水底的月亮看起来青涩和柔弱，是么，我为什么觉得幽远清白呢。天上的月亮左下沿有未满的消痕，水里的便没有，今天是十四了，月尚未圆。小西在想什么呢？她说，倘若婉和清薇也在，也会这样美好。我说，她们也是愿意这样看月亮罢。千江，月亮向我游过来了。倘若天上的月亮，离我们越来越远，水里的月亮便离我们越来越近。

白天我们不忧伤。小西负责保管门票，到景点打洞，但她却把门票搓得皱巴巴的。走路的时候，我问小西，“我们不是有两张门票吗?”“是啊。”她一边说一边认真地掰手里那张门票的纸角，指望掰出另一张来，结果什么都掰不出来，后来不晓得从哪个口袋翻出另一张皱巴巴的出来。

她掰门票的认真样，我现在想起还忍俊不禁。我告诉她，我去武汉前的那晚，整个晚上都在帮母亲找袜子，因为母亲脱袜子剪指甲，然后就再也找不到袜子了，最后洗澡的时候，发现两个袜子都穿在一个脚上。小西说，是啊，我有一次戴镜片，戴来戴去，却总看不清楚，以为没戴到，到处找镜片，后来发现，居然把三个镜片都戴到一个眼睛里去了，一千五百度耶，都戴一个眼睛上。我很快乐，小西说，我们是两个大头鸟，我说不是，我们那叫大头虾，不叫大头鸟。小西说，要写一个文，名字就叫，“恋恋江南，月华如水——大头鸟和大头虾南浔奇遇记”。她才不会写大头鸟呢，她的文字唯美而圆融，像莲花座上的金身大佛，不圆满不罢休。

南浔不婉约，到处都是安宁，有烟火里的淡然，你来也罢，你不来也罢，她都很高兴。在南浔的中国史馆，阳光参差，照落院子里古老的四棵广玉兰上，我们说，这样的阳光多么好。春意潺潺，去小莲庄路上，杨柳和夹竹桃似笼在青烟里，杨柳有飞絮，夹竹桃叶子和花一起长。但小西说那不是夹竹桃，夹竹桃是竹的叶子开桃花的花，但枯荷在游记里明明说这是夹竹桃，不晓得她们谁说的对。在湖笔人家，我仔细地挑笔，说，“小西，你要送我一个笔。”小西说，“一个用不久，送两个，两个用完，我们又见面，你要好好写字。”可是，两支八十元，太贵了，够我买二十支，我一辈子都写不完。

并不是说，我与小西走在一起，她就最念我。小西是喜欢清薇的。在浔溪畔的一棵桐花前，她告诉我，她曾写了一篇《桐花落》，与三人有关，第一便是清薇。在黄昏，在水畦，我端详那棵花，有静美的倒影和明亮的光泽，我按下快门，告诉小西，这照片，便叫桐花落。

犹记那晚，半夜口渴，蹑手蹑脚起来喝水，轻揭布帘，却见光色如旧。窗内伊人辗转，窗外明月桐花。

莫奈的村庄

亲爱的小西，那天坐在巴黎去 Giverny 的火车上，看着窗外摇晃而过的青的河流，红的屋顶，以及温柔的阳光，忽然很想给你写一封信。

我把折叠的桌板放下来，虽然有点小颠簸，但还是可以写字的。我坐在底层靠近门口的位置，隔着窄窄的过道，是一个穿着杏青衣裳，戴着眼镜的老太太，正聚精会神地看着一本红色封皮的厚厚的书。我觉得那是一本有关艺术的书，我们现在要去一个艺术家的家乡，眼前的一切都应该和艺术有关系。斜对面是一个戴耳机的黑人青年，眼睛偶尔会瞟过来，他一定很奇怪，这样一堆拐拐曲曲，到底是在画什么东西呢？

其实，我也不晓得我在画什么，我只是有些话要和你说。来巴黎好几天，这是第一次独立出门，按照彩鸥给我的电子版 LP 的指引，在 Gare St－Lazare 火车站买了去 Vernon 的车票，这是过路的火车，不晓得要开去哪里，我们要在第二个站下车，然后转乘公共巴士就能到达。说到彩鸥，忍不住表白一下，这是个笑声无比灿烂的女子，她心里的阳光可以照遍每个角落，连墙角孤独的细菌也温暖到开花，我不是眼红她的蛋糕，花皂或冰淇淋，我只是稀罕那种坦荡荡的心性，世上的甘辛苦乐呀呀哇哇，和着一杯拿铁吃下去，便在脸上醮成了花，眼泪也不别扭。反正我就喜欢她，唉，也有点嫉妒，她懂外文，走的地方比我多。在法兰西，无论去哪里，听见的只能是法语，包括火车上的报站，他们只有在卖东西给别人的时候，才愿意说几个英文单词，虽然即便他们报英文我也是听不懂一句，但我还是不喜欢这种傲慢，每个人生下来都是纯洁的血肉，没有谁比谁天生高尚。呵呵，我因为肚子里没文化，容易感慨，你不要笑我。

车窗外蜿蜒的那条河，是塞纳河的支流。塞纳河流到这里，成了掩映的小河流水，偶尔聚成大一点的湾滩，也平静如湖镜，镜面上银花飞溅，阳光生动得弹跳起来。路边茂密的树丛里，三角形的屋顶缠绕着爬藤植物，水里泊着五颜六色的小艇，远处的山陵起伏，田野里的小麦抽着红色的穗。小西，我知道那年的四月，你也经过这条河流，不晓得你是否留意到窗外，是不是这样的一番景象？我总是觉得自然要比艺术亲近，它表达的一切直切心底，无须辗转转达，予心灵最饱满的给养。我这样说，并不是想疏远艺术，其实艺术于我来说，多数时候只是一个模糊的概念，跟我的生活没有多大关系，艺术只是痒痒的，痒痒的，在心头泛起的一个泡。小西，我晓得，你心里的泡要比我多，所以你让我一定要去莫奈的池塘，拍一张睡莲的照片。哦，小西，八月，蓝色的睡莲开了，你心里的莲花也开了。

在这之前，我对印象派一无所知，甚至不知道还有一个叫莫奈的画家。巴黎的细舅也不知道，那天他很奇怪我宁愿去乡下看一朵花，也不愿意和他去枫丹白露，我告诉他那不是普通的花，是一池印象派的睡莲，印象派是什么东西，他挠着头听不明白，我也想不明白。为此我特别跑到奥赛博物馆，去认识印象派的样子。我看见了她们的样子，蓝色的天空，红色的花朵，黄色的果实，绿色的树，还有撑雨伞女人脚边倔强的狗尾巴草，原来和自然是一样的。凝望的时候，我心里充满憧憬，仿佛骑着自由的翅膀正在飞翔。小西，你知道，我也是不愿被束缚的，如果许我温饱自由，无忧无虑，做猫做狗我也是愿意的，最好做鸟，吃山林果实，不容易生病。

到达 Vernon 的时候，弟弟感叹说，这真是个安宁的地方。沿着轨道，两排浅灰的房屋向远处铺展，上午九点的晨光下，火车轨成了世上最诗意的东西，载着奔赴远方扑朔迷离的光明，身边的面孔都很美丽。呵呵，不要笑我，我心里一高兴，很容易就抒情。排队上公共巴士的时候，看见前面有两张熟悉脸孔，便奔上前去“哎，你好，……”，人家瞪着眼没一个字听得明白，原来不是同胞，弟弟在旁边拉长声音“唉……”，又是一桩糗事！有这么寂寞吗？好像八辈子没和人说过话似的，如果和你一起就好了，你会和我说话，还不会笑话我。

小西，不晓得那年四月的村庄，是什么样子。八月的村庄，什么花儿都盛开了，路边和山坡上的野草也长得特别高。莫奈的花园里，爬山虎在墙上疯长，天竺葵，豌豆花，玫瑰，海棠，风信子，各式叫得出叫不出名字的花，竞相争艳。我一看见花朵就很快乐，一朵挨一朵地拍过去，回来一朵一朵地给你看，你要帮我想出她们的名字。有些漂亮的花朵匿在杂草里，我也能一眼撞见，小心翼翼地翻出来看，有些花朵不喜欢被人欣赏，暗暗在角落里幽芳，看见最好装做看不见。旧居前的天竺葵开得最为热闹，穿行在一团一团的色彩中，莫名其妙想起一句，沾衣欲湿杏花雨，色彩和光影都快要滴下来罢。每个房间都放着你喜欢的蝴蝶兰，紫色的，白色的，每个窗口都挂着白色的窗纱，每片窗纱外面都是一片花影，墙上挂满了日本工笔画，每一幅浮世绘都有很温柔的眼光，屋子里到处散发着清香，奇怪，我怎么觉得这像对镜贴花黄的闺阁呢？呵呵，倒是更适合你住，艺术家真是个生活小资的男人啊。在二楼过道的小房间里，摆放着蛀满虫孔的壁桅和木制缝纫机，我想，看见美好就会忧伤的你，站在这里，是不是会想起很多往事？站在台阶下，静静看一位老先生推着轮椅上的老太太在花丛中远去，然后起身穿过一段幽暗的地下隧道。呵呵，小西，现在我要去看望你的睡莲。

你喜欢的日本桥，漆着碧绿碧绿的颜色，幽深的，孤独地站在那里，不多的游人挤在桥上拍照，红的绿的衣裳，倒映在池子里。你喜欢的垂柳，已是有些沧桑，在阳光的照耀下微微发黄。哦，睡莲，我首先看见的是她一池的倒影，其实不是莲的倒影，是荡漾在暗绿水里一池的杨柳。阳光是这样的热烈，无论如何拍摄，我都拍不到蓝色倒影的睡莲，物质的镜头过于清醒，缺乏诗意的想象。想起艺术家最后画莲的时候，他的眼睛已不能感知色彩，凭着心中的意念以及颜料管上的标志来区别颜色，他画水里的睡莲，是无边无际的蓝色上，浮几点浅白的花，也许八十年前吹过池塘的风也是蓝色的。小西，我虽然看不见蓝色的睡莲，但我看得见她水里的影子，我一点都不感慨，真的，我很安静。

知竹的叶子是那样的苍翠，簇拥着流出村外。在一些路边，我还发现有散落的熏衣草，立马就后悔听信了普罗旺斯的熏衣草已收割的消息，而改道买了去威尼斯的机票。南部，那也是个经年的憧憬，我多么喜欢法兰西的乡村。路旁的蜀葵怒放在成片的一枝黄花里，在白云刚好遮住太阳的时候，是如此的壮丽，每个窗口和墙头盛开太阳花的庭院，总是让人忍不住想进去猎奇，而种满鲜花的家庭餐馆门口，吊着的美丽篮子，篮子里美丽的卡片，却不是宣传册，而是菜谱。遗憾的是菜式，常常把水果点成沙律，把蛋糕点成黑面包，连可乐都能变成啤酒，还很高兴的在纪念品商店里，采购到两包印着池塘·睡莲的台布，回来发现原来是餐巾纸。世上再没有似我这样愚蠢的菜鸟了，我总有一天会走丢。小西，如果你看见，记得要捡我回来。

离开的时候，拣窄窄长长朴素的小路走，细碎的草花沾满我白色的衫角，残留暗香。还是坐回那辆过路的火车，这一次坐在顶层，依旧柔软的阳光照在凌乱的笔记纸上，这是一些很聒碎的话，只是路途孤独了，想和你说说。忽然便很想念，奥赛博物馆里那本我看不懂的印象派花园，里面的图片夹页清晰新鲜而富有光泽，故事却很遥远，便如今天的阳光照在昨夜的庭院，如旧如新。小西，愿江南的庭院安详，永结静好。

铃子，西湖的桃花开

铃子，我的姐姐，想起你时，心里总能温暖。近二十年，我们看着彼此长成和老去，你在那边伸开掌心，我在这里也能闻到清香。

你走路的姿势，仿佛这个世界都与你无关，但杯盘碗碟却总在匆忙中把你粘住，又可见得你的利索。你倒水的姿势，不见温火，偏又能把尘味一一卸去。有时看着你，忽然会想到，这世上多有灵秀女子，只在平常日子里合眼坐着，偶有阳光妩媚之时，踩个脚出来晒晒日头，这外头的风景待见不见，便依旧回到里头继续待着。我有时会笑，别人的风月，我们也没份，是不是？

前些天，你曾答应让我陪你在西湖看几日桃花，我是心甘情愿贴钱贴人贴时间，可临买机票却说要述职。按我的看法，这述职没加薪没升官，便是越述越糟，但糟了也要述，心痛地看着你的日子越过越累。你不来，我只好自己去。

那几日我住在西湖边的高楼上，那个房子有一排落地窗，正对着白堤和锦带桥。你没来，我变得懒惰，傍晚我便早早地坐在那个窗台上，看人来车往，看雾锁西湖。那个床空空的，雪白的床单对着雪白的墙，我为什么要守着这没有人气的空床和白被？我为什么就要对着这白墙孤独入寐？我把柜子里的被子全部拿出来，堆满一床，我把房子里不用钱的能吃的都吃了。我穿紫红的衣裳，执意要睡在窗台上面，任早上的太阳从脚趾头晒到头发尖，不饿昏绝不起来。

自上次你与我说了镯子和那些个瓶瓶罐罐的故事，发觉原来关心你并不够。我总是以为，这世上人和事，能消化便消化，不能消化便任其风化，所以你的有些话，只能为你掩着掖着等待风化。

唯独那个镯子，那一次你说“玉裂的声音竟可以这样凄绝清脆”，我没心没肺不以为然，再好的东西，裂了便裂了，你再珍重，再小心翼翼也没用。真是报应，那一个下午，我穿一袭紫白飘风，行走在白堤上，眼里只有桃花，在孤山路西冷桥下狠狠地摔了一跤，竟然把戴在手上平日宝贝似的玉镯也摔成三块，坐在地上不肯起来。

有些东西不能宝贝，越宝贝越容易破碎，譬如你那个蕴涵着别人眼泪的镯子，千珍万重地爱护着，还是摔裂了。当我伤感着向你报告我的玉也碎了的时候，你却幸灾乐祸地说“你的也碎了，再买个大大的金的带着”。我们是物以类聚，连东西也陪着你摔。行过西冷桥，便是钱塘苏小小之墓，见柱上刻有“湖山此地曾埋玉，金石其人可铸金”，应了心，我把玉也沉入西湖，在西冷桥边的桃花树下。“妾乘油壁车，郎跨青骢马”的苏小小，一定是个喜欢干净的人，我想，我平日不做亏心事，所以我的玉也很干净。现在我两手空空，决定等着你买个摔不烂的大大的金的银的来戴。

一些高山流水的东西，其美丽甚于爱情，看过《丁香，我想带你走天涯》，一个叫枯荷的要带一个叫丁香的走天涯，几个画面几行话，那种情感的美好，让人心里无限旖旎向往。当然，绝不是我带你走天涯，我也不会带你走天涯，我已把它们落实在平常的穿衣吃饭当中去。就如上月听说你新烫了个头发，我就迫不及待地想看见你。待见了人，也不管你伤不伤心，第一句便是不好，让你恼去。三毛在一篇美文《简单》中说过快乐要避开朋友间无事忙的热络才好，我便不干，忙的时候不管你，不忙的时候便烦你。说到这里便有点恨你，考了多少年的驾照，居然至今不敢一个人上路，我都横行超过十万公里了，为了时时能看见你光汽油费便不知亏了多少。三毛说快乐是阳台上那朵非洲菊，这两次我到寒山寺去，看见黄墙下一排排的非洲菊，才晓得非洲菊原是这等绚丽颜色，不过快乐再简单，也断不能是一朵，要蓬蓬勃勃的才好，相好是不能孤独的。

那几日，我游荡在西湖边，你知道我是个走路也会丢魂的人，何况面对这样的桃红柳绿。四月的西湖，柳树刚抽丝，一寸来长的叶条，软软的鲜嫩着在微风下飘曳，轻盈如水袖流云。而一树一树的桃花，把西湖的四月绽放得令人窒息。我迷恋于花开颜色，又要顾着脚下初生的翠绿，所以摔了一跤又一跤，记得长着一头苍苍白发的可爱的余光中老先生就说过“美，总是令人分心的”。我的美是用心摔出来的，遗憾的是没有掉进湖里，终究沾不到西湖水的灵秀气。如果你来，我们会摔得更美。铃子，西湖的桃花开，我不喜欢照相，所以任何的相片都不及我眼中的颜色美，所以我也不能把美带回给你。这个你也不稀罕的，记得去年八月，我也在这西湖边闲逛，闻那桂花香，我向你炫耀我的快乐，你回说“昨日捧了本唐诗宋词赏析，看到‘星沉海底当窗见，雨过河源隔坐看’，是这样隐蔽，这样神仙般的快乐”，我却笑你“一生长对水晶盘，只是心中有不甘”。你有时爱问我的感受，我没好气理你，“我没空感慨，我要赚钱装修房子”，然后支你也得赶快干活赚钱去。你有没有觉得，任凭多么琐碎和平常的东西，经过时光的修饰，想起时一切都可能优雅和美好起来。所以我们不用走天涯，我要看着你，波澜不惊的生命，都存留些什么痕迹。

可以肆无忌惮，可以不遮不掩，想来人生痛快如此，才不会那么容易得病。答应给你写桃花，忽然间也写不来，这些天都在飞机上晕，这桃花早就晕掉了颜色，天亮还得去晕。想来，这桃花跟你也不配，这桃花很风月的，你很安静。还是想起那句诗“凌云一笑见桃花”，这一笑所见到的桃花，是很纯洁和清明的，但要慧眼。西湖的桃花，繁华而风尘，一如西湖的水，人事久远而风华万千。等我有空再来想你。想到如你真的要跑到大洋彼岸，我哪里找那么多钱时时看你去。今夜我要把桃花开到梦里，让繁华飞腾，爱做什么便做什么。

加州的天空

这是一个陌生的国度，我的文字越不过距离，我的表达找不到方向。虽然我很想对我们的情意进行很好的描述，但我找不到对应的气息。就在刚才，我把这几天写的，关于加州的那些天花乱坠的文字，一键删除。我对文字一向不寄托厚望，所以很少茫然。可是，现在，我为什么就茫然了呢？

记得我是很小心地问你，我能不能去看你？这两年多的日子里，你一直在倾诉，我一直在鼓励，我要去看你，一定不能在你狼狈的时候，所以我小心翼翼地问你。你们自己搬了出来，有一个相对稳定的工作，日子不再那么手足无措，我才敢说要去看你。弟弟也是一个原因，他读书紧张，只有这个时间抽得出来。如果现在不去，我可能要过几年才能去看你，我不要等那么久。我一出国门，就成了哑巴，所以我得依靠弟弟。不过我对他有些意见，回来时居然说“离开了天堂，回到了地狱”，气死我了。虽然这边不好，可我习惯啊，可以不哑巴，其实我心底也不愿意他离开，我追赶不了他的步伐，一放手，他就飞走了。

我觉得你那里也不是样样都好。要说好吧，就是天空和阳光，天空特别蓝，阳光特别多。还有晚上的星星也很动人。至于月亮。哦，我没想到加州的天空这样的蓝，连月亮都藏不住，白天要出来看人。在加州，我看见的月亮都在白天。不是月亮，就一个月牙，早上，她挂在你家门前右边的第一棵橡树上。当我们从后面的车库出去时，她便挂在墙篱外那棵凋落的五叶枫上边。我一抬头去看月亮，背后就洒满阳光。

我想，你是没有心思去留意月亮的。我觉得你就需要一张床，埋下去，被子里碰手碰脚都是美金。如果我背去给你的被子，里面都是美金就好了，二十三公斤重啊，你天天可以睡到日月无光。我没到之前，你就帮我拟好了行程，三天去大峡谷，三天去旧金山。因为去旧金山的三天中，有一个是星期天，我不去，我想跟你在一起。如果我晓得你那样累，我就去旧金山，去那个小西说很美的，她生活了十几年的地方。你上班像个高速运转的机器人，下班还要围着我转，一上车你就打呵欠，打得我都不忍心看了。所以我一回来，你就生病了。

生病了，就要多晒点阳光，加州的阳光多么好啊。第一天，我就仔细观察了你那里的阳光。我因为倒时差，晚上睡不着，半夜总是偷偷揭窗帘，窥看外面的天色。很奇怪，这里的路灯整夜都不关，你家隔壁院子里的货车上居然有人睡过夜，后座上还有个东西一耸一耸的，分明是个狗头。七点钟，我看见姐姐起来了，便啪啪跳下床，跑出去等阳光。我想，让阳光晒一晒，我与这里就亲近起来。

早上的天空是一种洇着翠的稚蓝，透着一股初春少女的娇嫩。阳光在橡树，松树，大叶玉兰的影子里跳荡，落到草地上溅起碧绿的光芒。感觉很干净呢，便如来美国的你，沧桑都那样纯洁。门口那个大红的布结，还有墙篱前那些盛开的粉白的花，在阳光下十分温暖动人。那天，我看着静静的阳光挂在你家门楣上，想起你说的“心安之处即是家”，心中有些惘然，不晓得在你困倦的梦里，是不是也有这样的阳光。

你带我去看街道，去看梨花，看校园和博物馆，看天文台的风鸟和日落大道的繁华尘烟。我已经记不起那么多了。最快乐的是去 Newport Beach 的路上，你穿着羽绒服，我包着围巾，一路走着，看沙滩上打赤膊的人们跑过。那些门口的花朵特别鲜艳，阳台上一埋下就可以地老天荒。记得我们从一个小巷子里走出来，看见一棵歪来歪去的树，我批评她长得奇形怪状，你却说她很优雅，奇怪，我们的眼光怎么会相差那么远呢？那天的晚霞也很美丽，在 Santamonica 看晚照下人们的剪影也能看到发痴。最忧郁的是，在 Paul Getty 博物馆，那些牛皮的，烫金手绘的古老的书，蓝，绿，水红和金银色，那么美好，我一个豆芽字都不认得，傻傻的看了半天，看到上帝几乎要从书里跳出来。那天最美的收获是，那排整齐的青里泛红的柳叶松，在细雨里楚楚动人，还有山坡上忽然开花的仙人掌，充满春天的惊喜。踏着梧桐在大理石上潮湿的倒影，坐在下山的小火车上，看着一路上的雾霭慢慢张开，山色里异国的房子和花朵缓缓出来，发现我们的身上也爬满了虚荣的气息。

哦，这里的动物也很可爱。记得在加州理工大学，你和琪琪在散步，弟弟在酝酿他的理想大梦，我和林大哥埋在阳光下拍白鹭。那白鹭优雅地，一步一步地踯躅，偶尔回头浅睨，看得人心软绵绵的。鸟也不怕人，满地跑，冷不丁的还会啄人的衣衫。还有你老板住的那个地方，人没见一个，都是孔雀在逛街。最有趣的是松鼠，特别有礼貌，那天和姐姐在南加州大学里瞎晃，草地上有个松鼠，拱着手站在那里和我们久久对视，阳光浅浅地照着，尾巴后面两片叶子嫣然伸开，真是说不出的可爱。旁边的弟弟懒洋洋的，三角眼都不瞧一下。

是 Huntington 吧，那是个非常美丽的地方。那天，姐姐带我们在那个宽阔的园子里，看着百花盛开的春天，在深蓝深蓝的天空下，招摇所有深刻的色彩。这园子里的建筑有一种典雅忧伤的好，里面挂着的画，盛满岁月低沉的情意。清洁的眼神，微细血管清晰的饱满的手背，每一次对视都心生敬意。一幅画，画里从天窗上照下一束阳光，料草，羊和鸡禽，蓦然就充满光辉，圣洁起来我看了很久，原来油画可以这样感动人，使人悲伤。行出门来，却是阳光淋浪，玫瑰，玉兰，桃花，樱花，还有仙人掌张扬地盛开。坐在门口吃面包，看着墙头上荼靡铺张的炮仗花，才觉得有些回到现实，不晓得我阳台藤架上的炮仗花开了没有。美国的面包一点都不好吃，不晓得你增加的那圈腰围从哪里来。那天姐姐说，你初来时，埋怨美国的洗衣机不行，裤子一洗就缩水，裤头窄得不能穿，琪琪说，“妈妈，你没发觉你的肚子长大了吗。”我听了就快乐，原来你也这样幽默啊。

琪琪和弟弟都长大了，他们的思想离我们越来越远，我们想管也管不住，说话还不敢大声，常常还要小心翼翼地讨好，真是莫名其妙。这次他们居然不吵架，记得两年前在云南，他们发誓过老死不相往来的。弟弟懂得谦让了，这次在唐人街，老辈们这样说话，他都噤声赔笑，虽然整个苦瓜脸。那天，伯父驻着雨伞，在金龙酒店的街口，忽然艰难地弯下腰去，捡起一个五仙的银币，呢喃说，这个都好。阳光下都是沧桑。

那几天，我晓得等不到你休息，我就要走了。早晨我没洗脸就下来，傍来傍去，看着你上班，给你关车库门。要走的那天早上，我笨手笨脚煮了一锅粉，没人吃，只有林大哥勉强混了些什么东西吃了半碗。鬼才知道你家橱柜里乱七八糟的罐子里都装些什么东西，我一点都不敢乱下。我自己也晓得不好吃，剩下的是那天中午，我迫着弟弟一起噎下去的。那个下午，我又在小区里晃荡。工人在树下割草，知了在树上叫，紫薇枝头光秃秃的，长着的都是阳光。8338 屋檐下的风铃也一直在响。一个大腹便便的男人开了铁门出去又进来。你看，月牙儿又跑出来了。

在去机场的路上，看见天空和树影一路路倒退。这个陌生的国度，长满花花草草和高大的树，却离家很远。若坐在门槛上，偶尔的车辆路过，却见不到一个人，这将是多么寂寞啊。

人间四月天

丁香，不知为什么，我很能对你说过的话，予以记住。你说愿意一去再去的两个地方，婺源和凤凰，我就记住了。我曾在凤凰，四月清晨的沱江边，傻乎乎地吃着冷风，观察水底青荇的高低走向。那年的四月，比现在的四月要寒冷多了。

现在的四月，听说什么花都开了。我决定清明过后立即启程，去赶婺源最后的一场油菜花。人间四月天，去一个青山绿水，有花有草的地方，无论如何想着就美好。

那两日，我死磨烂磨，磨来一位姐姐陪我去。很敬佩那些独自一个背包走天涯的人，听说你曾想过这样。我不行，我怕趴倒了没人知道，有人在身边，起码上个洗手间不用因为吊满行李而蹲不下去。

我听从你的建议，决定坐火车去。遗憾的是，你的建议显然要我艰苦朴素些，可是我的同事帮我买的，居然是软卧，比飞机票还贵。同个卡座的，是两个年轻的阿拉伯男子，讲的是法语或者阿拉伯语，声调好听得像唱歌。记得他们对一件事的好奇，“过道里走来一个女士，分明抱着个玩具娃娃，仔细一看，原来是真孩子，不是玩具”，我因为发觉他们的神态有趣，特地向从隔壁过来串门的他们的中国朋友问来的。我常乐于偷偷地观察人，捕获一点点的愉悦。这两个人最要命的是，睡觉要换睡衣，一个要关门，一个要念经。他们关了，我们就开。我把窗帘拢了半截，晚上看窗外路过的星星。不是有多浪漫，是睡不着，又不能影响人，只好看星星。

丁香，现在觉得提前设置行程，是一件天真好笑的事。任何提前安排的景色，都不及脚下的娓娓而来。那天一入李杭，便让小余盯上了。她领着我们穿过一片菜田，从后门进入客栈。我看见天台上晒着白色被单，后门外草花蓬勃。最吸引人的是临街骑楼的那排美人靠，一坐下便不愿起来。姐姐心里愿意住下来，却还要靠在门框上跟小余讨价还价，从六十元还到五十元。我想笑却不敢笑，她吃饭点菜买东西莫不大手大脚的，偏要拿这个与人家抠门，分明是坏习惯装世故。我请教住在这里的山东画协的一位老先生，什么时候景色最好。老人家说，下午三点半，阳光斜照在对面戏台深红的廊柱上，迎着光望上去，远处青山白云，近处楼檐光影清楚，这时的光线是最美的了。我想，老人家心里最美的光影，在画中，而不是在现实里，我晓得即便是下午三点半的太阳，也是叫人眼花的。我向小余讨了刷子、肥皂，趿着房间里硬得硌脚的塑料拖鞋，踢踢去门前的小河里洗衣服。姐姐则靠在那儿，有气无力地听流水声潺响，她胃坏了。

这条街很安静，除了几个写生的学生，几乎没有什么人走动，而小河拐角的那边，开满商店的那条街，则是游人熙攘，真是很奇怪的现象。

跑到天台晾衣衫，顺便在过道里欣赏了老师们排在那里晾干的画，除了一团一团焦头烂额的色彩，没看懂什么。心里不禁万分羡慕，下辈子也要当个画家，不管画的好不好，都可以到处去。

那天下午，我们晃荡到了理坑。经过长滩，思延，思溪。思溪真美，下午静静的阳光，浮在水面将沉不沉，岸边一段一段的油菜花，水畦蔓草蓬勃，树木郁绿柔情。春天至此，禁不住地，一片一片从心间绽放。回来的路上，绯红的落日，照在田野里和远山的树上，有了一种青红赭黄间隔的层次，美得炫眼。后来，姐姐有了异议，说，“到底是太阳，还是月亮。”我也发现，原来看见的那个太阳，居然不落反升，红里慢慢渗出白了。想了想，应是一个时候，太阳落山和月亮上来，只是我们转来转去，看糊涂了。我还怀疑去理坑的那条路上，山涧边的一排排的树，是桃树，花期时不知道该是如何的绚烂。

入夜，三月十四。月亮越过青灰的马头檐角，照在青龙客栈门前的小河上，水哗哗地响，没有灯火，村庄一入夜便万籁俱寂。我就着一片银白的月光，在青石板上，搓洗刚换的衣衫，好趁着风晾干。多少年，没试过在流水畔用心涤衣，这么一荡一荡，尘埃俱去，醒来穿上，颇觉干净，稍有青腥味。

沐着晨雾去江岭看油菜花。丁香，婺源的早晨的美，你是知道的，那笼罩在烟雾里的一切，有了最为灵动鲜润的色彩。仿佛一夜好睡，阴霾尽开，然而却是含羞的，半愿半不愿地，袒着晨衣，楚楚动人。丁香，油菜花并不是要金黄黄地一大片才动人，而是在一块正好的花田后，有那么几间青瓦白墙的房子，立马就显出春天的情味来，即便还有那么的几根电线杆也不要紧，花朵是因为长在人间让人看见才变得生动。

常常在画报上看到的江岭的梯田油茶花，已然花落结籽，长成了山头上的一片豆青。而这一点，丝毫不影响我的情绪。丁香，不知你有没有留意到，江岭村头的树木流水，与江南何等相似。而江南没有的，是村前村后蓄满朝露芳香的，黄的油菜花，白的萝卜花，以及一片翠色洇成流光的笼笼葱葱。我喜欢拖着裤脚在田野里沾花香，而常常沾回来的是两脚泥巴，弄得很没人样。而身边的这个姐姐啊，即使在田野里漫步，也保持一贯的腰板挺直，不紧不慢的干部姿势。这人怎么能够连走田埂都这样老定呢？看她走了几天，鞋面就没沾过泥巴。我觉得，我的心里应比她天真，虽然年龄相若，但我更趁于俗微。

丁香，记得你是七月去的，我不晓得你去的时候，婺源村后的田野是什么颜色。而我在那里，看到了最美丽的乡野。我们是从村舍的背后爬过去的，平缓的山谷梯田，中间夹着一溪流水，美丽不是因为有花朵，而是那种色彩层次和情景的和谐悦目。田畦偶尔散落的几张新犁，几个人，几个远远的房子，而在绵延的青绿翠黄中间，点缀的闪着亮光的水面和一些远山，甚至尚未翻耕的几块暗色的地，都成了感动人的春光，在太阳底下，温暖有情。怎么会这样美，怎么会感觉到这样美，而拍出来便没有这样的意思了。我们于此，也是风景里的败笔，我们衣着不够朴素，满脸尘嚣轻浮的神色，应该被一脚踢到山口的那个水闸外边去，去走别人孜孜不倦走着的石板路，去拍别人孜孜不倦拍着的小桥水，然后吃饭点菜花钱，这才符合自然。

是的，我的肠胃比人还势利。早上明明吃了一大碗粥，三个菜包，两个鸡蛋，十点才过，便又饿了。找了个饭馆，姐姐下厨做菜，我看画册等吃。丁香，我把你以前介绍的要吃什么都忘记光了，在婺源这些天，吃的都归她管。她出门第一想到的是吃，我出门第一想到的是睡，其他的两人乱凑合。在晓起，我们居然为了吃房东的艾果，而一拍即合多留一天。

在婺源的时候，我深深觉得，风景不是在于景点，而是在于一路，那些水边的草头黄了，那些田边的野花开了，那些树木的倒影深了，一切一切，转眼而过，却落入心底。丁香，婺源适合徒步，适合在油菜花桃花梨花盛开的，烟雨迷蒙的三月，或漫山橘红的十月，缓缓漫步。

在晓起，丁香，我们遇到了一个很有趣的人，茶痴安华。

那天一进晓起，我大吃一惊，这就是你建议我可以静静住下来的地方？满巷满街的人声鼎沸，店铺一家接过一家，没有可落脚的地方。这便是下晓起，一个彻底沦为市集的村庄。那天，我们很累，我度姐姐的意思，是想住在景区外。而我固执的不想，我心里总记得那句“从晓起到上晓起，走在花田里”，我想住在花田那头的村庄里。上晓起不通车，要走一段长路，姐姐不说话，我默默地跟在她后面，像个做错事的孩子。我想讨好她，讪讪地要帮她拎东西，她却不理。她每停下来一次，我就吓一跳，然后又小心翼翼地跟着。她怎么能够这样不动声色地就克制住我呢，这真是让人郁闷的感觉。

在上晓起村头的茶亭，遇见正在招徕客人的小娟，对我们说“反正都没人住，一人一晚十元”。我以为听错，从没住过这么便宜的，那是个什么鬼地方啊？小娟说她家七天没客人，住一个是一个。客栈在河边，对面便是江家祠堂。我们要了一个卫生间连着两个房间的一套，总共三十元。

那个黄昏，姐姐让老板娘给我们做土鸡，我独个儿去看晓起的暮色。看到在炊烟里，树木和余晖倒映在水心，那如梦如幻的景象，待了很久。

那晚月圆。小娟陪我们出来看月亮，在村头遇见安华，一个十四年赖死在茶树下的茶痴。他一年在晓起住几个月，就长住在我们隔壁的房间，他说“去哪里找这么好的地方啊，这水，这树”。他请我们吃两天前刚采制出来的新茶，一个芽的整齐漂亮的晓起毛尖，一遍，两遍，三遍，要我们仔细地去体味它的本来的品质。清澈的兰芳弥漫在唇齿之间，糊糊涂涂地感受着他的困惑，文化现象和真实数据的矛盾，不明所以地看他示范如何辨茶。他似乎沉陷在自己的思想里，他总在试图地告诉你茶喜欢什么，而拒绝去回答为什么。他说他不说话，让茶说话。他说人不要去喜欢茶，而是让茶喜欢你，他说茶真的会喜欢人的。那个晚上，我们唯一得到的实质上的东西，是他许诺一人给一两晓起毛尖，不是说送，而是买也不给买。害得我们第二天，把心思全放到那两茶上面了。为了学会分辨土茶和上梅州，我几乎把那几棵茶树的生芽瓣都吃光了。同时我也更正了一些基本认识，譬如1800米的高山上是不可能种茶的，譬如绿茶要用八十几度水是骗人的。

那天依然早起。看村庄的炊烟，软散在清甜的晨雾里。我们沿着小河，向深处走去。这些美丽的地方，一天不通路，一天是安宁朴素的人间。我喜欢走在这些安宁朴素之中，这使我与外面的虚伪欲望有了隔绝，身心有一段过滤的时间，保存干净。原生态的地方，诸般情景，纯粹得让人心生感动。我看待这些，包括自然景物和人文，常含满腔柔情，不知丁香是不是也这样？

我睡觉的窗口，向东，阳光一出来便会照到我。窗口的下面，是隔壁人家的鸡窝，天没亮鸡就会叫。我有时模仿鸡唱的声音，姐姐说“鸡是这样叫的吗”。那天跟房东去她家菜园摘菜，我一弯腰，就把香菜连头带脚拔了起来，房东说，“你怎么把头也拔了出来呢，头要留着长菜叶的。”我很歉意，“我把头种回去好了。”房东笑了，“种回去也不能生的了。”姐姐说，“你像是在农村长大的吗？”她总显得比我懂事。可是，她拿在理坑两百元一斤买来的茶，让安华看，安华一句“不错，值这个钱”，她就整天记着，笑了一次又一次。但我早就说过不错了。

在婺源，天一黑，我就躺床上。带了《低眉》来看，没翻过两页，书就滑到一边。才晚上八点，我就睡觉。丁香，你是书痴，我不晓得你这么小的脑袋，到底装下了多少书。可我觉得，很多的一类书，看来看去都是一样俊俏的语言，对心的安定和人生进取，一点作用都没有。而高深一些的，又把人看得糊里糊涂，感叹人生怎么可以弄得这样深刻，也谈不上安妥灵魂。我倒愿意用最明白最浅薄的语言，把人生有限的事情交代清楚，眼睛一睁一闭，人就老了。

离开的那个早上，烟雨迷离，窗外的一切无比清新和美妙起来，生机得像孩子营养饱满的眼神。禁不住想，此情此景，执手同行，该是多么有意思的事啊。

在南昌机场，固执地向姐姐要笔，修改保险单上写错的名字，好在她没表现出顾忌。这一生人大致如此，放松而后顾虑，步步落入尘世。

第三辑 白云生

苍山月
白云生
明月山复山
吐鲁番的葡萄熟了
江上日出
巴山雪
……

苍山月

我很久没有看见月亮了，南方的雨经年下着，感觉就没歇过。没有月亮照耀的日子，身心都有些发霉。清明那天，我想着，现在背上包裹，赶到大理，正是花好月圆。我为此专门买了一个草绿色的50升的旅行背包。可是，我还有一个任务，就是陪伊去束河看房子，伊想在那开客栈，而清明伊不放假。

为什么要去大理？几年前看《莲花》，安妮在书的最后写到，庆昭指点她看大理一路的云，于是她沿着洱海，看见那些不同形状、色泽和光亮的云，看白色粗大的光柱，在云朵中一束一束地泻落。从此我禁不住的，惦记着大理的云。我都七老八老了，还会受这些闲书影响，有时想着便很惭愧。

我最终还是没有背上那个草绿色的背包，因为我的腰不好。我推着小行李箱，装上旅行茶具，各种茶，以及我能想到的乱七八糟的东西。即便我不能装着一肚子风花雪月回来，好歹也惹一箱子尘埃。

大理古城

夜晚的星星，在飞机翼上闪烁，俯望下去，有人有光亮的地方，都罩着一片尘埃的烟雾，微微泛出淡红。原来这就是尘世。

昆明圆通寺的樱花早谢了，滇池没有兴趣，石林的阿诗玛，离蝴蝶泉和洱海都很远，原来我记错了。小时候看阿诗玛小人书，记忆里那个望夫崖，便在苍山脚下，洱海岸边，故事情节全是杂乱的片断，土财主趁着阿黑出海捕鱼，把美丽的阿诗玛捉去了，阿黑来找她，财主让六条大汉把他抬起来，扔到洱海里去，戏台就搭在点苍山上，此时风雨雷电，把财主劈死了，自由的阿诗玛等啊等，最后化成望夫崖，面向大海地久天长。人真是很奇怪，总是把美好的东西混在一起记忆，而不管对错。

伊样子柔和，长情，要在昆明的街头走一走，感受伊家远去的小三的气息。我是个迟钝的人，什么也感受不到，就宾馆到火车站那段路，乱糟糟的，吃个早餐也能让人肚子疼一天。伊挑水果，我便蹲在一边看店家的狗，那个老板娘真势利，狗走丢了几天，饿得扁扁的回来，眼角淌着脓液，她就忙着收钱。

坐了七个小时的火车，巴巴来到大理古城，却找不到一点感觉。这是个干枯的地方，孤寂而无聊，连路人的嗓音和神情都淌着单薄。但这么干巴的地方，榕树的叶子却长得很宽大，而且还不长垂须，我是不是弄错了？古城的夜晚也很凄凉，没有什么好吃的，伊买了雪糕和桑果，我不喜欢吃，伊自己吃了。伊真是喜欢吃啊，路上伊指点我看车窗外的鹭鸟时，瓜子屑就这样飞到我身上，显得我也吃一堆似的。阳光下，田垅齐整，菜苗青青，畦边长脚的白鹭伫立。伊后来告诉我，那感觉就是天地静止，人世祥和。

离开古城的时候，天空倒是很明亮，厚厚的棉絮般的云挂在远远的屋檐上。我到每一个门口去张望，寻找《还珠格格》里说的“户户有花”，可是，窗台，门前和屋檐下，躺满的都是阳光，不是花朵。我因为样子不好，行路笨拙，走一条街就让人吆喝三次，吓得脚软，便更不喜欢这里了。伊后来买了一朵花送给我，我晃来晃去，花就谢了，这里的花也不经看。

伊是有名字的。这样说话很别扭。我说过，我们要坦诚相见，要不遮不掩。如天地玄黄，如明月桐花，都是自然到豁达的情意。

苍山月

到双廊的时候，阳光正热烈蓬勃，一切显得有些刺眼。太热烈的阳光，总是带着寂寞和距离，有着无法回避的陌生。我们因为提前一天到达，没有地方住，便沿着海边去找住宿。双廊只有一条街，铺着石板，每一条巷子都通向洱海。我们到每一个海边的房子去参观。我固执地想找到一个干净的房间，可以春风吹过帘楣，睁眼便见海立云垂。有那么的一些巷子，尽头是一道残败的门墙，透着浅浅的疏落的光影，我总是忍不住就爬过去看，常常看见门外一摊杂草，一摊烂泥，挨着一摊泛银的春光，阳光在水面星星点点跳着，云朵薄得像扯散的棉絮，一丝一丝在漂泊。

白族的建筑很有意思。青檐下的白墙黑线，墙上画的是水墨画，写的是黑白字，内容全是风花雪月。我看见三角梅越过墙头来，门檐上刻着笔墨书卷，花鸟虫鱼。即便死了人，贴的也是“音容宛在，苍山月冷，天上列星沉处土，山中霖雨及苍生”，充满诗情画意。上关风，下关花，苍山雪，洱海月，这是宣传词。想一想，全是浪漫到不得了的东西，我这样蹭一蹭，是不是就可以惹一身风雅？可惜啊，没有什么好吃的，几天下来就又黑又瘦。

夜晚，坐在碧水清波客栈的阳台上，听海潮呼吸，一声长过一声。满天的星斗，闪闪躲躲，白云有一搭没一搭的。伊说，最亮的那一颗，不是星星，是人造的信号灯。我想不明白，哪里有那么高的灯塔，可以照到天上去，让人天天看着以为是启明星。又想起傍晚在玉几岛摸黑走路时，缠缠绕绕走到一个巷子深处，蓦然看见一角的天空上，圆大的星星璀璨，夺人耳目，四周沉寂得吓人，旁边竹叶的影子俦绰。伊拉着我的手说，此时是断不敢一人走路的。原来，越狭窄越暗静的地方，星星就越亮，越让人燃起希望，是不是一个人走路倒是不计较了。后来我放不下，在第二天的黄昏又来到这里，寻找转角处的人在旅途图书馆，可惜还是不见开门。听隔壁正生火做饭的白族妇人说，图书馆天天开门，只是我来时刚好就不开门了。想来我天生与书无缘，强求不得。这一个图书馆，是玉几岛唯一让我充满兴趣的，我第一天在海边的走廊上眺望，便发现它是岛上最美丽的风景。

不晓得伊在想什么。我说起各地的星海，有各样的不同，真正的大海夜晚是吓人的，没有湖海这样安详，星星倒是差不多，只是眼界不同。伊却研究起人溺死时的感受，我对这个没有兴趣，人生想法太多，一点好处都没有。对于死亡，我觉得最好的方式，就是忽然就死了，什么也不用研究。我们两个思想南辕北辙，伊想伊的心事，我看我的星星。看着看着，我发现星与星之间充满暗物质，密集，拥挤，施动，却分明带着诱惑，感觉有些怪异。伊对此没有共鸣，建议散伙睡觉，我立马响应。再看下去，我估计能看见满天鬼打架了。

凌晨四点，被穿窗而过的月光叫醒。我轻轻地起来，白色的被单弹起一片冰霜。

我搬了藤椅，裹着毯子，拉开厚厚的布帘，到阳台去看月亮。农历三月廿四，洱海一片清辉，半个上弦月，轮廓分明，静静的，静静的，立在山头上。是的，我觉得那是上弦月，到了白天，伊成了一个稀薄透明的痕印时，才变回下弦月，真是有点奇怪。天空是这样的蓝，星星和海潮呼应，一声比一声温柔。细碎的云飘过月亮，不远处，一块云朵如欲绽的莲花，带着羞涩，慢慢地张开，然后变成一尾鱼，有头有尾，有鳍有翅膀，然后又轻轻散了，飘过月亮。只有右边被墙头挡住了一半的两条云，如紧贴的两个手臂，五指清晰，形状稳定有力，让人忽然就想起如来神掌。唉，怎么总是和武侠联系起来呢，如果再有满天飞坠的茶花，便是天龙八部了。我看月亮的阳台，脚下是一摊碎石沙岸，薄薄的水底海草丛生，白天曾有白鹭在这里驻足。风吹上来，有隐痹的清寒，我嗫了嗫鼻子，沧海月明，尘世无声，回头见光亮满屋，蓦觉原来满月是寂寞的，缺月才如此使人安宁。

碧水清波客栈的院子里种有一棵桑树，上面结满紫红的桑果，店家说不打药，可以随便吃。早上的阳光爬上了树头，伊站在树下，我挂在梯上，我摘一个伊吃一个，我一个也没吃，掉到地上的要捡起来，晒干了可以泡酒。吃了桑果还磨蹭不走，我抱了书到阳台去晒太阳，伊则到厨房帮忙拣菜，我看上店家从洱海打来的鱼，要吃了鱼才肯离开。书是诗书送我的《寻找家园》，看高尔泰说他儿时家山的趣事，吃的，玩的，我羡慕得眼珠快要掉出来。如今在一片青蓝的太阳下，远望洱海苍山，雪白的云絮在头上飘，颇觉白云苍狗，自己是世上最好命的人。中午老板娘给我们做了四菜一汤，有鱼有肉有菜，送到阳台来吃，伊人斯文节制浅尝辄止，我不懂客气，一顿饕餮，明明是腆着肚子说不能吃了，忍不住端起碗盆又一扫而光，结果肚子鼓得坐不下去。

伊不喜欢洱海，还抱怨说，你看你看，连水鸟都没一个。我明明看见有啊，指给伊看，伊却说，“这哪是水鸟，分明是麻鸭！”麻鸭就麻鸭。这里多么好，晚上安静，狗也不叫，猫也不叫，梦里有星有月有海潮，白天太阳和煦，不想晃荡，可以趴在阳台上，看白云掉到海里，和麻鸭和鱼一起游泳，现世一片安逸。伊为什么就不喜欢呢？何况还有很多水果吃，桑果，樱桃，枇杷，多得可以让人吃到拉肚子。

那天下午，我们骑着自行车，在海边晃荡。我走一步，停一步，看草丛里和树隙间的云朵出没，伊人在前面，要时时停下来等我。洱海没有沙滩，全是碎石滩，我脱了鞋，才晓得石头是多么的硌脚，让人无法站稳。水是清爽沁凉的，风吹来，全是干净的气息，海潮一阵一阵，打湿我卷起的裤脚，石头上长满厚厚的长长的翠绿的海草，踩下去如绒毛毯子般柔软，这一切都让人感到愉悦。我与一切愉悦美好的东西，倾心亲近，并愿意以最简单洁净的心灵，接纳一切自然的面目，不夸张，不避忌，山高水远，白云悠悠。

我教伊如何向水里甩瓦片，才能跳几次，我教伊摘下耳机，倾听自然的声音，教伊把心里的淤塞去掉，让阳光和风雨进来。伊不听我的，我也没办法，人生婆娑，不能预期，不是总能长相见。

雪山下的村庄

初见陌荷的时候，对她的细小还是吃了一惊。这么瘦小的人，穿着一双起码有十吋高的尖尖的高跟皮鞋，背着一个硕大的包，咚咚的走来，像一个蹦极的弹跳球，一点也不含糊。瞬间，我的形象就高大起来。

彼时她刚从泸沽湖的山沟里出来，正在丽江迷失，不晓得前路茫茫要去哪里。我请她也帮忙去束河看客栈，她背上家当，就出来接我，路上被人偷了手机，这让我内疚了好几天。这个坚韧固执的孩子，我拿她一点办法都没有。哦，她是不许我说她孩子的，她觉得自己已足够成熟，是老江湖了。

我对束河已经没有什么印象。随着岁月老去，一些温软迷惘的东西，已渐渐远离，只是有一点怀旧。我到一坐一忘去看望当年的那两个狗，乔丹和乐乐。老板娘告诉我，物是狗非，老板换了，狗已不是当年的狗。现在只有一个狗，没有乐乐好看，也没有乔丹帅。院子里栽了樱桃，苹果树和菜园还在，客房还是原来的样子。

我们一起去看客栈，伊一和人谈价钱，我就跳脚，我跳脚不是因为我比伊高明，而是觉得伊不是做生意的料，方向基本不靠谱。但我也不懂谈，我只会说风凉话。我一说风凉话，伊就生气，吃饭时声明不跟我坐一起，我只好乖乖坐到对面去。伊绝望时要人安慰，我想来想去，不晓得说什么，就让伊写下来让我念，伊肯定比我清楚自己需要什么罢。小西后来批评我，对伊不够温柔。我是个坏蛋，一路上都是伊在照顾我，我却说不出一句好听话。

伊走的时候，天刚刚亮，束河的早晨也冷，我送伊到桥头，嘱伊照顾好自己，那时天上空空的，一个云朵也没有。而轮到我们离开的时候，束河刚好死了人，桥头跪了长长的一溜人，离合悲欢，难分难舍，吹吹打打，一辈子就让人哭没了。

在白沙，陌荷指点我看路边的蔷薇，这里因为安静，花朵开得格外舒展，一群老人围坐在蔷薇树下打牌，狗蹲在旁边晒太阳。街上行人稀少，到处都贴着出租转让的纸条，我张望了下，都是很美丽的庭院，如果风不太大，如果路途不太遥远，在这样的一个院子里，种一院子花，养一院子鱼，冬雪春日一瓯茶，该是多么惬意啊。忽然就想起在束河开客栈的那个台湾人，他养了一院子虫，还振振有词地宣扬这是自然之道，真是好笑死了，我一定养得没有他虫多。

我因为想近一点看玉龙雪山，晃着晃着就到雪山脚下，发现这里竟是油菜花开，山上的白云也格外好看，两人一拍即合，立即窜进田野里。我们爬田埂，听嗡嗡的蜂鸣，真奇怪，明明不见蜜蜂飞，一侧耳却全是蜂声，估计是眼睛老花了。陌荷捡蒲公英吹，我给她拍照片，拍她吹蒲公英时绒絮纷飞的样子。这个女子，坚韧得让人怜惜，贫穷，辛苦，坎坷和流浪，却保存着一个干净的情怀，对人世充满悲悯和热忱。我喜欢她，狗也喜欢她，走到哪里，都有狗走过来磨蹭她的衣裳，我惹都惹不来。我表扬她说，看你的样子会是个好命的，她立马说，肯定好命啦，不好命不晓得死多少回了。不死跟好命有鬼关系啊？她告诉我，香格里拉的迪善学校需要的是一个音乐老师，她不合格，她要去昆明的工厂学手工，以后可以更好谋生，还告诉我，以后还是可以去永宁助学组做一些回访工作的。她给我编青花瓷的项链，我戴着它在花田里晃荡，看晶亮的阳光下，天地的颜色一层层的铺开，偶尔的一只两只浅青的蝴蝶，掠过草丛。正晃得忘形的时候，在村口等我们的司机小喻打电话来催，才想起还要去吃饭，还要去机场，只好灰溜溜的撤了。

陌荷坚持要送我去机场。小喻顺路把我们捎到他在七河乡的家里玩，他的家有两个很大的院子，种满了果树和花草，紫藤和君子兰正开，樱桃正熟，我们摘了一个一个地往口里送，陌荷高兴地说，“我以后也要嫁一个大院子，种一堆果树和花，天天吃不完。”我吃了一惊，“啊，你不嫁人，而是要嫁院子啊？”

推着行李进机场，手里还挂着陌荷买给我的两斤樱桃，左右不是，只好洗了吃掉，结果还是拉肚子。出了几日门，回来瘦三斤，换伊半个苍山月，也不算吃亏罢。

白云生

在高原的十几个日子里，我无法睡眠，干渴和心跳，像大石压身，让我在每个夜里清醒地躺下，然后清醒地起来。而在拉萨北京中路措美林308号的格桑花香客栈，连续几个即将黎明的时分，我都在迷糊中看见一片深蓝中，萨顶顶在唱歌，唱一首“白云生”，不断绝地唱着，一首听不清楚得很陌生的“白云生”。总很纳闷，萨顶顶这个名字只不过是我在拉萨偶然走进一个音像店看见的，怎么就入魔似的跑脑里来。为什么是萨顶顶，为什么是白云生，一切真的陌生，却挥之不去。

白云生，白云生处不是家。这一程注定是浮光掠影，因为我无法去触及云天，那翻滚的无比寂寞的深蓝和洁白，在头顶一幕幕地走逝，流向永恒缥缈。

云端里的雪峰

昆明飞林芝，偌大的一架飞机，装了十个人。空姐懒得理人，没有人干涉我，肆意地从机头到机尾，从左边到右边，去追逐美妙云端里的绵绵雪域。我发觉，只有行动起来，才不会头晕，头晕很多时候是心理作用。我有时的心智就像个孩子，不是假装的，以为四面八方去看风景，风景就会越看越好。其实不是，美好是守出来的，太贪幻的心思常常顾此失彼，错过时机。想起前个黄昏，在广州飞昆明的飞机上，看见一路云层上，阳光明亮，铁锈红和玄黄的云脚，一片连着一片，低低沆沆，像高原秋天的池塘。

此时，老土和幼稚在我身上汩汩地往外淌，但我高兴得像只快要长出翅膀的鸟。对着一叠一叠的云层，不晓得为什么总有感慨，像沙漠，像戈壁，像石头，像芸芸众生的人世，真的，人间是最美的。看着无比绚烂的云海，我想，这一程是光明的。

林芝，色季拉，西藏的第一场雪

走出林芝机场时，回头蓦见山林间，白云郁郁苍苍，空气里有一种雾气的白。一种清朗顷刻潜入心底，心胸豁然舒展起来。

踏上这片高原，只为了却经年的一个心愿。除了高天白云，心眼里来时储满的，都是藏传佛教咪咪嘛嘛的诡异气息。我是多么害怕，去年在香格里拉独克宗古城那种手足无措的惊慌，会如影随形地袭来。所幸选择的第一站是林芝，雪域的江南。

拉萨的三郎曾打趣说，打从江南来，江南没看够，要到西藏来看江南?

这是江南吗?江南清秀，丝丝缕缕，纤细如丝，而这里不是。

这里有秋天高远的旷美。流水坦然在阳光下漫淌，没有江南如画的桥头和楼檐衬托，没有江南妩媚的身影和垂柳儿依傍，在青红青红的草甸上，肆意地流畅。她安静的时候，倒影里的天蓝闪烁，云朵倍儿的清白。她流动了，岸边青黛的条条向上的藏柳，黄了的白杨，都有了潺潺的气息。枯荷六月来，是林芝的春天，她看见油菜花黄，篱笆里外葱绿成色彩的油画。我九月来，阳光柔软，遍地青黄，白云有最美的忧郁。

林芝的美，是触目皆可得的，尤其是对于我这个连破花破草都能赞叹的人。这种美丽，我觉得更应该在细节处来描述她的好，可是，美好是自然的，自然是自己美给自己看，本质原是沉默。比如说，山间的树叶在慢慢变黄变红的时候，谁说得清楚她的颜色，而那颜色里分明有快胀满的奢华。而最终说得出来的都是干巴巴的一些表皮，文字真是很惭愧，气息这样的短。

这个早晨，微雨，山间的白云很腼腆，尼洋河畔一片片的，杨树的叶子清黄光亮。真的，一个屋后，或者一片泥地上，一条浅水边，忽然长着这样的一些树，张开一段悦目的色彩，视角层次立马便丰富起来，周围的一切陪衬，房舍，河水，风和野草，也全动起来了，天地万物间的契合真是有情有义。

坐在罗布新买的丰田车里，藏柳郁郁，风吹来，俨有泉水的气息。牦牛在路边散步，我们常常要停车让它们先走。听罗布说，藏区一个养四年的牦牛可卖五千元，一个牧民家里养几百头牦牛很平常，也算小康了。我有些奇怪，市场上一对牦牛角要卖三四千块，那还不如买个牛啊，人真是笨死了。

色季拉海拔有五千米。我觉得我的头又晕了，我看路边的经幡，在风口处，在水头，在柏树上纠结飞舞，它是迎着风生长的，风来经转绵绵延延，常有大半人高的篱笆，隔着它们，如隔着天堂。如果念经可以不头晕，我想，那六字真言再拗口，我也是能背下来的。

路边开着丛生的，一团团奶白奶黄的花，而眼前的山在下雪。

我没有见过雪，在山顶上我晕头转向地从车里爬出来，捧着手在那里打转，罗布说，这应当是西藏今年的第一场雪。我转呀转，哦，这就是雪，不是一片片的，是一点点的，很细腻，像刨碎的泡冰，落在手心，落到山顶还很春天的叶子上，清凉清凉的。阳光怎么就出来了呢，浅浅的，粉红粉红的，以至于我无法看清雪花的形状，她就融了。阳光和雪花，西藏的第一场雪，浮白的山头和冻得鼻水直流的我，这真是令人欢喜的事啊。

罗布是个好人，不晓得大哥是从哪个广告页上淘来的，名字是四个字，我只记得后面这两个字，他长得粗犷，有两个大大的眼睛，像牦牛眼。他给我们讲风马，讲转经，讲墨脱和工布，讲伐木和酥油茶，他指着经过的一个弯口跟我们说，那年修路，山上的泥石滚下来，埋了一百多人，外面的报道才几十个。他把车开得贼一样快，那碎石上面的野荆棘，也开满了黄白的花。

在鲁朗去波密的路上，我看见美丽的乡野，在花朵的掩映下，藏民居朴素安宁，篱笆圈着牛羊和蔬菜，青黄青黄的草地伸到山脚，白云和炊烟一样近。真的，感觉白云就这样从身边走过，从脚底生起，滚一滚就到天上去了。如果在这里住下来，我会天天去山脚赶白云，看青草变黄，看蔬菜生虫，看牦牛生孩子。怎么就想起赤壁里，小乔、周瑜、孔明帮马生小马的场景了，小牦牛出生的毛应该更长吧，那场面真让人快乐。

桑杰家的厅很漂亮，木梁的裂缝也涂满了色彩。而最吸引人的是，房梁上吊着的一串串晾干的猪肉和奶渣，我不晓得怎么回事，总是第一眼便留意到别人家里吃的东西。桑杰的妈妈穿着很老很老的土布搭裙，披肩和裙面上泛着岁月黑溜溜的油光，背驼了，眼睛眨一眨，太阳和黄昏就出来了。她总是不停地，滴滴答答地给你添酥油茶，让你吃也不是，不吃也不是，到了后来，一看她过来，我就把杯子放到嘴边。她察觉了便咧一咧嘴，嘴角有孩童纯真的青涩，两边灰白的头发碎了，扎不住，叮叮当当地张开来，张开的还有酥酒茶的香。真的很香，这是我吃过的最香的酥油茶了。

罗布说：“桑杰，你给我们弄个饭吧。”桑杰给我们烙青稞饼，让妈妈到院子里摘菜。桑杰又给我们吃风干的猪肉，肉金黄金黄的，看起来很腻，吃起来很脆。桑杰的主业是放牛，有几百头牦牛，妻子在工地做工，两个小孩在上学，妈妈在家里种菜。罗布偶尔会把客人带到他家里吃饭，这时桑杰就得从山上下来做饭。饭后，桑杰带我们从村后去转经幡阵，要路过一段长长的，布满牛粪和泥泞的路，这可以避开前面风景区的门票，门票的钱用来给饭钱。

在爬一个小山坡的时候，遇见一个小男孩，脏兮兮的裤脚，红扑扑的脸，晶亮的眼神，盯着我看。我看着他笑，他忽然走过来，摊开手，说

"这个给你"，一朵小小的黄菊花。"哦，这个也给你"，几颗德芙巧克力。我感觉得到，他一直在回头看我，一次，两次。我拍他身后枯了的草场，篱笆和天空，就是无法把镜头对准他，罗布说，"翻过这座山，就是派乡，再翻一道桥，就是著名的雅鲁藏布江大拐弯，那里尚未开化，民风更加淳朴"。

我是想一直走到波密去的。林芝电信的布总说，他的家乡茶隅更美，印度洋的海风从喜马拉雅山的缺口吹来，可以种水稻。

走向拉萨

那个下午，从日月神山下来，爬在巴吉村的篱笆里看云朵。

实在是很平常的景物，柏树，草堆，盖塑料膜的田地和水泥房，为什么山脚翻滚几叠白云，一切就意思蓬勃起来？我也说不清楚，有明亮高远，也有陌生不安。巴吉村有一条两旁植着整齐柏树的路，此刻叶子开始变黄。我透过青黄的柏树叶间的空隙，去拍摄阳光。对于光和景物的样子，我心里常有明确的影廓，只是限于表达技术，未能说得明白。大哥不晓得我为什么对两个树杈这么有兴趣，看得眼睛一眨一眨的，不停地在旁边提示"有车来！有牛来！"这里的牛够懒了，走几步就躺下来，在阴凉里晒太阳。路旁篱笆里的树叶正在泛红，我告诉他，高原上的树，因为气候，秋天的时候会红得更明亮彻底，我们来早了。

我走路慢，十几公里的路走了几个小时，还拖着一脚牛粪。在高原走路很累，我一边走，一边想躺下，跟牛一样。不知为何，觉得高原的牛要比人快乐，想吃草就吃草，想躺下就躺下，没有人来驱管，也可以不回家。黄昏时候，我在八一镇入口的草甸上迷上几头牛。那是一个秋色苍苍的汪着水的，牛背和草花在霞光下散发光泽，藏柳只倒着一个方向生长，让人无限遐思的水草甸。他们徜徉在水甸那边，我们之间隔着一摊一摊的不知深浅的泥泽地，我穿过水边茂密的一片荆棘丛，想再近一些去打量它们。荆棘丛里有一棵结满了鲜红果子，很诱人，我犹豫了很久，大哥警告说"不能吃！"真是糟透了，吃不到，还给刮了一身痕。不过，那黄昏是美的，枯荷六月来过，她一定拍过这里黄昏美妙的光影，只是不舍得给我看。

在进入八一镇的岔口，看见骑单车的一对情侣，呼啸而来。我截住他们，询问行情，他们告诉我在建设路的高山自行车店租单车，一个下午二十元，感觉特别好。我立马决定，要去尼洋河畔骑单车，看尼洋河的黄昏。

八一镇的那段河畔，有一条铺着土砖的小路，砖缝长着草。

风很大，云走得很快。大哥推着两个单车在前面走，我用丝巾缚住帽子在后面晃，长长的一段河边，只有两个人影，即便有个人影在旁边晃，我也感到很寂寞。尼洋河的黄昏，是如此萧瑟，大块大块的云遮住晚照，使水面生凉。那个凉不仅仅是扑面，还会顺着衣服的领口往心里钻。水边的草滩长着粗壮的骆驼刺，有人叫它芨芨草，这是环境恶化的象征，牧民说，草原长起芨芨草，草地要变沙地，牛羊没地方安家。想起郊外尼洋河的美丽，觉得美好总是属于没有打扰的自然，越靠近城市，美好便越少，直至没有了。想一下自己，其实也一样，在众人缝隙中长大，浑身上下长满小心眼，天天与人计较，到了没人的地步才肯罢休。这种反省使人惆怅，而事情确实如此。在拐入城市的路口，河水向另一边的山间流去，夕照落在山脚，生起白云，河水青里泛蓝，便又迷死人了。

那一晚回到住处，两人几近虚脱，领教了高原气候的厉害，千万不要以为能呼吸，便去顶风骑单车，很容易睡下爬不起来。可是，顶风的时候，你可以看见林芝街头的白云，气势如何翻滚美丽，还有林芝县政府所在的那条街道的右边，有一大片的绿柳才黄的生态林地，又是多么的惹人眼目。

没好意思再住免费宾馆，想去波密和墨脱，大哥不同意。铃子去了美国，丁香不能来，又不能一个人偷跑，让人跟着监督着，真是委屈死了。回来时抄他的相机，发现里面都是我的背影，他也委屈死了。枯荷教我，从林芝到拉萨，不要坐大巴，要坐中巴，可以少遭罪。发现全不是这样，去拉萨的票是托罗布订的，约定在巴松错的路口等，果然是中巴，只是塞满了人货，我们也像货物一样被塞进去，人味烟味汽油味，把我们熏得像两条咸鱼。

巴松错最美的是石头上的青苔，一种鲜明的黄，在满眼的青翠中醒目地嫣然，她是体示生命的，有凛然的气息。而巴松错的水并没有青苔高洁，汽油艇在并不宽阔的不会流动的湖面上飞，湖水渗了油烟味，水脚也长起油藻，让人有些黯然。转身去看岛上古老小寺前盛开的花，八瓣的张大人花，我依然固执地称她为格桑花，在阴天里有一种光明的美。在格桑花的旁边，一条小路延到水边，水里漂着几根枯木，我踩着枯木出去看湖色，枯木上的滑苔，害我在水中晃了半天，偏又下雨，狼狈死了，没掉下水真是奇迹。

去拉萨要翻过海拔五千多米的米拉山。之前，罗布就告诉我们，米拉山上会下雪。米拉山上没有阳光，米粒大的雪花洒落在挡风玻璃，我想把手伸出去，但窗门不能打开。天地萧条得快要塌下来，却依然有牦牛野马在山间悠然吃草。这是个很奇妙的世界，雪山和生命两茫茫。去拉萨的一路，感觉无法说清楚，风景在路途，在一瞬间，在心之外，那些烟，那些云，那些天，那些草木和风流，那些蓝色屋顶的砌白墙的藏房，屋脊上盛开五彩的风马，一路绵延，在阳光下熠熠生辉。真的，一切都是有光泽的。

走近拉萨河，天就黄昏了。我隔着车窗，去看那河里的影子，深灰的山，青黄的参差的树，洁白的云朵和蔚蓝的天，一动也不动。这样看着，便有些要痴过去了。

和你细说

我说过要从中间跳起，把一些过程忽略。可是，我想着你经年不能回来，不知何时能与高原亲自相见，所以我要把琐琐碎碎的时光，和你细说。

我一直在诉说高原的云和天空。你知道吗，那个下午，当我行过八廓街，站在大昭寺的广场上，看着松香缭绕的白墙黑幡，金顶上的云涌云来，那一刻觉得脚下的土地很不真实，那些云就像一大片的情感，一下汹涌而来，不可抑制，一下浅浅薄薄，轻惦细念，再一下就没影没迹了，剩下蔚蓝的一片洁净。我的眼前便是一排排匍匐着的磕长头，可我怎么觉得这些云和宗教没有什么关系呢。我自平原来，我不磕长头，我若匍匐，也当是对着这伟大的自然。这些高天白云的举目怆然，也足以让灵性虔诚。

大昭寺外，有人在晒太阳，有人在卖酥油，有人在磕头，有人在看热闹，有路过的长者告诉我，不要对着人的脸拍照，我脸红了一下，大约是我的姿势不对。我从来不敢亵渎纯洁和虔诚，在高原没拍过一张大写人脸，即便我有很多机会。我有时想，我是缺乏摄影者最基本的攫获欲望，很多时候，我觉得举起相机，就会破坏一种气质一种美。譬如那天，在山坡上，我久久地对峙一种高原上最原始最纯净的表情，就是没有勇气拍下来。我晓得，这是一种心理作祟，你一定会笑我吧，不该扭捏的时候就扭捏。

大昭寺有一种气质，繁华中的寂寞安定。我记得我们是一起在庙里磕过头的，记得那时还互相取笑，原来我们都是不懂得许愿的。在大昭寺，我也不懂许愿，我被朝拜和参观的人潮簇拥着，在繁华里游荡，脑袋一片空白，心却安详镇定。在释迦牟尼十二岁等身像的跟前，隔着围栏，我努力地想看见什么。多么繁华的佛祖啊，脸庞和身体让信徒们的金银涂抹得雍容阔大，哪里像是十二岁的少年呢。可是，为什么那升腾着的繁华，会这样让人感动呢。我就那样没头没脑地杵在那里发呆，直至被管理人员赶走。我也无所谓，我拿五十元的大票在菩萨脚下换零钱，然后一毛两毛地跟着别人，塞到搞不清名字的菩萨脚下。你看，我骨子里就是这么铜臭小气的么。

在门外找了个地方蹲下，大哥说“你懂不懂磕这种长头啊”。我想了想，我是磕不来，磕了也不像。距离我十米左右的地方，有一个外国人也在磕长头，他把外衣铺在地上，手底垫着两个旅馆里的纸拖鞋，趴下，伸手，向前，做一个俯卧撑，然后起来继续，那样认真和旁若无人。我想，他心里的那位神灵，一定也是圣洁无比的。很奇怪，我对大昭寺前规模宏大的磕长头不太感动，却在一路上，对着车窗外那些在尘烟滚滚中磕拜的人，直想流泪。

沿大昭寺右边的八角街，转进去，有个仓姑寺，师太们做的菜包味道很好，酥油茶一壶才三元。三郎去买菜包和酥油茶请我们吃，我隔着栏杆，好好打量仓姑寺里颜色绚烂的花花草草。高原的人爱种花，高原上的花朵颜色分外鲜艳。我记得前年我们一起去沙漠，你也曾感叹过这种鲜艳的。高原遍地的鲜艳，看得久了，常常会扎疼人的眼。三郎说，“坐在这里，晒晒太阳，去哪里找这样的时光啊。”

不用和时间计较的时光啊。忘记怎么在八角街里转来转去，在一处窗楣熏得黑乎乎的藏民居，三郎掀开沾满油渍的布帘，“阿家，来一瓶青稞酒，要第一遍的，是不是八块钱。”简陋的一些桌椅，一个老妇人在排扑克，几个男女在喝酒，一支光管幽幽地悬着。九月下午四点的阳光透过两扇厚厚的起渍的玻璃窗照进来，光线不够，烟花一样迷离。在角落坐下来，靠着窗口，吃一杯青稞酒，鼻息酸酸甜甜，发现昏暗里人们并不太说话，我坐我的，你喝你的，和彼此和时间都没有什么联系。过会儿，两个男子玩起一种游戏，桌面上排起贝壳和铜钱，一个红木碗“哒”的一声敲下去，一个就要喝酒。我坐不住，怯声问三郎，我能不能拍照。关了闪光灯，录了一段，又挨着青稞堆，磨蹭了半天，还是没法看懂。我很怀念这一段青稞酒的时光，如果以后你能来，我想我一定能找到这里，我们可以坐很久，拉萨的日照长，我们可以赚很多时光。

循着三郎的指引，在一个下午，来到色拉寺。不买门票，沿左边的墙，走进去。下午三点半的太阳，照在断瓦残墙上，墙脚的草花零乱，蓝天白云里，躺着一段萧瑟破旧的历史，寂静得没有一丝气息。山上的石头，画满白色的天梯，以及五彩斑斓的佛像，眼光寂寞的寂寞的爬上山顶，经幡在风里飘扬。这样的地方，如果没有阳光，想什么都会忧伤。我居然想到的是忧伤，而不是安宁。在一个残破的角落，惊奇地发觉，一个老男人在丛生的灌木旁打坐，也许是我们走近的打扰，他伛偻着身子走向泥屋，泥屋前的太阳能烧水架上晒着灰被子。太阳底下，依然是荒凉，依然是寂寞，没有人烟。及至后来，我绕了大半个寺院，在无限繁华的前院，无聊地坐了两个多小时听色拉寺衣着新鲜的喇嘛唱经和发钱，回想起后面的寥落，便如繁华一梦，遗落的都是尘埃，尘埃里埋不尽人世的虔诚，以及虚情假意。

你晓得我心里一有感慨便变得很可笑，因为下一刻我又一副十足的俗世嘴脸。可是来一趟高原，总得有一些感慨吧？譬如那些禁不住的快乐，藏餐馆里的藏族女子，洗碗洗着洗着便唱起了歌，给几颗巧克力，美丽的“波嫫”每隔十分钟便笑靥如花地来给你添甜茶。这种时候，我的内心是多么欢喜啊。

铃子，如果你来，我依然愿意高山流水的，陪你走山走水走人家，那时我会多了些经验和胆识，可能还不会有高原反应，每天起码睡两个小时。就两个小时，应该能够罢？一想到这，我立刻又快乐起来，呵呵，枯荷说，我像个半大的孩子。

纳木错的星夜

不晓得为何，一到纳木错，觉得整个人都抒情起来。

我怎么能不抒情呢，那景象，那意思，看得人眼皮一跳一跳，心里急急地一阵阵泛软。

下午六点半。我一脚踏落这块土地，便忙不辄地把背包扔给大哥，去追赶光色正在变幻消逝的黄昏。

东边的湖水是纯净的蓝，一丝一丝的涟漪，从水底涌发出层次的光泽。湖边有三只牦牛，一只是纯白的，一只是白里有些黑的，还有一只是白里又多些黑的。它们地耳朵缚着红丝线，在夕阳里，拖着一条很长很细的影子。我近距离地观察它们的眼睛，是有些微凸，真的像罗布，还喜欢眨眼，一定是眼睫毛太长了。这高原五千多米的地方，没草没树，又走不出去，一定是有人管它们吃喝，可是没见到牛栏啊，放养的人没想到要给它们一个家？它们温和的看着我，我拍它们的侧影，以及它们身上抖落的阳光。大哥呀呀地来了，说“这水多清啊”，一边捧起来喝，一边叫“啊，这么咸啊”。对面的山是浅橙的，一闪一闪，不晓得这咸水里有没有鱼？

日落在西边。对岸是雪山丘陵，夕照斜斜，起初的水还是蓝色的，与天的颜色一样，纯洁干净得让人心慌。一个狗啪啪啪地涉过来，扰乱了浅水里雪山的影子，在我的心里泛起人烟。七点半，阳光长了。雪山越发洁白，没有积雪的地方渐渐红了，背阳一面黑黑的影子越来越大，越来越深，人间要老去了。那场即将要烟逝的场景，美丽得无与伦比。我坐在水畦，看湖水慢慢泛白，泛出白光，层层地把人包裹起来。湖水的冷是往上涌的，有一点点的天长地久。

八点，看见月亮了。大哥说，手这么冷，要去吃饭了。

我并没有想到，纳木错的星月是这般光景。

“月光落在对岸结雪的山上，在对面的湖脚形成一带光亮，湖面轻轻泛着涟漪，一点点闪烁银光。月色清白，世界如此纯洁。

沿着水畦，看岸脚水底下透亮的石头，如果有鱼游过，我一定是看得见的。天上，一条银河繁星灿烂。月亮在左上方，流水里的星星，岸上的泥沙，以及右边山上的经幡。我浅蓝色的冲锋衣也熠熠生辉。

入晚，风停了。在湖边沐月色如此适意，我发现，偌大的一个湖边，只有我们两个。我慢慢地走，他默默地陪。人总是这样，稍有一点感觉，便觉得对一切应宽怀原谅。

十点二十，转身，踏满地星光回客舍，月色身后斜来，我们黑黑的影子，无声无息，世界如此寂寞。

回到客舍，发电机已停止运转。借着星辉洗脸刷牙，用石头堵门，吃药后，用丝巾蒙脸，一躺下，外面琴声响起，又是一夜难眠。”

这是那夜，用手机写的一条短信，发给丁香，不知她有没有收到。

记得那天是农历八月初九，月亮是个半圆，因为旷远寂静，因为与天接近，显得分外的清宁光辉。而湖水咽然，幽得快生出烟来。我面对月色，走向湖边，碰到沙滩上阻挡的铁丝网，我黄昏时走过，记得是有路的，但在茫茫的白里，我认不出来了。我贴着地面，从铁丝网底下爬过去，沙子是粗粝的，但手感干净。我很想坐下，但大哥说，冷了就要走路。这不是人住的地方，神仙都嫌寂寞。我晓得，我的背后是一天繁星，沿着山脚走也不怕黑，有两床被子等着我。可是，我为什么要赖这里呢，湖水里也没有星星，也没有鱼，月亮明了就不见星星，水太清冷了就不长鱼。可是，这里的月色，怎么觉得越晒人心越干净呢。

那夜里的琴声，不晓是哪一个客舍里的佳人，有感而发，叮叮当当，象琵琶，又像是马头琴。回头一想，恍觉是仙子呢，人哪有气力背着琴水远山遥地到这来弹啊。

不晓得为什么会想到用石头堵门，窗口要整夜地开着，预防高原缺氧憋死。半夜两点，我实在躺不住，起来方便，又搬不动石头，只好爬窗了。这窗真矮，我脚长，一挪就挪过了。啊，这星空呀！

繁星灿烂，个个如斗，劈头劈脸铺天盖地地向我压来，如果我愿意伸手，定可以揽下一大盆来。天地间万籁俱寂，只有我瑟缩的身影，月亮也不见了。我要到哪里方便呢，这银色的世界，这圣洁的世界，这茫茫的世界。走几步，我寂寞极了，屋檐上，水面上，山坡上，地上，怎么只有星星啊。日间的那个狗，那些牛有没有睡啊。那些客舍里的人都在哪里，怎么没有一点人间的气息，谁的梦里，又能梦见今夜的天空呢？如果这时我能碰上一个狗，那一定是雪獒，高原上的精灵，如碰上一个人，那定是雪域上神圣的度母。可是，我要到哪里方便呢？

那一夜，我真的抒情了，好在没有被自己吓死。

隔日，六点钟起来，把所有的衣服穿上，盘了两条围巾，戴了两顶帽子，像个毛球似的堆在石头上等日出。客栈的老板说，日出在东边。可是，我们守了近一个小时，快冻成冰棍了，没看见日出，只看见半天粉红。大哥说，日头早升了，我们到西边去吧。

又一次没有想到，这日出的景象如此美妙。只见那光，一点点一丝丝地照过来，照到地上便成金黄，照到山上洁白光亮，照到水面便成一痕痕的青灰。那光影变幻的景象，便似虚拟的神仙境地，一点都不真实。我很感动，这纳木错美成这样，忽如惊鸿的一场视觉盛宴。

一回头，蓦见东边的云朵璀璨。

我的手指已按不下镜头按钮了，大哥把我往光照的地方推。我晓得，这景象，这寒冷，已然把我冻紫了。

可可西里的落日

格桑花香的阿建告诉我，去青海湖，可以坐到德令哈，海子的德令哈。可是我已经买了到西宁的票。

同车厢的是一对来自日喀则要到兰州朝圣的母女，以及一个在青海电视台工作的活泼的女孩。她说，“阿家拉虽然来自后藏，但我们不要谈论班禅和达赖，她们心里也是信达赖的”。她的提醒，让我又一次感到宗教的沉重。

几天前，当我无限羡慕地将目光投向仓央嘉措和他的情人约会的那个酒楼时，赫然发现楼顶上站着一个全副武装的哨兵，顿时兴致全无。如果信仰和情感都要处在强力之下才得以维持，那么还有自由么。自由真是很奢侈的东西，便如人们幻想了千百万次的香巴拉的天堂，永远只是一个模型。

我是想起了仓央嘉措，那个在青海押解途中死去的二十四岁的六世达赖活佛，他的尸骨回不到他坐床的布达拉宫，也回不到他日夜思念的妈妈的怀里，他约会的情人也成为画图里的一抹影子，模糊了痕迹。一段时间，听多了《仓央嘉错情歌》，里面有一句“咫尺理塘归去来”，以为他的故乡在理塘，还以为理塘在西藏。那天对罗布说，理塘远不远，我要去理塘，他大吃一惊，说理塘在云南，不在西藏。

下雪了。清晨，仓央嘉措告别玛吉阿米，从那个酒楼出来，走向布达拉宫。雪地里他深深的脚印，让拉藏汗看在眼里。拉藏汗也许不知道，这是个多么不愿意当活佛的青年，他的心里埋藏着滚滚的叛逆、自由和爱情之火。那时还年少，被关在深山寺院里秘密授法，多少次他恳请上师，说看见母亲在思念，母亲日夜在思念他，想回去看望，但不被允许。这个自小丧父，在母亲的宠爱里，在东山上无拘无束长大的少年，十岁离家，在他十五岁坐床布达拉宫之前，母亲次旺拉姆生生地思念死了。若干年后，他的情人又因恋情泄露而被害，他爱的人都死了，他活佛的心也死了。这是人间最深重的悲哀，他用生命换不回一丁点的爱和自由。宗教和政治都是无情物。

也许，这些都是传说，是我偶然在一本传记里看来的。那一世的转山，只为在途中与你相见，一首情诗，一本莲花，使人着魔地向往西藏，而经年前听见的一句话，又让我巴巴地要赶到青海湖来，看湖边的草原湖面的鸟。

青藏铁路拉萨到格尔木的一段，有言说不出的美丽，常常惊鸿一瞥，却久久不能忘却。

我长时间蹲在窗边，姿势不雅，看窗外掠过白云，湖泊，雪山，变化的草甸，升着风马的土房。是错那湖吧，蓦然来到眼底，是青碧的瑶池，水面上蒸腾的白云，是仙子们游戏翻覆的衣袂，我又要抒情了。想起去日喀则的路上，冈巴拉山上逶蜒的羊卓雍湖，湖水澄蓝得一阵阵生烟，恰好有一块云挡住阳光，湖面成了五彩，一块白，一块青，一块蓝，浅清处还有天空云朵的倒影，真是轻柔美好得恍若看见童话一截一截地要飞出来。那一路我都没有说话，直至停车吃饭时，在铮铮的太阳底下，看见马儿在干枯的田野里吃草，竟然亲热得想去将它抱起来，仿佛只有它才晓得我的心意。

这是天路，离天如此之近，这是自然之意，离心如此之近。

在这个黄昏，当落日的光芒扯成一条条幻彩斑斓的云带时，可可西里的藏羚羊开始走进我的眼底。记得当时广播提醒了两次，我正靠在窗口看瓦尔登湖，我看了很久还没看完的瓦尔登湖，正说到梭罗在湖边种豆，种真理，种诚实，可可西里就来了。彼时赤色的云霞正在一块一块，快速地向窗外的西边飞去，而藏羚羊的影子是深灰色的，明明是在低头，却充满动感。我的相机不够高级，我无法拍得清他们，这些黑的，赤的生灵，在铁路旁筑隔着的矮小土墙之外，悠然自在地踱步，吃草，而我咫尺天涯，竟然无法详细地清楚地端详他们。

火车刷刷刷地跑过去。梭罗在计算种地和收获的成本产出，人生是一条条的轨道以及一本本的流水账，真是现实得不得了。譬如今晚在车上，我就省了一晚的住宿费，还可看一晚免费的星星。

青海长云暗雪山

起这么壮大的名字，说这么细碎的是非，感觉滑稽死了。

记得塔尔寺度母殿转个角出来的路边，有一排柏树长得很美好，黄澄澄的颜色和阳光一样蓬勃优雅。

我总是记不清那些殿堂的名字，那么多的菩萨拜也是白拜。记得从一个吱呀呀的木楼梯爬上去，楼上空寂和灰败，发现只有西北角的一间屋里有灯火，原来供的是财菩萨。香桌上堆满了大钱小钱，久久没有一个人影，这个财菩萨我也不认得，娇小，色彩迷离，对比平时常见的赵财神，要显得凝重，没有那些随众热闹的意思。我惴忖，这些殿堂可能是没人管了，便开始在各个房间点起酥油灯。偏东角一间小殿，供着平安菩萨，气息古旧，大约很久没有香火，炉里的灰都起了结。我想，人们一定是走进来又走出去，以为闲置，菩萨都睡觉了。我给仔细地装上香，点了灯，有了香灯，才会有人来随喜。

宗喀巴灵殿前有僧侣和信男善女在磕长头。我听一个讲解说，宗喀巴灵塔里面裹着一棵菩提树，很多百年还活着，如果看得见顶层镂空处的菩提影子，就是有缘人。我看了很久，除了镶嵌着的金银珠宝，什么都没看到。又听说灵殿门前的菩提是同一棵，捡了菩提叶便可得庇佑。恰好风吹菩提，一些叶子落在磕长头的人间，我也低头捡了两个小叶。一抬头，一个年少僧人正向我走来，笑着把一只叶子放在我手心。忽然便有些感动，把三片叶子轻轻地合到笔记本里。可惜后来，翻遍每一张纸缝，都找不到那几片叶子，不晓得又飘落到哪里去了。

发觉这一程，都掉到佛祖的圈套里了，整天在说菩萨。我对宗教是有困惑的，在塔尔寺后面的山上，我遇见一个与我有同样困惑的喇嘛，一个帅哥喇嘛，长着两个耳朵的高原红。他说“我们的金刚经要讲几年，讲一句，辩一句，辩了又讲，讲了又觉得不同”，他说他看圣经，“里面的上帝说什么生灵都是归他管的，不听他的就要如何如何，那种意思是恶毒的，可是我们的佛祖说，众生平等，佛祖是善良的，怎么会因为不听他的便对人如何呢”。他说话很真诚，当时我在一旁禁不住兴高采烈地想，原来喇嘛和和尚读的是同一个经，原来我不懂的他也不懂。后来回头一想，我怎么如此浅薄呢，当然是同一个经，难道有两个金刚经？

高原一没有太阳，天就冷了，西宁的夜里除了寒冷，什么意思都没有。坐在桑珠国际青年旅舍的客厅里，我埋头想象起青海湖来，大哥已经在前台报名参加青海湖的一天游，而隔壁的几个男女，一直在讨论如何包车进行环湖“深度”游，还说要去什么张掖，说那里又原始又美，听得我坐也坐不住，想也想不好，只好悻悻去躺床了。

我很少挑剔风景，可是青海湖，不是我梦里的模样啊。牧民们把湖边的草地一块一块地圈划起来，生生把人与自然分隔开来。种一块豆腐块大的油菜花田，或圈放几头蔫巴儿的牛羊，就为了给游人五块钱拍一次照？自然的美有这么憋屈，有这么假么？

导游卓玛告诉我，青海湖最美的是五月，那时有各种鸟在湖上飞，草原上也开始长花。我想，那要不要到对岸去看呢？野外的花鸟都爱安宁，她们喜欢自己生长，自己凋零，越没人看，越长得肆意。我看见青海湖的对岸都是雪山，长云笼罩，没有豆腐田，没有人烟，风景肯定美妙死了。还听说青海门源的油菜花，六、七月间连绵在祁连山下，一望无际，不晓得又是如何个美法。

这个卓玛，留着垂腰的长发，脸上两块惊艳的高原红，笑起来咯咯咯，灿烂死了。记得在倒淌河的时候，天下冰雹，像泡沫一样一把一把地洒下来，软软的，落到地下还踩不湿。我第一次见冰雹呢，张开手一直转呀转，她也不追我上车，就咯咯咯地笑，那笑声掉在地上跟冰雹一样，也踩不湿。她带我们到151景区，却告诉我们说，如果不想花一百元门票看热闹，可花五十元搭当地人的车到湖边去，结果大家都设法搭五十元到湖边去了。在那个五十元的湖边，秋黄的草丛生在碎石的湖滩上，萧瑟寒冷。我想埋在草堆里照一张相，因为在同一高度，湖面会成了水平的一痕，如果我高大，风景就没了。可当我爬起来，一拍屁股，却发觉全湿了，风一吹，直冷冷地打战。为什么看起来这么干燥的碎石下面有水洇，分明是早上有潮涨过。可是，咸水里怎么能长这么茂密的草？对岸的山是色浅的，浅色得在云的笼盖下看不清楚，我觉得，那云是长年不走的，可那雪山是否也会春暖花开？

离开151景区的时候，天忽然暗下来。从车窗望出去，湖面瞬间泛出七彩来，我能认得的颜色有蓝，水青，大绿，蒙灰，黑，紫红，湖面阴沉得像要冒出鬼来，一大片一大片的灰云纠结。青海长云暗雪山，在王昌龄的眼里是征尘豪迈，而我看到的却是阴沉凄冷，我自然不是王昌龄，而这个长云也不是那个长云，这个雪山也不是那个祁连山，都变化了污染了。我们没有古人的眼界，不要在这个季节来青海，没有花，没有温暖，没有长云暗雪山。

也不能这样说，青海的草原也有一些原始洪荒的意思，隔天隔海，有雪山，有沙漠，哪能不洪荒。只是芨芨草长太多了，在荡漾王洛宾爱情的金银滩大草原上，很多地方芨芨草都长到大腿高，使人觉得荒凉，不觉得浪漫。说到沙漠，想起在爬青海湖边的那个沙丘的时候，下气不接上气，到顶上一看，天啊，一边是湖水深蓝天青云淡，一边是茫茫沙漠里一大群牛羊在走路，感觉真是怪异死了。

那晚回途的夕阳也有些奇怪，总是让我觉得异乡离离，人世不久远。我晓得是因为中秋的缘故，我饿了一天，又吃不到月饼，衣衫还湿了。回来，我支大哥去前台问，西宁城里哪里可以看到最美的月亮，又能吃到最好的东西，比如什么高楼大厦，旋转餐厅，公园雅座等等。被答说“去路边，路边有月亮看”。

西宁路边的风真大，月亮很白，很白。我穿得像个皮球一样，从互助路的树梢间去望月亮，发现月亮就像一块会发光的月饼，中间朦胧的是馅，应该不是蛋黄吧，我去年吃的是绿茶的。我缩了缩脖子，对大哥说，“我们去找些东西来吃么。”这地方真萧条，除了呼呼的冷风，没有什么好吃的。

明月山复山

记得那天是农历六月十五，月华如水。我慎重地向新疆美丽的白姐姐请求，当我到时，带我去一个美丽的地方看月亮。她说，那要去山里，半夜里月亮才会出来。

两天后，在漫长的飞机上，听屏不停地唠叨她的白兰瓜黄河蜜，我在想，今晚我能不能看见月亮啊？天山的月亮，奢侈如梦，掉在李白的诗里，还缠着年少时看武侠小说滋长的情结，今晚我能不能看见呢？云层上的华辉永远光彩夺目，我带了一本《八月之光》，里面有个傻乎乎的莉娜，心里一直都是阳光。

乌鲁木齐的天空一点意思都没有，灰扑扑的没有感情。直到那晚，我从吐鲁番回来，在凌晨十二点四十分的四外环路的高架桥上，透过薄薄云层，看见隐约的大半个月亮，羞涩得一塌糊涂。月亮是尘世的眼睛，一路征尘一路花，之后在喀纳斯，在禾木的半夜里，星月光景自不相同。美人消息隔重关，明月山复山，想来，万里关山，终不辜负罢。

吐鲁番的葡萄熟了

乌鲁木齐正是土豆花开。土豆我母亲叫它甘同，我一直不晓得它也会开花。它开五个瓣角的，白和浅粉的小花，一个枝头，一朵叠着一朵争先恐后地，热闹地张开，如乡村顽皮喧哗的女孩子们，单纯美好。

穿过二道桥市场到国际大巴扎的地下通道的路口，坐着两个如土豆花般的维吾尔女孩，其中的一个把眉毛画在一起，成了起伏的一对燕子翅。她们手里托着一盘菜叶，不招徕，静静地坐在那里。我很好奇，猜想这可能是本地特产的某种野菜，是不是特别好吃？我蹲在她们跟前，手脚并用地说了半天，她们总是茫然地摇头，不晓得我在说什么。我只是想问清楚菜的名字以及如何吃法，甚至于想吃一片试试味道，为什么就说不清楚呢？后来，白姐姐告诉我，这是蔓草，可以挤出草汁来化妆，我吓了一跳，好在没吃。

喜欢穿黑衣服的，腰身面目美好的白姐姐，请我们吃了两顿饭。我性情诞，不怕人笑，留了肚子吃人家的，我的伙伴屏更是个能吃能睡的饭桶，不留肚子也能吃得人底朝天。不过，我好像也没吃到什么，就记得酸奶和无花果。在五一夜市，新鲜无花果一块五一个，用蕉叶托着，清鲜不腻好吃死了，白姐姐也托着一个，边吃边说，“我平常都不这样吃东西，跟着你们这样胡吃。”我想笑又不敢，优雅能当饭吃么？我告诉她我算计她，她也可以算计我，一花一草，一日一饭，都是算计才出来了情意，越大方越吃亏。

来新疆之前，青衣告诉我，应该去农贸市场逛逛。那天跟本地的一天团去吐鲁番，临上车前，发现那里有个农贸市场，大爷大娘满街走，大喜过望，一头钻了进去。屏很兴奋，“哇，香菇一斤十块钱耶！”“哇，白兰瓜一公斤一块五啊。”然后就大包小包搬上座位来，我看着眼愁，行程还没开始就一堆东西了。后来我每次收拾行李，都要发表一下意见，“破十块钱，还占地方！”屏就说，“你不吃我吃！”，真是无可奈何。

去吐鲁番的路上，刚开始我还假模假样地感慨，戈壁里的黄水和一两从蓬勃的野草搭配起来也有意思，后来冷热交加，便再感慨不出来了。这里的气候真是没头没脑，到了白水镇突然寒风横起，冷得人直打抖。真不晓得这些人造景观有什么好看，别人看风景，我则跑去请教清洁阿姨如何分清那些杏树，榆树，苹果，白杨和沙枣。树上的杏子熟了，落了一地。而越近火焰山，空气越闷热得让人窒息，那天火焰山地表温度接近五十度。从来没见过如此毒辣的太阳，感觉在太阳底下站一分钟人就融了。在火焰山大峡谷里，有一条登山梯，一路竖着温度标志，听说山顶八十多度，人没爬到就蒸熟了。屏奋勇去爬山，我则在峡谷里晃荡。这世界真奇怪，火红的火焰山里居然有流水潺潺，有丰美的水草，有青翠的葡萄园。

这里的葡萄架很低，要弯腰才能进去。我爬在一处无人的幽静的葡萄架下，恣意地摘葡萄吃，看中哪个摘哪个，连泥巴一起吞下。真是天下美味啊，小小的，青黄的葡萄，又甜又脆，连泥巴都带着香甜，又不生虫，谁不吃谁笨死。吃到心满意足，连藤带叶使劲拽下两大串葡萄，腆着肚子出来。现在正是葡萄熟了的季节，允许试吃，带走一公斤五元。出来见到屏，她说“嗨，我爬到五十八度！”我说，“嗨，我吃了一肚子葡萄。”不晓得她的肠子有没有悔青了。

吃了火焰山葡萄谷里的葡萄，就不必去葡萄沟了，徒有虚名，能看不能吃。可以去看哈萨克人跳舞，“约克西，约克西”，然后脖子伸长，头打横在手背上来回移动，像个螃蟹，这个动作我在初中就学过了。

一路流水一路花

葛根花，绿苞，开紫白的花，长锯齿状的布满尖刺的叶。我是几日前才晓得这个名字的，这一程，我问过不少于十个人，荨麻，马刺，还有人跟我说是蒲公英。在天池上，开满了这种粗野坚韧的花，它拽破过我的衣衫，扎麻过我的手，所以我一直寻问它的名字。记得它，不是因为它有多么好看，而是它一直身影相随，使一路上的寂寞戈壁荒野，蓦地生出亲切灿烂。

从乌鲁木齐北郊车站坐车去阜康，从阜康坐车去天池，五六十公里晃了三个小时，估计走路都走到了。坐缆车排队要排一个多小时，估计走路又走到了。一边排队，一边想着阜康到天池那一路上，明亮的太阳花，黄的麦子，绯红的粟须，如果能停下来，走一走坐一坐，该多么好。下了缆车，我开始磨蹭，花这样多，不如我们抄小路上去，这水泥路一定又远又不好看。原来也有人行过的一条小路在那里，我因为追花追偏了，在树林里绕不出来，只好朝高处走。这是一片杉树林，枝头向上长的是云杉，向下长的是冷杉，树与树之间并不紧密，隔着很宽敞的阳光。各式的，红的白的野花，散落在阳光下，在树和石头的缝隙间，懒散地呼吸。我坐在青石上，开始琢磨方向，却无论如何分不清东西南北，屏也不着急，到处追逐她认识的草药。后来行至一处屋舍，翻过矮篱，穿到前堂，终于看见一个人，“请问天池怎么走。”“这上面就是啊，你们要住店吗，”原来伊人就在这里。

爬一段石级，绕一片野花，天灰了，就到了天池。在一片熏衣草前，我高兴地趴下去拍花朵间的群山，谁料一下跪到石头，膝盖一软，瘫倒在草丛里，看着爬虫一只，两只，三只地顺着我的裤管往上爬，无能为力。隔着葛根花朵看天池，这传说里的神仙地，近处尘世繁华，一幕幕雪白纱裙拖地的爱情正在上演，是要来瑶池盟证神仙眷侣吗？可是牵牵绊绊的，爬上来多么辛苦。厚云下，天池的水色略显苍白，只有远处一片两片雪峰，才显出些许缥缈的意思。左手边有迴栏沿着池边伸去，水畦白花苍苍，我却不想要走过去了，那里的半山新修了黄墙灰瓦的寺院，不晓得安装了多少陌生拥挤的心愿。

我踢着石缝的草头，跟屏说，我们走路下去罢。走在天池下山那条清幽美妙无比，蜿蜒着清流而下的木板路上，很奇怪为什么那样繁华喧嚣的天池，居然没有人走到这里，空荡荡的一路神仙景致，只落在七八只眼底，景物有知，真要气死了。以至于后来回到客栈，那个一点都不淡薄的老板惊奇地说“你们居然知道天池有条瀑布，很多人回来都不知道”。那条瀑布，咽声温润，流水里的石头长满深绿的青苔，缝隙里黄花盛开。半路上，看着远远房舍里的小姑娘出来舀水，“如果在这里搭个草棚该多么好啊，想舀水就舀水，想吃茶就吃茶”，屏笑答说，“我装两瓶水回去给你吃好了”。有几截路洇水隔断了，我们便从旁边的山坡上绕过去，裤脚缠满了各种灌木的刺，再加一屁股坐出来的黄土，人真是没有样子了。

我就是这样没样子，久久坐在小天池潜龙渊前，看水里树木和阳光的倒影，肚子饿得咕咕叫。

天上人间

几个月前在一个医院的走廊，看见一幅摄影，发现画面里喀纳斯秋天的天空，竟然是水湖绿，大吃一惊，天也有这种颜色？越发的想着新疆，便问那里的白姐姐，哪些风景好看，她有模有样地感叹了一声，“喀纳斯的秋天啊”。就七个字，我就发晕地对喀纳斯无限企想。

本该是金秋九月来。那两日，实在是受不住枯荷天天在耳边，念叨草原的花开。草原，草原，七、八月间，野花遍地，草丛里蝴蝶飞舞。我恰是散漫的人，情意总在花草堆里打滚。脑袋一热，心头一狠，机票不打折也爬去了。真难为了搭伴一起去的屏，总抱怨说，她五月去西藏十一天才花了五千几，跟着我没多几天，就花了一万好几千大洋，还没买到什么东西。我真是冤枉死了，为什么花了一万好几千大洋，还总是觉得饿肚子呢？

开车的杨师傅顶着个光头，扁扁的脑袋后面有三条青沟。我每天坐在他后面，总会莫名其妙地想象那青沟里面到底有没有骨头。我一打瞌睡，他就叫，“看啊，看啊，好大一便油菜花”，顺带取笑广东人总是把片念成便。后来我坚决不坐他后视镜能看见的位置了，想睡就睡，想吃东西就吃东西，想歪倒就歪倒。

沿着额尔济斯河，去喀纳斯，要经过布尔津。一路上，看见人们在棉花田里掐芽。我没见过棉花，一直以为棉花像茶花桔花一样，都是在树上开花，原来不是，是趴在矮矮的地上开花，真是很奇怪。布尔津的路上也有很美丽的水草，长着小花，一洼一洼，一层一层的，青青黄黄。草原花尚在开，奇怪这草就有了秋天的意思了。我拍东西不好看，别人黑乎乎的天都能拍出明丽，我拍出来都是灰溜溜的，我拍向日葵的背，拍水洼的草，看着时满怀心意，拍出来一团干巴，跟我的模样差不多，难道这就是写实？那天在布尔津的宾馆里守天空，杨师傅说要守到西边的云层开了，才可以去五彩滩。我冲一回茶，便去望一回天空，越望越黑。那些日子总是这样，我们来了，阳光躲了，我们走了，阳光就出来了。搭伙租车的陈姐夫妇，是摄影发烧友，每天的目的就是追逐日落日出。我有时想，难道我们就不可以只是来看看么，没有日出日落，风景就没有情意了吗？记得在五彩滩的雨里，我头上包了条围巾，偷偷地跟踪一对夫妇。应该是夫妇罢？那样悠闲而优雅，行路说话轻轻的，岁月照落在眉眼，呼应间甜蜜而自在。我看得有些恍惚，心里感动得一塌糊涂，诗经里的执子之手，与子偕老，便是眼前这种缓缓然的情意了。

从克拉玛依到布尔津到喀纳斯，一路的磕头机，一路戈壁，在接近喀纳斯河谷的时候，两旁的草原才开阔起来，是夏天的绿，恰又有春天的烟雾弥漫，白色的毡房散落在其间，牛羊和狗走来走去。一群牛冲下来，眼看要撞到车头，牧牛人“唬”的一声，牛立马站住了，我从车窗里向他招手，烟雾里看见他咧嘴在笑，居然是个老帅哥，心情腾地美好起来。

到了贾登峪，车子不能开进去，要坐区间车进入湖区，今晚我们将住在湖边的木屋。太阳光隔着车窗玻璃猛烈地晒进来，我眯着眼，端详一路如宣传片里的瑞士风光的景致，河谷，村庄，草原，杉树，阔叶针和白桦林，心中无限期待，今晚也许在湖边，或在哪个山头上，可以看见月亮。那些用木头横砌起来的屋子是多么的美丽，原木色的三角的屋顶，散落在草丛和树林之间，发出亮泽，或者屋顶上长满野草的低矮些的房子，也很有山野浪漫的意思，不晓得是不是用来贮藏食物的，上面有泥有草便可以保温了。

天气的心思如我的心思一样无邪，瞬间忧伤来了，便烟霾尽染。去观鱼台的路上，有满山的云岚，车子从一朵云里钻出来，又钻进另一朵云里，瞥眼间，山花繁华，茫茫苍苍，熏衣草紫得滴出色彩来。爬顶的时候，广播里通知雷雨欲来，要关闭手机，那时湖对面的山上还有白云飘荡。观鱼台上可以看见三道湾，三道湾如碧玉带，盘旋而去，听说四道湾便是湖怪出没的地方，六道湾是湖的尽头，那里有一条千米的枯木长堤，景色苍茫得让人心悸，还听说从那里骑马进去，越过原始森林，可以看见一个白色的，大片大片野花蔓延到湖水里，美妙幽绝的白湖。我是决计走不到那里去了，我甚至连白哈巴都去不了，因为没人愿意绕一下路去。那个云中部落，图瓦人的村庄，我一直都认为她很美。

那个下午，我和屏沿着湖畔栈道，从码头向上游的方向走去。彼时天已晴朗，阳光打在栈道两旁的树上，有幽深的影子。偶尔我们会试探着，踩着泥沼上的朽木，来在湖边，坐在草头或碎石块上，观察水里鱼的样子，顺便研究湖对面有什么。听说这栈道有四五公里长，可以一直走到三道湾，只是这么幽深，又看不见人，偶尔还有松鼠和野兔忽然弄出声响来吓人，不晓得走到半路会不会有什么妖怪冒出来？不过不走是不甘心的。我容易肚子饿，左手吊了个塑料袋，装了半袋子从乌鲁木齐国际大巴扎高价买来的和田玉枣，腰上扎了两条丝巾，遮住不晓得在哪里戳破了大洞的裤头，边走边吃，屏捉狭的在后面给我拍照。

我们回到木屋的时候，黄昏，天又大雨，冷风和雨水呱呱呱地往我的身上贴，中午吃的速食面、冷西瓜，以及我吃不惯的馕，还有那一塑料袋的红枣，适时闹腾起来。屏每隔十几分钟便站在茅厕外面叫“有没有掉下去啊”，这种简易茅厕，一不小心，真是很容易掉下去的。不晓得过了多久，当我摇晃着推开木板门，蓦然呆住了，在木屋对面的小山丘上，有两道雨后彩虹，正璀璨夺目。多少年我没看见彩虹了？只有在童真的梦里，才恍惚有过彩虹的影子，而现在，我已经七老八老了，彩虹才来，并且来得这么仓促，叫人都反应不过来。当我回过神来，跑回房间叫屏和陈姐，拿了相机冲出来时，眨眼间，彩虹便消失了。美丽的东西都不能持久，譬如青春，譬如爱情，譬如彩虹，只有薄暮的光透过天边厚厚的云层，晒落在泥地上和草丛间，以及木屋上，泛起橘红的光影，在微微荡漾。我翻着拍得模模糊糊的照片，与屏说“我一拉肚子，彩虹就出来了”，她就咯咯地笑。

那一个夜晚，我又认生床。半夜里，我爬了起来，门咿呀一声，我轻轻地把铁条扣好。凌晨一点四十五分，月亮没有出来，我不晓得要去哪里好。两点三十分，我靠在路边的栅栏，看对面小山丘上的月亮缓缓升起，黄昏时那里曾有过彩虹。彼时，大半个的下弦月，苍白清冷，看着又有些恍惚，山丘上的树影也朦胧起来，一切温柔无声。天地万籁俱寂，星光细碎，我想，这就是天上人间。

我们住的木屋，隔壁是喀纳斯希望小学，小学旁边有一个野草丛生的小型足球场，用木栅栏围着，里面圈着三只牛在慢吞吞地吃草。早上六点，太阳出来，木屋前面的山间飘着云带，阳光落在地上的斑驳光影，让一切瞬间美妙起来，充满诱惑。那微红的山头下，泥草的屋顶缓缓升起炊烟，让人的眼睛看着，有如冬天的大棉衣般的温暖。我不是来追逐日出，而是在世界尚未苏醒之前，去体会生灵初始的万般美好。

清晨的风夹着烟雾，是寒冷的，我把嘴巴和耳朵藏在围巾和帽子里面，和屏去走另一段的湖畔栈道。从喀纳斯村的铁桥向码头走去，那是喀纳斯河漂流的一段。我不能想象，白天里温和碧玉的河水，早晨为何变得如此暗流汹涌，水面烟雾蒸腾，河谷间充满了深蓝的诡异，水里忽然间浮出来的一块木头，也会把人吓一跳。一些光线浮白的地方，不是光明，而是恐怖背景里鬼怪将要跳出来的暗示，整个场景拍鬼片都不用加工。走在栈道上，脚底微微有些发麻。有一段路倾斜到水里，涉湿了我的鞋子，那一头偏偏有个马横踩在那里吃草，发现他看我时眼睛精光四射，我一下子就矮了下来，小心翼翼地从他的旁边绕过。

接近湖谷的时候，景致蓦然一变，湖面烟雾弥漫，仿若四月的江南，那码头俨然就是烟雨里如诗的长廊，水里偶尔凸起的石头，便如一些朦胧的心思，浓得化不开，躺在水中慢慢喘息。整个湖面如油画般的，一点一点地蔓延，直到远处山上云朵的倒影消融，直到湖底渐渐敞开了蓝天。这种感觉真是让人难以言说。

难以言说的还有，早上十一点的月亮悬在月亮湾的树梢上，对面的山上阳光淋浪。那样湛蓝的天空，那样白的云，那样琼浆的水，看得人说不出话来。一道河谷三个湾，湾湾长白云，那伸手可及的白云啊，如我半辈子的时光，看得见摸不着，让人有些难过。我的裤子破了，我的肚子饿了，我就忧伤了。

阳光穿过白桦林

在去禾木的路上，杨师傅指着两旁山谷里苍苍叠叠的杉树林说，每年九月十五至国庆期间，山谷里红的，黄的，绿的，还有白的，美得像个梦。我听后想了半天，这个梦就是阳光下的一片花花绿绿么，像弟弟小时候涂的水粉画一样，这里一团，那里一团，还有一团滚到桌子上，不晓得他现在在做什么，他从来都不想我。

禾木午后的阳光，晒在客栈院子里的白被单上，有些炫眼。我闻了闻房间床上的被单，仿佛也有阳光的味道，简陋的窗口外面，是别家院子的木栅条，中间隔着野花野草。我们在村子里漫无目的地晃荡。我趴在一个院子的围栏上，看里面的牛在阴影里睡懒觉，那里还有一只鸟，站在木头上，我看得见她蓝色的翅膀上，有晶亮的温润，孤独又自由。不远处有个孩子在踩水玩，旁边围着一群鸡。孩子的脚一踩一踩，阳光就一闪一闪。我也很想去踩，一踩一闪，美好的时光就跳出来了。踩了一会儿，孩子转身走了，鸡们哗的一声，围上去啄水吃。我趴在太阳底下守着这一幕，小心翼翼地不敢去惊动世界，感觉到阳光在我背上吱吱作响。转头看牛，它们连眼皮都没抬过，大约在它们的世界里，只有青草和蓝天，没有风景也没有时光，不晓得他们会不会做梦，还奇怪它们怎么不会打鼾？

村头的山坡下有很多牛在吃草，它们的皮毛真好，好像从来没染过尘埃，带着与生俱来的无邪的光泽。屏很高兴地贴过去要和他们合影，它们“哞”的一声，就把她甩开，腻了半天，一个牛脚都抱不到。我们去爬山，在满山的白桦林里走失，她跑树林深处去看牧民挖虫草，我爬山顶去看阳光下的牛羊和村庄，在逆光里拍些不三不四的照片。阳光里的这个村庄，带着陌生和孤独，我不晓得为什么不能与这样的安宁亲近，越靠近越心慌，两年前在香格里拉也有过这种感觉。是不是在城市的烟火里熏滚过头，神经已习惯喧嚣？这种感觉真糟糕，让人坐也不是，站在也是。如果没有阳光可能会好些，空旷和安宁常常被晒出一堆寂寞。

下午六点，我们骑马去美丽峰看日落。我的腿长，喜欢骑高大的马，可是马一高，我就爬不上去，得找石头垫脚。把脚头伸进马镫，不能伸太多，伸太多掉马时会被拖死，伸太少又踩不稳，要伸得刚刚好，马缰不能拉紧，一紧马就不走路，有时还会发脾气，想它向左走就拉左边缰绳，向右走拉右边缰绳，两个都拉就不动了，千万不要随便夹马肚子，夹大力了它就跑，跑起来那个颠簸能把人的骨头颠散。我说了那么多，是想说，最好是自己骑马，不要让人拉着，没有一点自由。马会认路，即便落单也不会丢了。

去美丽峰要涉水，要爬一些很陡的坡。涉水时，我看见阳光照在对岸的树上，光影分明，水里的石头卷起旋涡，轻轻淹没了马蹄。如果水边再躺些枯的树叶树枝，就更有意思了，马蹄一踩，便嗞嗞冒起泡来，露出里面欣欣向荣的青苔，有生动翠绿的喜悦。而那些山坡，开满了白色和紫色的花，浅色的蝴蝶在草丛间飞，有时还磨擦过我的衣衫。可惜我的马儿不太听话，勒住了还低头踢腿的，总是让我拍不到蝴蝶。

美丽峰上的草场，野花丛生，高度淹了我半个腿，牧民在中间围起铁丝线，我要去踏花，只能从铁丝网中间扒个洞，钻过来钻过去。黄昏的光线，有一些迷离的暗红，让一切看起来都变得秋天。陈姐他们支起三脚架，拍那些永远不太真实的风景，他们总是把一些技术参数调到很高，使所有颜色的对比无限鲜明，仿佛这世界一直都是主题突出。而我的人生好像从来没有固定的主题，所以看风景如过眼云烟，所着重的只是那时的那情那景。当黄昏的光影把我拉长，我面前的草花忽然明亮起来，熠熠生辉，那光泽里透出圣洁，让人瞬间感动。是夜，我向客栈的老板，买了一张手绘地图，里面描绘了喀纳斯地区图瓦人的踪迹，那上面说，喀纳斯是神的后花园，而禾木是神在后花园里的自留地。

约好早上六点起床去山上看日出，陈姐看错时间，四点就来拍门。我双眼朦胧爬起来，看见一堆星星，还有挂在客栈上边苍白的半个月亮。天空的底色是深蓝的，人间如一片墨绿的梦，月色是梦里游荡的幽灵。一切如此低沉，只有客栈守门的狗的眼睛在发青光。我歪回床上，做些不着边的美梦，边做梦边看星星眨眼，不晓得是不是神经梦游了？天有一点点亮时，屏就跑去惹门口的大狗，惹得大狗死活不让她出门，衣服上抓出大洞，满身都是口水和泥巴。她喜欢养猫养狗，有时走路还有流浪狗跟着。她跑去后院清理衣服，又噔噔噔地跑出来说“有只鸡，死瞪着我不放，好像要打架”，她顶着个鸡窝头，鸡难道以为，她是它的同类？真是哭笑不得啊。

不晓得忽然就从哪里冒出这么多人来，都急匆匆地赶去山上看日出。禾木八月的早晨冷得这样厉害，我穿了几层衣服，外面还裹着屏的棉大衣，依然冻得鼻水直流。这真是一个漫长的等待啊，山坡上一溜排开三脚架，架满了长的短的镜头，我很好奇，他们是怎么把这么多的东西扛上山来的？换我早就累趴下了。清晨的禾木云雾缥缈，禾木河沿着村庄委蜒而去，旧木色的屋顶颜色柔和，再有三两处炊烟，就更有意思了。初升的阳光嫩红，照得万物温情脉脉，这时觉得，活在这世间实在是件美好的事，如果这云朵忽然飞过来就好了，如果不流鼻水就更好了。

禾木的房屋逐水而建，岸边有大片大片的树林。有一条浅浅的流水，淌过一片白桦林，早晨的阳光穿过白桦林，打到我的脸上。我看见一地参差明亮的光影，带着远方光亮处的童话，晶莹的在眼前闪耀。原来白桦树这样好看，白色的树身上翻出的黑色的皱折，如斑驳的时光，缤纷地流逝，该剥落就剥落，生命多么庄严洁净。太阳出来，身上暖和，心情就好，这时看景物就更有情意了，看着看着就抒情，看个白桦树也能缠绵半天。屏也不催我，我们看风景，常常是各看各的，我痴迷树影里的光，她快乐地去捡河滩上的石头。她捡的都是些破石头，横竖看不出什么美感来，还宝贝得要命，好几次杨师傅清理车厢想扔东西，好在她看得紧，一块都没落下。

在铁桥边的河滩上，长久地看一对年轻的情侣很深情地拍照，忽然觉得这些流水，原来流着的是人间一段段美妙浪漫的爱情。自己这样想着就觉得可笑，都这样老了，还会想这些酸溜溜的东西，转过头去，看见一只老牛慢悠悠的准备过桥，倒影落在路边的积水洼里，分外的清晰。阳光，生物，还有一条尘埃的路，这便是现世了，温暖的现世。

这一天最快乐的事，莫过于在返回布尔津的途中，在“伊犁回民饭庄”吃了黄萝卜和羊肉做馅的包子，一块五一个。真是美味啊，吃得人眼睛都突出来。在往后的日子，每次肚子饿，就想起这包子。

赛里木湖的早晨

在白桦林青年旅舍，一个驴友曾告诉我，一定要去看赛里木湖，说那里的安宁无法言说。

我看过最美的湖是泸沽湖，那时我企愿成为一棵树，茁长在湖边，一年四季吃那里的山岚水霭，把日子过成一串串阳光和花朵。西藏的纳木错也很美，星星和牦牛都闪耀光泽，可那是神仙住的地方，不小心就会给吓死。而八月的赛里木湖，门票上印着的野菊花和郁金香已经萎了，只有坚韧的葛根花，依然在草丛中张扬，绵羊的眼睛咪咪唧唧的，特别快乐。

从乌尔禾到赛里木，要经过奎屯。奎屯的路边，摆满了西瓜，甜瓜，伽仕瓜，穿花红裙子短棉袜的老板娘，劈劈啪啪给我们切瓜，粉红的脸上有田野的光彩，刀刀鲜活流溢。我吃生冷的瓜果总是胀肚子，胀肚子的时候，我看见苍鹰横睁双眼扑翅撞过车窗玻璃。我一直对这些英雄动物充满惊奇和景仰，可是我肚子太撑了，没有精力去锲注它们的眼神，它们掠过去了，我就会想得很遥远。

那天，在一个加油站停车排队加油，我蹲在路边，看远处阳光无限美好的山脉，雪白的山头闪烁银光，心底忽然感动涌来，不可抑制。从路边这一丛丛的荆棘走过去，穿过莽莽戈壁，便到达黝黑沧桑的山脚，那就是天山，飞红巾和练霓裳驰骋过的天山。在白发魔女传里，练霓裳的爱情飞散，她和天山一夜白头。可是，这和我的感动有什么关系呢？天山只是我少年心事遗下的一个情结，可是这莽莽戈壁，不长一花一草，怎就让人这样感动呢？我蹲在这里，怀着一腔莫名其妙的悲怆情绪，看阳光照落在戈壁和荆棘上，远处的山头渐渐云朵弥漫，世界苍茫起伏。

到了赛里木湖，天忽然就暗了，光秃秃的岸，灰溜溜的水，一阵阴风吹来，冷得人脚打战。我问杨师傅，赛里木湖是这样的吗？他说，沿湖有八十公里长，我们今晚住在湖那边，五月的时候，这里遍地鲜花，还有积雪的山，阳光一闪一闪的，拍起照来特别漂亮。我冷得直流鼻水，想象不到那种漂亮了。距离景区大门不远的地方，停着两辆旅游装甲车，在贾登裕停车场，我曾见过它们，并曾鬼头鬼脑地去瞄车厢缝，看见里面设备齐全，床啊，电视啊，锅啊，还有酒，车里一个高瘦卷发的女人还瞪了我一眼，吓得我慌忙跳开。现在，这几个貌似中东人的男女，居然打开车门，排出一队凳子，坐阴天里吹冷风，还有一个四脚朝天，躺在泥草地上眨眼睛。他们一定是住沙漠久了，来到水边就来到天堂。

呵呵，天堂，这里是鸟，羊儿和马儿的天堂。他们一大片一大片的，穿过水泥路来到湖边，然后傻傻地站在那里看风景，人来了都不理。屏跑到羊堆里去追羊，羊们哗啦啦地散开，急得后面扛着三脚架的陈姐大叫，“你把羊赶了我还如何照相啊!”，我比较聪明，追着羊屁股拍，也有几只嫣然回头一瞥的，眼神娇憨又调皮。偶尔还有驴子走过，我从来没有如此近距离地观察过驴子，耷拉着头，灰不拉几的，行路一耸一耸的，橄榄长的眼睛这样一翕一翕，皮毛一抖就一串无奈，怎么长成这样一个苦命相呢，“驴友，驴友”，就是说一堆苦命的朋友。

在一处长满葛根花的山坡上，我们停了下来，今晚我们将住在这里，面对着湖，背后是一片墨绿的云彬。美丽的大厨给我们煮羊骨汤，她们自己却包饺子吃。我蹲在她们黑黑的毡房里看她包饺子，用一个手摇的机器铰饺子皮，一点点的光亮透过毡帘的窗口落在粉白的饺子皮上，发出和我眼睛一样的青光。门口的煤炉上，也在冒青烟，几块明显剔走了肉的羊骨头很无聊地在铁锅里翻腾，一点意思也没有。我肚子很有意见，我不晓得我的同伴为什么不吃饺子，如果吃饺子，就可以把剔走的羊肉吃回来。

出来蹲在蒙古包前面，看一点点的晚霞里，湖水从绿，到淡绿，从浅红，到迷蒙的白，一点点地变色。听说赛里木湖夜晚的星星特别美，我想，今晚能看见星星吗？牧民拢着羊回来睡觉了，羊圈的门开着，羊们挨来挨去就是不进去，睁着天真无辜的大眼睛，站在那里静静地看人，暮色有些暗淡，色彩却有些浓烈，场景忽然缠绵起来，真是很有意思。让羊看得腼腆，我便跑湖里洗手。晃荡晃荡地踩木板桥，都不晓得多少年没修过，一脚就踩木板下面了，八月的湖水真凉，下面的泥沙粗粝又温存，这样洗一洗，觉得从头发干净到脚尖。十一点，夜终于黑了，星星也没有出来。为了能睡醒一眼看见湖上的朝霞，我抢占了正对门的中间位置睡。半夜里，雨水从天窗的缝隙渗进来，滴滴答答地落在我的脸上，一片沁凉，四周如此漆黑，门缝里也没有光透，我似乎听见湖水嗖嗖的翕张声响。外面一定又黑又冷，那些羊不晓得能不能睡着？

无法安睡在一个陌路相逢的大通铺上，我睁一只眼闭一只眼地瞪着门，当有一丝微弱的幽蓝泄进门缝，我就跳了起来。早晨的雨，细细的，长长的，带着柔软的微蓝，湖边的小白花正在喘息，我昨晚没有留意看清楚，这野菊花模样的小白花是新长的，一脚踩下去，生机得冒出泡来，一点也没有初秋草原尾声的意思。这时对岸的天空，朝霞却在一点一点地张开，湖面形成很诡异的景象，暗沉的湖面上间落一块一块的闪光，感觉能跳出一个鬼来，而云朵再稍微散开一痕，一下子又湖光安宁，画面如油画般的洇染盎然。我们朝着阳光的方向走去，牛羊早早地在湖边瞭望，它们比人更渴望阳光。山坡上，牧民提着桶，赶着牛给小牛喂奶，在挤奶之前要先让小牛吃饱，小牛咿咿呀呀地钻，场面温馨动人。屏指着山坡危崖上的羊说“奇怪，它们怎么就不会掉下来呢”，是啊，怎么不会掉下来呢，换我早掉了。

离开时，天终于开了，湖面上，大片大片的蓝里有一缕缕的白云飞。我们总是这样，奔着黑暗来，让阳光送着走，好像一辈子都前程光明。

昭苏，昭苏

从察布查尔，翻过一座山，便到昭苏了。

在白石峰下，杨师傅把车停下来，让我们看风景。那时的山上布满流岚，云岚擦着我的脸颊，荡过来荡过去。杨师傅坐在悬崖边的石头上，看山谷生烟。我因为畏高，窸窸窣窣的在碎石的路边挪步嘟咕，“为什么非要把车停在悬崖边上，又冷又脚软。”杨师傅说，“你不是来看风景的，你就是个到此一游的观光客！有人在这里守一夜，就是为了拍白石峰。”我估计守夜那时不冷，不然白石峰没看到，人就冻没了。这时的白石峰上缠着云带，马儿在很陡的山坡上吃草，如果有阳光，有一点点阳光就好了。

昭苏是伊犁地区最边远的一个县，我固执地要来这个地方。当时搭伴租车的王老师很不理解，“不明白你为什么非要去昭苏，不就是油菜花吗，到处都有，再说花期也过了。”我不管，我喜欢这个名字，我看过别人拍的照片，一片片花色连绵到山边，景色美丽又高远，我无论如何都要到这田野里站一站啊。接近昭苏时，我看见了第一片油菜花，金黄的，蓬勃的，高高的枝干，人一进去立马被花海淹没了。油菜花里的地是潮湿的，泥土和花朵有着一样的味道。

我对昭苏充满好感，这个地方宽阔而又安宁，人们慢慢地走路。两三层低的楼房，整齐排列在路边，色彩纯洁而温馨，散发着童话的淡雅幽香。那里有一个广场，广场的花槽里开满鲜花，色彩热烈而鲜艳。广场边上有一条食街，收罗了全国的各式口味。那天我点了两个大菜，还有小公鸡闷花卷，不晓得会不会把同伴的心吃疼了，一想起来就很开心。早上醒来，在楼下的小吃店里吃自助早餐，七块钱就有油条、鸡蛋、饼子和粥，把肚子撑得圆圆的，就站在健康路边，看医院里的医生带着病人在院子里排队做早操，感觉漫天遍地都是温暖。

那天早上，杨师傅搭着我们在昭苏周围晃荡，寻找我心中那一片一片连绵到山边的花海。土豆花开了，维吾尔族的孩子们在田埂上追逐着镜头，他们是天生的艺术家，一睁眼就天真烂漫。养蜂的人们最浪漫，帐篷内外都是花香，油菜花蜜一罐才二十元，他们还一碗一碗地兑给你吃，一边看花，一边吃免费的蜂蜜，真是幸福死了。一路上，我从白杨树间窥见一畦畦的花朵，无限的向远方开放，路边泥砌的屋顶上长满芳草。向日葵是永恒的风景，色彩染黄了我的衣衫，至今无法洗掉。

我确实是杨师傅眼里那种到此一游然后啥都不知道的观光客。我不知道昭苏有多少人，昭苏有多大，一亩油菜花究竟有多少经济产值。我沾染一身花色，然后眨眼而过，在相机里留下一堆拍得模模糊糊的照片，又去追逐另一场繁华。

江上日出

西塞山前白鹭飞

我是来做女方唯一的嘉宾的，但当他们在行正餐礼时，我却在山上晃不下来。我对小曼说，你跳脚也没用，我还得一步一步走回去，反正我来不来，你都是要嫁人的。

我对礼数一窍不通，纯粹是来吃喝看形势的。我不晓得可以做什么，即便坐在那里，也是一块绊脚的石头，而且我还听不懂他们说话，这和山里的鸟叫比起来，我更愿意听鸟叫，鸟语可以臆达，人语却不能猜测。

一条长满卵石的溪流从山外而来，溪水只在石缝底下细声流淌，有些似我此时的心情，不敢张扬，而不甘心断折。左岸是葱郁的竹林，竹林和山崖间隔着一条窄窄的泥路，我望了望上面，那削直的崖壁上，泥石布满新生裂痕，随时随地都可能倾轧下来。对岸是梯田，偶尔长长的木板桥上，有背着竹篓的老人，恰好小孩冲过，木板桥强烈地摆动起来，老人便抓住索绳不敢动，等人都走过去了，他才颤悠悠地一步一步，挪到对岸去。听说这村里，平时就剩下老人和小孩，大人都出外打工了。我看了看对岸，那些豆腐块大的梯田，艰难地生长着生菜和萝卜，外不通路，内无资源，我不晓得他们靠什么生存。而隔着很远的地方，还有一间两间的泥瓦房，散落在各个山头上，带路的小舅子告诉我，那里面的孩子，不读幼稚园，从小学开始，天没亮就要起床，带着饭，打着手电筒，走几小时的山路到另一个村庄上课。我问他，这山下这么多地，为什么不搬下来，搭个茅棚也好啊。他说，这里的每一块地，山上的，山下的，能分的都分了，不能分的也占完了，下来没有地方给他们盖房子。我不晓得我们的政府都在做什么，为什么要这样亏待下一辈。

阳光是从背后照过来的。山里的雾气因为阳光，而渐渐冷淡下去。而此时出现在我眼里的，是一只，几只，一队逐来的白鹭，她们拍打着光影，不理会人间的闲愁困窘，两只修长的脚，飞行时拉得直直的，无限高贵的样子，但落地时便弯曲了。我这是在感慨罢？从万州机场出来，我便在留意路边的树，树叶上积满了厚厚的灰尘，没有一片是干净的。这让我想起三亚牙龙湾，那些干净得在阳光下闪闪发亮的各式树叶花朵，看着它们，有没有风景都心情舒畅。我是因为一路折腾，吃不惯，睡不好，还两天不能洗澡，才变得坏心情的。坏心情的时候，我挑剔白鹭总是站不直的脚，而记得我以前形容她们走路的姿势是，高贵袅娜。

白鹭都愿意来，我为什么不愿意来呢？当阳光轻轻跟过来，景致还是很好看的，知竹叶于薄雾里透出苍绿，河滩里的石头在滋生暖意，山坳里寂静得泥土也在盛长时光。这里无花，溪涧旁的野芦苇，在渐渐有了蓝意的天空下，怒放孤芳，白鹭一停一停的，向西边的山里飞去。

下午三点，现场的大戏还没做完，我便执意要离去。我霸占了别人的床，不能安眠，整晚倾听猫和老鼠在天花板上打架，裹了几层毛衣毛裤还冷得发抖，我很怕生病，我已经够倒霉了。当然云海比我更倒霉，我有病的时候问她，她也有病，我没病的时候问她，她还是有病。

江上日出

到了渡口时，才晓得万州的游船已经停开，全部成了春运的客船。这表示此时我若执意坐船，船过巫峡和瞿塘峡时，将是漆黑的夜晚，什么也看不见。在长江截流之前，我曾眼巴巴地赶来，只为看三峡最初的模样，那时我尚青春，穿窄身的针织上衣和修长的裤子，让同仓大腹便便的东北男子，感叹南方女子的纤致，与北国胭脂的风韵自有不同。截流后，听说水位上升了 170 米，我又梦想着，今番再来，靠在船舷上，一抬眼一伸手，便可以触摸到悬棺和栈道的痕迹。若什么都不能看见了，我是否还要坚持坐船下宜昌？可是宜昌，宜昌，是我心爱的女子，风华正茂的清薇匿居的地方，我莫名其妙地想要去看。

自从有了去西藏的开头，大哥就像一块掰不掉的膏药，贴得很紧，这明显妨碍了我的自由。而且他还喜欢算计，算计路程，算计票价，算计饭钱，与我的奢侈马虎形成鲜明对比。买船票的时候，他因为拖着行李不方便，让我去买票，我买了二等，他急得在旁边直瞪眼“啊”。啊什么呢，我又没有买一等。在码头等船时，我跑去找吃的，看见卖很大个的香蕉，我噔噔噔地跑回去问他，“我们那香蕉多少钱一斤。”“一块五。”“这里两块五，买不买？”他很大方地说“买！差不了很多钱。”我又噔噔噔地跑过去买了两个，一边吃一边装心疼地念叨“一个一块五”，结果他很大方地说“我不吃，这个也给你”，我立马晕掉了。

我实在很疲乏，叮嘱大哥天亮一定要叫我起来，我要看三峡的日出。一场昏睡，等我爬起来时，天已经很青了。就着黎明的光亮，我发现，长江水变清秀，变美好了，我记得以前的长江水是带着浑黄的，更多的是苍凉萧索的意味，不能给人温馨，而现在，青得是这样的柔软，一漾一漾的，伸展开去。我努力地推开甲板笨重的铁门，一个女人拿着饭碗出来阻止说“这外面不能出去的”，我说“我就看一下，看一下下就进来，我会把门关好的”，她瞅了我一眼，不声响地走开了。是啊，这么冷的天，是傻子才会想到去船头吃冷风。我就是傻子么，瑟瑟缩缩地蹲在没有护栏的甲板中间，孤独地受八面来风，看一些过眼即忘的风景，偶尔用冻僵的手指，拍一些根本就拍不清楚的东西。大哥把我拉了进去，“我还没看见日出啊”。“这里危险，到后面去看。”可是，后面只有水花泛滥，没有日出。

我是在二楼的甲板守候日出的，在雾光里，太阳的轮廓慢慢呈现，开始是橙红的，光色如月般柔和，江面泛起一层白的轻盈，柔情在我的心底，默默漫出。我一直在守候，守候高峡出平湖的万千景象。高峡是不会再有了，而平湖里，日出却越发轻灵幽雅。一刻钟，两刻钟，一小时，我抹着鼻水，看银光一点点在江面闪跳起来，从浅灰到金黄，直至瑰红的光柱浮现在水中，如断节璀璨的银河。我或许是有些不知觉了，却依然能感受得到从水里涌出来的刺骨寒冷，那水影里的阳光是不能使人温暖的。如果是一湖温水该多么好啊。

我已经不会说话。渐渐的，我身后多了一些人，大哥捧着不锈钢的热水杯孤独地立在其中，那个因为拿杯而不能伸进衣袋里的手，被风吹成紫灰，我一直对他不够好。脚下的寂寞忽然涌起，此时我感觉更需要一杯热水。

宜昌，宜昌

一想起宜昌，只是两个字，便莫名的心软。

从太平溪的码头下来，乘船运公司安排的大巴过宜昌。水泥路的两旁，种着参差的塔松，有一点点的羞谨。而引我注意的是，山坡到处丛生的野芦苇，那生长的姿势，何其粗野，使人觉得这地方有生命力无限伸张。偶尔的路边的青石砌成的椭圆坟头上，也盛长着一丛两丛这样弩张剑拔的芦苇，这使我发笑了，黄土下埋着的灵魂原来也愿意这样张扬。忽然便想起，去年十月在青海路旁看见的那些坟头，墓碑遮住小小的土堆，竟是红底的，写着醒目的大字，墓头还挂着红布条，非常诡异，那种诡异使从不忌讳的我，也生了惊恐远离之心。比较起来，这宜昌的坟头有我愿意接受的尘世间的亲切。

宜昌的隧洞很多，记得在天柱山隧道之后，再过几个隧洞，路边蓝瓦白墙的房屋便多了起来，在阳光下发散干净的气息，听说那是政府修给农民居住的别墅。这是个富庶的地方，清薇有钱买书，想来不至于贫穷。其实我也不富有，但我不喜欢过忧苦的生活，任何一种生涯，都有天然赐予的坦承之喜，如在瓦尔登湖边种土豆听土拨鼠唱歌的梭罗，吃素也身手敏捷，力大无穷。如那么馋嘴的我，不会掌勺，也不会吃麻辣，在长江边吃小白菜也能吃得口水横飞。在进入宜昌市区时，隔着车窗玻璃，我看见马路上的花圃里，竟是种着绿叶包着黄球的椰菜花，一时觉得宜昌人怎么这样聪明，城市绿化也种些能吃的。后来走过几个街口，见到还有紫色的，便迷糊了，我怎么不晓得有紫色的椰菜花？再后来，在武汉的街头也看到这种紫色的椰菜花，这次我看清楚了，原来绿叶中间包的是花瓣，而不是菜花，鬼才晓得把它们看成椰菜花时我的肚子有多饿。

宜昌的阳光很好，街道干净得出人意料，更加奇怪的是，街上的各式店铺食肆居然都歇节，没有几家开门，清冷得鸟儿都不多一只，这像过年吗？这里的人们过年不吃饭，不逛街，不花钱？那天晚上，从三峡大坝回来，听说陶珠路有东西吃，让司机在路口放我们下来，一头钻进路口写着“长江肥鱼”的食馆里。吃饭时，笑吟吟地对大哥说“难得见你这样，点菜前不问价钱”，大哥大吃一惊“啊，你没问啊”，结账时，一小碟肥鱼两百八，大哥冤死了，“二十八的比这个还好吃。”我不该促狭他，但我更冤，一块都没吃，就吃粥。

那两天，我在宜昌无所事事地晃荡，我对的士司机介绍的旅游景点不感兴趣，只在一个黄昏花了两个小时去看了三峡大坝，便哪里都不愿去了。我就这样在街头乱晃，深情默默地看身边经过的每一个素洁些的女子，然后猜想是不是清薇。婉叫我多在街上走走，说会有相契的气息。宜昌的气息我是喜欢的，早上我走东山大道去江边，在崔记吃一块钱两个包子，两块钱一杯豆浆的早餐，但转过一个街口，却发现还有一块钱六个包子，五角钱一杯豆浆的，大哥忙问我还要不要吃。中午，我们就到码头附近的那个小巷里，大哥吃他十八块一条的油煎清江鱼，我吃我六块钱一碟的小白菜。吃饭的时候，我蹲在档口外面晒太阳，一直晒，一直晒。小妹跑来问我为什么，我说能不能搬到这里来吃饭，她笑一笑就同意了。吃完饭，我就到江边去踢石头，看桥底下的那个老头卖风筝。夷陵长江大桥有人行道可以走到对岸去，对岸更加安宁。如果我在宜昌，我就天天到对岸去坐，隔岸看繁华，隔岸看清薇，我又想，如果这样坐下去，一辈子会不会就坐没了。

要走的那个下午，我还是在江边踢石头，大哥有一搭没一搭地拍些逆光看不清楚脸的照片，不远处，一个面容干净却穿有些油腻的黑衣黑裤的女子，久久地看过来，看得人心里忐忑又不安，难道这便是相契？后来，我从她身边走过去，才发现原来不是在看我，她只是不动地痴痴地凝视一个方向，那远处是一道桥，一道江，有几只来来往往的船。她一定是天天在这里看的，我不晓得哪一只船，坚韧得可以承载得下这种眼光。

那晚，在武汉的江汉路晃荡，想起写“低头明月落杯中”的落梅，告诉她，汉口的天空有星星和月亮，还有，武汉又使我感冒了。

巴山雪

冬至的月亮

冬至那天出门时，隔着车窗，看见早上的一轮太阳，金彤彤的，有怀抱那么大，安定而又遥远。忽然便觉得，这个世界可爱极了，昨天还乱得七窍生烟，今天便如没事人般，波澜不惊的游山玩水去，眨一下眼，连太阳都如此温情。

虹将大包小包吃的搬上车。离开前，我瞄了一眼她家花园池子里的鱼，没有我养的干净漂亮。她公公坐在池边，悠悠然的，跷着脚晒太阳。这让我想起春天。春天，母亲坐在池边，看一下鱼，翘一下脚，岁月摇来摇去。这一趟，我们出去看雪，看完雪回来就是春天。春天我要努力工作，要赚一个花园，还有一个大池，养一堆好看的鱼。

虹乐观又幽默，一路上都是她呱呱的说笑声。她哄我回去才结算路费，我就心安理得的一毛不拔。在曲江，我们去逛集市，买三块钱一支的竹蔗，我向她伸手。买七块钱一斤的番薯干，我也向她伸手。卖番薯的算少了钱，我帮着算多，她“呱”一声又给钱，委屈死了。这个季节的竹蔗很好吃，松脆清甜，一口咬下去，一肠子清凉。我提着竹蔗，还说要拎个鸡去店里剐，她捂着包眨啊眨说，好吧。这一路几千公里，她在前面霸方向盘，我在后面挑东西吃，各尽所能。她一霸方向盘，她家谭生就喳喳喳说风凉话，到他一摸方向盘，她也叽叽叽，像麻雀叫。我在后面看着他们两个，矜持着不笑。所谓幸福，就是每天，执子之手，叽叽喳喳了，一辈子都花香鸟语。

几日前，虹说，我们去神农架吧，我惊奇地说，这个时候，去看衰树枯草么，她追着说，好不好啊，我说，好啊，树秃了草黄了也是很好看的。果然是一路萧索，她不呱我就睡，她呱我就吃，坐后排的大哥也给我传染了，一路咬得吱吱吱，像两个老鼠。傍晚，过了郴州，在一处荒野里塞车。车外一轮明月，在狗尾巴花的暗影里，在高速公路边的水塘里，静静的闪烁着光泽，仿佛人间华光万里，塞车只是为了等待月明。我偎在护栏上看水塘里的光影，看见云花荡漾，心儿悠远悠远的，翻过千山万水去了。

荆州盆盆香

按虹的说法，吃住是一点都不能委屈。每天最大的议程，就是要到哪里吃，这个时候我最快乐，他们一说，我就不断地附和，“好啊，好啊”，若问我主意，我立马就哑巴了。我只知道吃呢，其他都很糊涂。

常德的余家台饭庄的萝卜炖牛骨汤是可以吃的，辣度刚刚好，关键是大萝卜鲜甜。那天在饭庄门口经过，大哥叫停车吃饭，虹取笑说，“到你余家吃饭来了，是不是不用钱啊。”除了这一顿饭，常德给我的感觉糟糕透了，没有一条街是干净的，买的甜柚是酸的，回程时还遭遇撞车党，说他袖口磨花，要赔两百块。小汐在这样的地方生活，怎么会幸福呢？最离谱的，是在常德去荆州的途中，一个农民建房子，掘路埋水管，路上塞满两队车，我们也傻乎乎排队。谭生趁机讲笑话，介绍当地的一位官员在接待日本人时，用粤语咕了一句“憨交交”，被日本人听见，翻译最后翻译成“欢迎您”，后来官员去日本考察，日本人让他的员工排队大叫“憨交交”，以示欢迎，硬是把官员僵在那里。想想真脸红，中国人缺德，日本人阴险，都半斤八两，谁也别标榜谁正义。等到后来，大哥忍不住跑前面问，问出的结果却是，房子建好还要两天，一车人大叫“我们才是憨交交啊”。

荆东高速两旁的田野，有天堂的颜色。那些树将黄未黄，大片大片的，笼着烟，笼着白色的炊烟，错落的红瓦白墙，水，一马平川地流着，一片红尘缓缓而至。恍惚里，他们在商量什么，要订位？要吃什么？有饭吃的地方就是天堂了。车窗外的风嗖嗖掠过。看着看着，就苍茫起来。景色不是你要去踏染才美丽，她常常在瞬息间，让你感动得一塌糊涂，当你安定下来仔细要看她的时候，却变成另外的样子。若春天，会变成什么样子呢？

从北京路拐进去，转来转去就到了盆盆香。窄窄的堂屋，半空搭了一截夹层，楼上楼下塞满了人。服务员安排我们站在门口，说有人结账，就有位置坐。我傍着收银台，瞄别人吃饭。餐桌上红红绿绿，个个都吃得热气腾腾。我越看越心凉，那分明是辣式大餐么，哪有我下口的地方？好不容易捱到点菜，不厌其烦地告诉服务员，“不辣，不辣！”他们迁就我，点的全是“微辣”的，我晓得在这种地方，不辣就是小辣，微辣就是辣，辣就是死辣，心里已做好吃白饭的准备。谁料得一个水煮生鱼片上来，我吃得比谁都快，拔开浮椒，一筷一个准。真是美味啊，生脆爽滑，舌尖带点麻热，块块温肠烫胃。一边吃，一边吊着鼻水跟虹说，“我们以后还来，还来啊……”

晓起，赶去荆州博物馆看千年女尸。我们真是不可理喻，眼巴巴来荆州，就为了吃一顿饭，看一个千年女尸。女尸的头发，肌肤和衣服的纹饰，完整清晰，真让人吃惊，我觉得我未死都面目模糊了，死了一定什么也剩不了。阴天里在白森森的灯光下看女尸，一点美的感觉都没有，人没有了血肉，就只剩下狰狞，不管身上裹了多少锦帛，骨头上拴了多少珠宝，半点不使人羡慕。出了展厅，天空里忽然飘起了雪，雪纷纷地落在发肩上，落在深绿的桂树上，我在静默的庭院里，很抒情地转了两个圈。这是我这个冬天见到的第一场雪。我拖着一身洁白，参观了一个馆子的青铜钱币，这是多么使人愉悦的东西啊，她们都有着奇怪的名字，珩，璜，或布，一个个都发着青光。

我觑着两眼青光，又参观了一个陶俑的馆子，里面陈列着肥大的三脚鬶，还有排列整齐的古朴的动物陶俑。我以后有钱，要养一群像陶俑一样古朴可爱的小动物，天天训练它们排队晒太阳。离开荆州时，一路想着博物馆里说的那一个瓮棺，上下各凿了一个洞，给死者灵魂出入。灵魂是什么样子呢，灵魂出去又会回来？

巴山雪

阴雨里，来到宜昌，清薇的宜昌。伊人如昙花，只有那个叫春天的酒家里清脆的腌萝卜皮，让眷念具体起来。不晓得她过得如何，是不是一样的自闭，还是对这个世界充满惊疑？她不说出来，我就不知道，也不能告诉她，这个社会充满了危险的忧伤，一定要保重自己。我有些抑郁，我主张立刻走，连夜赶到木鱼镇，这个地方冷雨潇潇，伊人都躲着，街上没一个好看的，不如去山里。

在赶去木鱼镇的途中，傍晚飘起了雪，看着两旁一点点变白的村庄，梯田，树木，和屋前的木栏，觉得这世界离我越来越远，我是这样的俚亵，而这一切显得那么的轻盈，洁净和飘逸。听说这些大山的深处，常有野人出没，是神仙罢，现在的神仙都不济世悬壶，都藏山里做野人了。在冻冰的路上，虹将车开得蜗牛一般慢，怕风高夜黑刹不住，翻崖底下去，这样神农架里的小蘑菇和野山鸡就吃不到了。这个地区导航的信号被干扰，我们走了一段远路，在山里拐来拐去，几个小时不见一个车路过，偏偏谭生还一直在讲鬼故事，讲得人脚底生凉，逢着弯路光影一咋一咋的，就以为有什么东西。这路途真是诡异遥远啊。

到了木鱼镇，已是晚上十点。在神龙山庄吃了一顿冷饭，一杯冷酒，出来见大地一片洁白，山庄门口的塔松素裹银装，摇一摇，满天地的雪花洒下来，颈上一片沁凉。2010 年的平安夜，在大山里，在一片洁净中，幽幽入梦，那一夜我想了很多人。

一夜大雪。早上起来，见满山琼瑶，街道浮翠，高兴得跳来跳去。谁料雪厚冰滑，一脚一趄，一下就坐出一屁股雪水来。便爬起来，学那窈窕淑女，弯腰低眉，细细地一步一步地啄行，真应了小石头所言，“千江是个小脚的老太婆儿了”。雪晨的天空是这样的美妙，青浬浬的云面，欲躲不躲的光芒从后面暗照出来，天地便一片蓬勃的灵动，人仿佛也羞涩年轻起来。脚底一熟，就放肆起来，踢起一块一块的雪，像二流子在街边踢石头逗女孩，满脚恶俗的欢喜，又跑去掰栏杆上的雪块扔到下面去，看一路散碎的冰花，像人生一样滚一滚就没影了，反正没人管又没人看见，偌大一个神龙山庄，就住了几个人，偌大一个木鱼镇，清晨见不到一个像样的游客。这个季节，很多地方都封山了，动物和树们进入冬眠，人们也懒得早起。

虹再也没有勇气开车了，我们赶早上八点去十堰的班车去鸭子口，然后转乘唯一的一班上神龙顶的旅游车。在大雪的掩埋下，一切生物显得枯竭和黯然。我总是想象不出，导游一直在讲述五月的满山花朵，以及潺潺的流水旁生长着的茂盛贵重的紫茎，是如何的美丽。那都是一些一模一样的光秃秃的树枝么，孱弱和稀疏，实在看不出什么意思来。偶尔的路旁有一两个用树枝和草秆搭成的小三角棚，听说是来探访野人的驴友住宿的帐篷，这么小，只够一个人坐着，难道他们晚上不睡觉就坐在那儿看星星？真是浪漫死了。解说又说到山里住着一个现代的野人，是个知识分子，十多年前跑进深山里研究野人，后来干脆也做野人了，偶尔出来采购些东西，说是变得如何的仙风道貌，不就是不剪头发不洗脸不穿鞋么？这个我也会。

这样的路让人吃了一惊，眼看就到神龙顶了，阳光也刚好出来，偏偏车轮打滑开始向后溜，司机踩一下，停一下，又溜一下，溜了快十分钟才停得下来，很多人下来都软得站不住了。这么白的雪啊，一个脚印都没有，一脚埋进去就到了膝盖。阳光悄悄地，悄悄地照着地上的雪花，竟然反射出颗粒立体的光芒，连雪地上的枯草也熠熠生辉，这样孤独和圣洁。

我怎么可以来打扰您呢，我站在这里看一颗阳光看一棵小草就要看痴了，而这身后漫山遍野的洁白，流云幽翳的深处，又是一个如何神秘洁净的世界？脚趾忽然激烈的疼痛起来，我跳了起来，冲向阳光，不对，又跳回来，冲向尘埃，一步一个剧痛，我的身上包裹着尘世这么多的东西，我的冲锋衣这么紧迫，我是这么的狼狈。在车上，把脚捂在大哥的怀里摩擦，才缓过劲来。这不是人间，不是我待的地方，我连二十分钟都受不了。

姚师傅开着他的现代轿车，站在鸭子口的雪地里等我们。他是尾随中巴来的，他看出我们需要服务。他说他是部队退伍的司机，大冬天不用加链条就可以翻越雪山。他带我们去滑雪场，一路教我们雪地开车的技术。到了滑雪场的门口，大哥问，“你们谁会滑雪。”没人会，又问，“你们谁不怕摔。”我忙问“雪地摔不会疼吧？”“你摔到冰上看会不会疼。”“那我不摔了，我建议去吃饭。”

姚师傅带我们回去木鱼镇他朋友的饭馆吃饭。他们在里面点菜，大哥帮我背着包，我拱着手在门口晒太阳，看小孩子玩积木。这个季节，大人闲得发霉，孩子额外的得到照顾，身上的衣服都很干净。我小时候没有这么好的衣服穿，通常是里面一件起球的腈纶毛衣，外面套一件粗布衫。也没有这样干净，小时候没有牙刷刷牙，在侵占东西时，咬一口就足以宣示占有。但那时的阳光很温暖，也有一顶线织的帽子，也有一帮人一起玩小石子，笑容也这样无邪。现在孤独死了，吃个饭还要到处蹭，好不容易出来，脚还给冻得不会走路。

那个下午，姚师父带我们到处晃。在香溪源，看着石头上苍翠的积雪，底下流水葱葱绿绿的流着，石背长着深郁的青苔，偶尔山涧旁还有一枝两枝招摇的红叶，阳光浅照落雪飞花，蓦觉人间一片生机盎然，生命无比可爱。

道法自然

在木鱼镇的最后一个晚上，我站在神龙山庄出来的那个山口，看积雪枝头上空的满天星斗，巴山万里鸦雀无声，月亮也遍寻不见。总要有这样的一种时间，在寂静里，独自仔细地感应四面风物，想想人世的一些情意，日子才不容易灰心丧气。云杉和冷杉，是冬天里最美的树，她的雪白，是一层一层铺开的，永远都简单明亮。冬天里也没有虫蠡，也没有飞鸟，没有花朵和风筝，只有风涤我的发，以及烁翠欲雨的满天星斗。

上午九点在转弯的山路上，看见爬上木鱼镇山头的月亮，和山腰屋檐上的雪一样白。山路上的积雪已看不出深浅，上面车轮的履痕已被抹平，似乎很多天没有人路过了。山壁上挂着厚厚的冰凌，阳光照耀处，折射七彩的光环。在天门垭，姚师傅放我们下来。景区的门已深闭，对面的山头阳光淋浪。我想走到对面的山头去，涉过积雪没膝的台阶，看着那条布满奇怪脚印的羊肠小道，再也没有勇气前进了。我是这么的畏缩怕死，彼岸的美好永远不是属于我的。

翻燕子垭时，车轮被雪块卡住不能动了，姚师傅下来铲雪，我跑去滚雪地，拍阳光下埋在雪里的石凳和垃圾桶。阳光下，一切都显得娴静干净而有光泽，一个垃圾桶也这样吸引人。姚师傅铲完雪，嚓嚓把车向前开去，谭生在后面急得直跳脚，回来，回来，我还没穿鞋，原来他鞋湿了，没穿鞋就下车，没法，倒不回去…，谭生只好从石阶上跳下来，哎哟，哎哟，像蛤蟆一蹦一蹦跳过去。阳光，白雪，一个跳脚人，场面真是有趣死了。

最吓人的是房县的十回首，那些三百六十度的急转弯，结满了厚厚的冰，弯弯要人的命，挂着的路牌又偏是押韵的，一回首，千里房县走，二回首，野人在招手……，是鬼在招手罢。过了鬼招手的十回首，一马平川到武当。不到武当，不晓得道士这样没好相，一个个猴子似的，尖耳削腮，一身小家子气，又没风度又不帅，让人失望透顶。山脚下的人也一样，卖的东西吃了肚子疼，两百米的距离非要兜几个大圈索我们几十块，叫一个菜说好十分钟一个小时都不上来，肚子饿得咕咕叫，还不许走。这是个什么鬼地方啊？

树木萧瑟，阳光招摇，通向金顶的路，是这样的徒。我畏高，我脚软，却禁不住地想回头看。身后长满铜锈的檐角，檐角后面是远天，远天是一片片苍茫的红霞。历史在背后苍茫起伏，金顶的大理石地板已经布满了坑坑洼洼。我听着繁华的广播，漫无目的地围着金顶瞎转。一个妇人，把头顶着围栏的铜柱，两只手一直在摸索，努力地想把手里的那一枚银币放置妥当，那是个多么重要的愿望呢，要这样来托付？我已经转了很多圈了，你为什么还没藏好，以至把铜柱摩娑出岁月昏黄的光芒。阳光落在她粗糙的发上，意外的闪耀光泽。

光越过檐角，照进静寂的庙堂，古老的木刻墙裙，以及斑驳的红墙，仿佛才有了生命的气息。我一点都不眷恋这寂寞的静寂，我蹭墙，我摸索木头，只为了感受实在的温度。就从这个墙角的门出来，看见两个背包写着“道法自然”的华服男女，一步一磕地爬台阶，去觐见他们的金顶，但我察觉不出任何的自然，这一点都不令人感动，欲望离人很近，而信仰离尘世很远。经过紫霄宫时，见门的一侧虚掩，门口一俗一道坐晒太阳。门里华光深深，黑袍蓝裤的道姑专注焚香，我站在她身后半天，她连一点转头的意思都没有，这世上再没有什么事值得惊动了。我灰溜溜的走出来，想起在后山看见的，光秃秃的枝丫遮掩破败的亭，后面一片红尘滚滚。原来从尘埃里来，滚回尘埃里去，便是道法自然。

恒河边的七个日夜

初到德里

从香港赤蜡角机场，飞六个小时便到德里。时差是两个半小时，印度的月亮要比中国的早出来看人。

夜幕下的德里机场，灯光透过灰尘，懒散地模糊着人的脸。懒散，这是第一眼的感觉。排队出检，排队上洗手间，排队兑卢比。1 美元兑 38.5 卢比，另收 2% 的手续费，并告诉我们说，卢比禁止出境（回来时 40.5 卢比兑回 1 美元，同样加收手续费，这是个不讲道理的国家）。因为一时和印度这边的人失去联系，困在机场等车。领队和几个懂得讲话的，都跑去找人，留着我们晕乎乎的几个，负责守着被摔得七零八落的行李。这过程，总有几个衫尾搭不着裤管，脸瘦得挂不住表情的人莫名其妙地围着我们打转，阴着眼盯着我们，直转得我们心里发毛，其架势和神情犹如四年前一个夜里我专门去拜见的城市旮旯里的粉条子的头们，只是他们没有那些头儿的脸白。最后我们决定搬出机场的过道等车。

晚十点的德里机场，初冬晕黄的月亮挂在沾满粉尘的干瘪的树梢上，行李车、嘟嘟车、的士和巴士混乱穿行，面包车和出租车抢客，人在喧闹的缝隙中穿插。有荷枪实弹的官兵在眼前晃着，让人心安了不少。整个德里机场，如同八十年代的广州火车站。

站在出口处吹凉风等了近一个钟头，才上了一部摇摇晃晃的巴士，但开不出两百米，车门便被拍打得轰天响，司机被拉下去了，围着的一帮大汉形似来势汹汹。印度的巴士，在司机和乘客之间设置有间隔门，司助将门锁了，大约是怕吓着我们。队友小陈按着嗓子问“会不会是劫车?”我笑“只是吵吵架罢，听说印度人不盗抢”。后来听说是给了“过路费”，便放过了。

这一夜的德里，让人感觉不得安全。

奔赴瑞诗凯斯

从德里一直向北，我们将连夜奔赴印度最北部的喜马拉雅山麓、恒河源头的圣城瑞诗凯斯。

来之前，一直被灌输印度很热很热，所以大家都没怎么带冬天的衣服过来，都是单衣长裤，外带一件薄外套。温度是越来越低，半夜里大约也就十度左右，冷风不断从破车窗的缝隙吹侵入。我很累，但又冷得发抖，并且满车的蚊子就只咬我一个，这让我无法入眠，虽然我已经三十多个小时没合过眼。坐我前面的队友小亮是个画画的兼摄影家，包了块塑胶毯子正睡得香，这是个旅行的人。

我用围巾把脚包裹起来，专注地留意窗外的景物，这使我略略地减轻感受到的寒冷。

车窗外是一路尘雾，我看不到很远。在德里市内行走，象溜达在中国乡间小镇，没有多少高楼大厦，路灯黯淡。有色彩流泻的地方，是开 PARTY 的娱乐场所，有钱的印度人很喜欢开 PARTY。印度的 11 月至次年 2 月，是结婚旺季，他们喜欢冬季结婚的理由听说竟是，可以穿好看些的衣服，女孩子们喜欢穿那种从胸口一直紧束下来的一层层重叠着的裙子，而男孩子们则打扮得像个骑士，而这在热天是根本不可能穿的。而在午夜的街头，我看见有穿着白色骑士服而不戴帽子的年轻男人骑着白马穿街而过，却觉得这不是风情，而是扮酷。

车驶出德里的时候，路过一个隧洞，看到两边铺着的枕木上，竟然躺着无数的流浪者，裹着破布，露着腿脚，任由来往车辆贴身而过而无半点反应，仿若一个死人堆，这让人触目惊心起来。

半路停了车，一者让大家解决问题，二者实在需要喝一杯热茶抵寒。6卢比一杯姜奶茶，美味无比。我走出茶棚，看见一轮他乡的月亮，高挂在木芙蓉的树梢上，晶莹皎洁，斗大如盘。想起今夜是中国农历十月十六，我母亲窗口上的月亮也有这样圆。

凌晨四点左右，路过一个依山临水的小镇，路口矗立着印度破坏神SHIVA的雕像，遥远的灯光从山顶上倾射下来，在平静的水面上泛起幽蓝的光晕，感觉非常的神秘安宁。这个小镇的名字我总听不明白，意思是“心轮的门”，是一个教众及修行者的集合地。

越来越觉得山气和雾气的厚重，这时的窗外只看见树的影子以及树影间模糊的月色，我知道，树影的后面便是喜马拉雅，瑞诗凯斯是近在咫尺。

早晨七点时分，终于抵达瑞诗凯斯。这时，月亮尚在，雾已散去。清冷的恒河边，修行者打坐未起，很多男人女人正在洗浴。我们在此岸落车，沿着河岸行过一条街，过一座桥，到对岸去。

我一眼便爱上了这个小镇的安宁，并心无旁骛。我甚至打算去数一数恒河滩岸上的石头，并每天去爬喜马拉雅山。这一绵延的山脉那头，便是我们古老神秘的青藏高原。在这只有两岸两条街的小镇，我们将度过七个日夜。

Swami和恒河清晨的月亮

Swami是教授冥想和理论课的导师，Swami是尊称，他是一个修行者，每年除了上山修行，便在小镇静修。领队的朱老师去找 Swami 的老师 Guru 上师（对掌门人、长者的尊称）授课，得知 Guru 已于去年过世，去世时 103 岁。Swami 答应代上师为我们授课。

我原以为自己是静得下来的人，上冥想课是没问题的。谁料只规矩地坐了一天，胡想了一天，第二天便坐不住了，惊觉原来我心底是一个极不安分的人。我无法集中精神，我无法按 Swami 教的去做，我冥想把恒河的水一点一点地吸进肚子里，冥想飞到了一个花香鸟语的地方，看到一群很美丽的人，我甚至冥想到面前摆着一大堆好吃的东西，但还是不行，只晓得脚疼，一个小时换几十次脚的姿势，整个课场只听见我衣服唏唏嗦嗦的摩擦声，所以我很惭愧。我每次上课都坐得离她们远远的，却总是觉得，无论我坐在哪个角落，无论我如何心猿意马，是睁着眼还是闭着眼瞎想，Swami 总是能看得清清楚楚，虽然他的眼睛总是闭上的。这种感觉让我浑身不舒坦，却是实实在在的，Swami 常常对我微笑，他以微笑安抚我。

理论课 Swami 给我们讲解一些宗教和神的知识，教我们呼吸和放松的方法，教我们用梵文唱颂，教我们如何体悟宁静和净化灵魂，和我们讨论婚姻家庭、教育和性。印度的性文化是个很奇妙的东西，一种冥想的方法竟然是在男女热烈做爱时进行的。在上 Swami 的理论课时，我被视为一个问题学生，并非因为爱提问题，而是因为提的问题和回答显得尤其幼稚，并且爱走神。例如 Swami 问“男人和女人生气的时候，男人会怎么做”，我想都不想便回答“离家出走”，立即便给同学们斥责为最臭的回答。Swami 说男人和女人生气，男人需要安静，女人需要倾诉。例如同学们都问 Swami 如何解释冥想时看到光或气的问题，而我却问如何才能使脚坐着不疼。在一节说神和能量的理论课上，我甚至打瞌睡被捉住过，因为我不愿意听翻译，我直觉翻译错了，但我又确实听不懂英文或梵文，而 Swami 的说话便如一个男中音缓缓地磁性地唱颂，我一走神便被催眠了。我打瞌睡，同学们笑我，但 Swami 会教我提神的方法。我很不好意思地对领我去的黄老师说“对不起，我总是让你丢脸”。

我们每天早上六点前起床，煮水、洗脸和倒垃圾（这里的旅馆只提供一间房、一张床、一个洗手间和一条钥匙，没有饮用水、没有日常用品，没有人给你搞卫生，全部得自己做，每天房费 400 多卢比），然后沿着恒河走路去上 Swami 七点钟的冥想课。

我以前看过一些有关恒河的介绍，一些画面如恒河落日下的打坐、苦行僧的虔诚、洗浴和天葬，都教人对恒河充满神秘的想象。而现在我是赤着脚，踩着恒河源头的水，甚至披着大红头巾，坐在石头上，把脚长时间地泡在恒河清冷的水里，我不再觉得神秘。我会想象恒河中间深蓝的部分有多深，安息着多少个灵魂，一切只是安详静谧地流逝。想起每日里跟着 Swami 的一句唱颂“OM，SHAANTIH，SHAANTIH，SHAANTIH”，我将其音译为“哦，上帝，上帝，上帝矣”，意思“啊，平静，平静，平静的”。

清晨的恒河未退潮，喜马拉雅山吹来的山风清冷，虔诚的信徒们在河里洗浴，河边的石栏上挂满僧衣。一条恒河，一头远远地挂着清幽洁白的月亮，一头是雾霭苍茫的喜马拉雅山，隐隐的太阳的光芒，在雾霭中缓缓地峥露而又不压迫月亮，这个时候天地是和平的，月亮是眷顾人世的，河边的人们以及早晨起来散步的牛和猴子是没有忧愁的。我就这样坐着，听喜马拉雅山间传来的唱颂，看早晨的月亮照着洗沐修行者暗淡的僧衣。

太阳出来，月亮仍没有离去。坐在 Swami 学校门口的台阶上，穿过坐在笼子里的神的间隙，去看阳光里恒河边上的月亮，有一种很特别的感受，很不真实的浪漫和对生命一种无知无觉的沉溺是这样的安然。真是全没来头的东西。我没有特别的信仰，从不伪装深刻，我对这些神没有什么感觉，但自然的一切，全凭感觉可直抵心灵。

Swami 说“想象着光和爱充满着胸膛，从心里向四周发射出来，给所有你抱怨或伤害过你的人”。我记得并喜欢着 Swami，在最后的一节冥想课上，他在烛光中来到我的跟前，重复三遍地为我心里的父亲唱颂，让我恍惚之中泪盈满眶，这个慈爱温厚的长者和修行者，此生再也难忘。

瑞诗凯斯小镇的风情

瑞诗凯斯小镇距新德里约七八个小时的车程（两百多公里），是印度著名的朝圣地，也是世界瑜伽之都，清澈的恒河水从圣洁的喜马拉雅山上缓缓流下穿过小镇并将其一分为二。

不足五万人口的小镇，住着成千上万的朝圣者，从早到晚，穿着杏红僧袍，提着一个铁盒子的苦行僧络绎不绝地从街上穿过，上山或下山。晚上街边躺满流浪者和乞丐，流浪的朝圣者和乞丐都提一样的铁盒子，只是着衣上有区别，穿杏色或白色衫袍的是朝圣的人或修行者。偶尔会见到衣衫褴褛形神呆滞的西方人，多是寻梦者或后嬉皮主义者，听说猫王整个六十年代就在这里进行精神寻觅。猫王修行的地方离 Swami 的学校不足一公里远，但我没兴趣去看。

这镇上的人全部是素食者，街上找不到一丝的肉，主食是面和土豆，凡能吃的东西都喜欢放咖喱。吃黄油，牛奶上凝结的那一层油皮。这里的水果和蔬菜长得瘦，颜色和样子都不好看，但不基因，不化学，洗干净了吃多少都不拉肚子。

人们不穿鞋或穿拖鞋，没有人穿皮鞋，穿运动鞋的是有钱人或外国人。这里的男人女人穿衣都是一块布一块布地往身上搭，色彩脏而鲜艳。大约很少洗澡，一般身上都油腻得发亮，只有手心和脚底是白的。

街上的女人胖胖的，黑黑的，印度人视胖为美，瘦的多是没饭吃的穷人。女人晚上不出街，她们似乎很冷漠。她们不被允许出来工作，只管在家里生小孩和带小孩。男人似乎也不用工作，他们到处游荡和斜着眼看人。人们散淡得似乎忘却时间。

这里的男人女人结婚了，会在额上头发分开的地方到眉心，用鲜艳的植物色粉涂上一条线。女人在眉心中间涂上红色的圆点，不是表示结婚，也不是为了美丽，是表示决心给自已添上第三只眼，用以收拢思想获得平静。在女人的第二个脚趾的中间点上色彩，是为了控制女人的性欲，如果你有心，偶尔也可以在街上女人的赤脚上看到这些色彩。这些都是很独特的风俗，我每日里就喜欢去留意这些八卦和零碎的东西。我最欢喜的时候是蹲在路边，看一路飘浮过去的色彩和灰尘，然后很隐晦或暧昧地去想象他们。

这里有很美丽的收容所，但没有人去住。这里真正的乞丐是很安然自在的，有没有得吃并不紧要，他们快乐的饿着死去，没有人觉得他们可怜。他们在这片神灵的土地上，体示生存的一种姿态，一种自然生死的随意。

牛和猴子与人有同等的地位，他们可以去人能够去到的任何没设置障碍的地方，他们和人一样在街上游荡、觅食和住宿。每个半夜里必能听到的是修行者在街头唱颂和猴子断续敲窗的声音。我看见牛在恒河边老病地死去，当地人给他盖上白布，抬走并火化。这里的牛都很瘦，我发觉，人们似乎没有多少能力去照顾它们，它们常常饥饿地在垃圾堆中觅食，偶尔会去抢夺小贩菜架上的萝卜。由于堵塞交通，警察常把它们送上山上，然后它们又下来，最后在恒河边流浪着死去。

小镇的街道很窄，白天牛和人常常要侧身而过，我偶尔也会迷惑一会，这喧闹和宁静如何得以和谐？如果你对建筑有研究或对色彩很过敏，那么每一处细节足够你研究半天。这里，负责运泥沙和石头的是马和骆驼，他们看来比人更懒散。我想，他们的建筑风格是不是和建筑速度有莫大的关系，所谓慢工出细活？或者是因为人多，如做得快很多人便没活干了。

小镇还有很多神庙，供破坏神 SHIVA 或他长个大象头的儿子，快乐之神 GANESHJI，到处流浪着神话传说。快乐之神大至殿堂，小至庭帏，无处不在。我看这个神，笨笨的，祥和的，很可爱，看着就开心。进神庙必须脱鞋和禁声，我语言不通，自然禁声，入乡随俗，我也穿着三目拖鞋踢踢走路，拖沓出一路风尘。每日我穿运动装，脖子上搭满红的紫的围巾，有时还要披上一块买来的大黄大绿的床单以御寒，就这样吊儿郎当地满街走，从没觉得突兀，别人也没看我不对劲。恒河中都处是裸浴的人们，山脚街角有脱光了身子做高难动作的苦行僧，在这里，一切的生活样式都会被接受，原始而又自然。恒河，这条印度人心中的圣河，从喜马拉雅山上，从 SHIVA 的头发间缓缓流过脚下信众的身体，信徒们在水中涤去污垢，然后走进神庙匍匐在神的脚下，祈求快乐、解脱和永生。他们虔诚地信仰，快乐地生存和坚贞地进行性爱。

我不上课时，便在小镇上游荡，也赤着脚走进神庙，围着神转圈，别人磕头我也磕头，却多不晓得拜的是什么神，也不想办法去知道。来印度前，并没刻意去了解这个国家神秘和复杂的宗教文化，来印度后，依然也没分得清楚。这和我一贯的不学无术、自由散漫的习性有关系。

而要来的理由很简单，喜欢看印度的美女，和对他们陌生带着神秘的生存方式很好奇。这种好奇来源于很多年前我偶尔在一篇杂志上，看到一个研究瑜伽的中国女人记录她在印度民间的生活，她说，印度人把信仰和对自然的爱融入到日常的生活细节中去，那种平静是心身统一的，不存在注意或强调，所以瑜珈是一种生活态度。在恒河边的这几日，我日渐领悟。

Pankaj 和莎丽

Pankaj 是这个小镇出名的数一数二的教授瑜伽体位的老师，以前，我在国内见过他一次，虽然我还深刻地记得他那双美妙的充满力量的长腿，但还是没能让他因此而记得起我，这让人很丧气。他在德国开办瑜伽学校，这次特别留下来等我们。上他的课是一种折磨，为了不给黄老师丢脸，连腰都弯不下来的我还是坚持去上他高难度的课，我每天躲在课室的角落里磨蹭着等下课。一下课我就精神，会缠着他带我们去买书，去买莎丽。只有在逛街的时候，我才是不累的。黄老师更绝，整日说坐骨神经痛得受不住，而在逛街时就不记得痛了。

小镇很小，没有几天，大家都晓得一帮中国来的女人爱逛街买东西，商店的老板一见我们走过，就跑出来请我们进去参观。Pankaj 说我们哄抬了物价，我们也觉得委屈，以前尽听说印度人卖东西是漫天开价，要狠狠地砍价，可是在这个小镇，商店老板们个个口都硬得像铁板，死活不让步，我们也没辙。我们五个人去做莎丽，拉了 Pankaj 去讲价，才给了面子打了八折，每件 1100 卢比，记得枯荷做那个才要 800 多卢比，不过商店的胖老板答应第二天就可以拿到。我们讲好，离开瑞诗凯斯那天，要穿着莎丽到恒河边去吹风。挑莎丽时，我在玫瑰红和紫蓝之间选择了半天，最后还是决定要紫蓝的，色彩养眼又灿烂。

我还买了一堆丝巾，估计一洗全部褪色，要先声明才好送人。我不穿耳孔，但也忍不住买了耳环，这里的耳环都是手工制作的，用料是纯银和天然石头，粗糙却美丽。我跟老板讨价的理由是：我只是用来看的，但还是要买，所以你得便宜。我学会耍赖，死磨烂磨以大约七折的价格买了四对，绿松石是留给自己看的，其他的送人罢。这里有一种手工制作的日记本，封面是布料做的，纸张是植物的根和花朵浆成的，闻着也有草花香，买回去大约也是不舍得用的。

小镇两条街的铺面大约都给我们逛遍了，领队的朱老师说，孩子们，留些子弹到斋浦尔吧，那里是全印度色彩最绚烂的地方。

离开小镇

第八天的早上，我们按照约定，顶着寒风，穿上莎丽，到恒河边上凭吊过去的这些日子。这个早上，我们是小镇一道亮丽的风景，男人们大声地跟我们打招呼，说些我们听不懂的话。女人则对我们笑，弄得我们很不自在，以为穿错了，我们是无师自通，把这六米布横竖搭上身的，见一团一团的布最后只能堆在手上，便很没有自信。

早上，恒河边上的风特别大，我们穿着莎丽，没显出和恒河相称的安静来，反倒衣袂飘飘，流泻出中国南方女子的婉约妩媚，有点不伦不类。我们沿着恒河，向山上的方向走去。这两岸，一边是陡的山，一边是绵延的沙石滩，一直通向喜马拉雅山深处。如果不冷，在这里漫步是很自在的，弄不好行着行着，便成了喜马拉雅山里的精灵了。忽然想起每天给我发短讯问牛粪气味的铃子，和欢喜的人在一起，即便是这样走走也是美的。

这一天在恒河此岸的徘徊，让我错过了在彼岸的一场天葬，等我赶到时，只看到一摊焚烧物体而留下的痕迹，一位长者随着恒河流去了。

离开瑞诗凯斯最后走的是喜马拉雅山路，听说这是一条孔雀和大象常常出没的路，一头通向喜马拉雅山的原始森林，一头通向山外。

山樱背着太阳开放的地方

"山樱，你寂寞吗？
我远道来看。
我看你绯红的，深红的，洁白的眼睛。

我在与你擦身而过，偶然想写一首诗……
小西说，看见你便想起席慕蓉。
我却想着邓丽君，她说她向往一个自由的人生"

这几句话，我用铅笔，在一个宣传单的纸头上记着，时间是2009年2月7日，那时车正行走在去往阿里山狭窄多弯的路上，笔迹歪歪斜斜，顿点散散落落，不知要表达什么。

台北，国父纪念馆

从桃园机场到台北。

车窗外的一条条轻轻搁浅的河流，以及一块块不规则的田地，与我的乡下，粤东的田野并无二致。便想起小时候在学校里，老师给灌输的一腔乡愁，惹得年少时对这个地方充满像模像样的悲伤，后来看席慕蓉，琼瑶，三毛，余光中，又多了一些喟叹，再后来全化作岁月的细水长流，什么也想不起来。

今日到来，感觉只是亲切，便是亲切，没有悲伤，也没有喟叹。

莉莎穿着隆重的衣服来接我们，高跟皮鞋，深灰的礼裙，白纱的外套，别一枝银色胸花，圆屯屯的脸上，妆容壮丽盛开，如春天的一朵大喇叭花。这位台湾的导游，精明利落，一路上把我们哄得欢喜无限。自从跟她上了那辆双层大巴，便听她唠叨台湾的风土人情，听她播邓丽君的歌，看她放战争时代古老的片，我有限的认识也从她而来。

台北的天空，总是灰蒙蒙，这个四百多万人的城市，每个缝隙里都塞满了人，连山包上的狗尾巴草都长得这样低调，矮矮的，横横的。

这里又比我想象中的干净，只是没有我想象中的小资和抒情。满街满巷的摩托车，声势浩大，和珠江三角洲发展中的城市并没有两样。最难得的是没有乞丐，我在台湾近十天的时间里居然没有见过一个流浪的乞丐，对此印象犹深，无论如何，这都是个安宁富庶的地方。

有关于干净的问题，莉莎一直在宣传说，政府推行“垃圾带回家”，全台湾路上都没有垃圾。我却跟她说，“也有垃圾，胶袋和纸片，在公路外头的乡间桥下，有时可见”，她便瞪着眼睛吼我“就你一人看见，我怎么从来看不见”，吓得我再不敢说了。

这个团的团友很搞笑。有的安静得像个哑巴，看一眼就脸红，有的一有机会就跳街舞，有的凡上车便鼾声如打雷，还有的一不发呆便找东西吃，如我。我已经很久不跟团了，但去台湾不行，还不能离团独干。我发觉，我骨子里的自由散漫已泛滥成灾，在别人高调的热闹里，常常不知所措。我还常常和我的玩伴走失，害她到处找我。她喜欢买首饰，我喜欢买吃，钱你借了我的，我借了你的，最后算不清。回来后她不知是不是觉得对我还不够好，居然跑去“季候风”给我买了一件不打折的大码衬衫，穿上可以装下个大母鸡，那样式让人一看就发愁，还不能不穿，那膨胀的衫角里装的都是情意啊。那一天，我抓紧了她的手，在台北 101 大楼的 89 层看风景，我与她说“侬，我拉住你，这里人多团团转，易走失”，她不晓得我有畏高症，一出电梯脚就软了。

那时从玻璃窗看出去，刚好有一缕阳光破雾而出，底下鳞节迷离。忽然便觉得台北很像香港，里头裹淌着香艳。

下午四点二十分，学生放学。仁爱路的树，一行一行光着枝丫，瑟瑟缤纷，姿态美好。我觉得那气质象南京秋天的梧桐，但莉莎说不是。南京秋天的梧桐，在我印像中，是优雅寂寞的，她寂寞的时候，中山陵那边的枫叶正好。有关于台湾，有关于国父纪念馆所在的仁爱路上的树，很容易让人联想到这些。

国父纪念馆的广场上，正在举行元宵灯会，四周搭满了灯棚。正面是团团圆圆和牛大王的花台，孩子们兴奋地在那里转个不停，稚嫩的喜悦和团团圆圆的黑眼圈，都是人间最美的春色。侧面则是国中，国小，高中职组的灯廊，全是神话故事和动漫，色彩蓬勃。随处可见的婴儿车，里面坐着母亲的孩子，或主人的狗，都安安静静地享受时光和亲情的眷顾，这个城市的动物与孩子一样高贵。我是爬在地上长大的，没坐过婴儿车，想到这里，便觉得有点滑稽。福利院的老人坐在轮椅上吹风，年轻的女孩坐在旁边看书，花圃里的海棠开得正好。这是个生活的世界，充满温情，只有我们是生分的游人。

莉莎给我们半个小时的时间进去参观国父纪念馆，我厌恶这样的约束。我把时间都花在孙中山铜像前那两个纹丝不动的礼兵身上，他们是这样的年轻帅气。广东中山翠亨村的中山纪念馆比这里详尽，气势也不差，却没有这样端庄好看的礼兵。

看完礼兵，我从侧门出来，台阶上有人在糊标语，而走廊上学生们正在大跳街舞，音乐放得跟演唱会一样响亮动感。热闹，叛逆，传统，庄严和搞笑，在这方寸之间，肆意演示。

夜市

那天晚上，莉莎带我们到台北民族东路王林鲁肉饭吃饭的时候，看着我们的馋样，调侃说，“常听说，对付广东来的朋友，只要把他们的嘴巴管好，便万事大吉。”

来台湾，除了来看看，便是来吃。台湾菜的味道，接近于江浙，偏甜，恰好合我。台湾的小食，花样众多，但整体口味还是偏甜偏软，麻辣除外，也恰好合我。我觉得北方人是吃不惯的，如果让口味泼辣的枯荷，天天看着这些甜菜，连臭豆腐都是甜的，估计会得胃痉挛。台北有三大夜市，士林夜市，饶河街夜市，师大夜市。我去了士林夜市和饶河街夜市。

士林夜市是莉莎带去的，她嫌油烟重，在外面坐着，叫我们自己进去。她不晓得，没有油烟的夜市，便不是人间真味，有些东西，只有在热闹里吃，才吃出十足的味道来。我倒觉得，我很适合在油烟里混，焦头灰脸，一股酸霉味。士林夜市的食物琳琅，大肠包小肠，大饼包小饼，蚵仔煎，天妇罗，串烧炭烤，担仔面，水煎包，生炒花枝，青果汁，品种多得数也数不清。人也多得数不清。还有狗也多，抱着来，坐着婴儿车来。在一档炒螺的旁边，搁着一辆美丽的婴儿车，挂满叮叮当当的饰物，我好奇走过去欣赏，里面竟然杵着三个深啡色的小狗头，眼汪汪地望着我，把我吓了一跳。这里的狗乖得要死，整天腻在大人怀里，不吵不闹。那晚，我吃了一碟臭豆腐，一杯白玉苦瓜汁，肚子便没法再塞了，只好对着一大堆东西干瞪眼，走过来又走过去，指望快点消化下去，出来时满脸流油。

第二个晚上，我和依两人去了饶河街夜市。去之前，她看了电视介绍，计划好了要吃几样东西：豆花，鱿鱼和胡椒饼。饶河街夜市显然要比士林夜市冷清的多，中间还夹杂着卖小商品的，因为下雨，中间还空了一些档位。依很认真地比照地点，要找对介绍上有的摊档才吃。我则拖着湿裤脚乱逛，买了甜瓜买芭乐。结果到了档子便吃不下了，只吃了一碗红豆豆花。电视介绍上是说粉圆豆花更好吃，但我因为前一天在 101 大楼吃了一杯珍珠奶茶吃滞了胃，不敢再吃糯米粉圆。台湾的珍珠奶茶很出名，但肠胃不好的千万莫吃，更莫挑大颗粉圆的珍珠奶茶吃，容易坏胃。鱿鱼只好打包回去吃，结果脆得让人想象不到。买鱿鱼的时候，我留意他们的做法，把新鲜的鱿鱼片放到热水里扎一扎就拿上来，然后把鱿鱼和香料，估计是九层塔和香油，装到一个胶纸袋里，再用手这样地搓两分钟，便可以了，味道竟然这样鲜脆得出奇，片片弹牙。侬说，他们肯定加了明矾。不晓得是不是，我知道那些炸得出奇香脆的油条，便加了农药乐果，不过分量很少，吃不死人。

高雄的六合夜市也很有名，一条街都是摊档，比台北的夜市要大些，品种一样的多，很多档位上面的招牌，密密麻麻都是名人签名，这样的摊档经常需要排队。中国人有凑热闹的习惯，其实隔壁的味道也差不多。在六合夜市，我只吃了一袋鸭舌头，一杯鲜甘蔗，便又吃不下。我们一天三餐，都给莉莎变着花样填得饱饱胀胀，根本空不出多少位置来吃夜宵，何况白天凡有机会在路边买东西吃的，我都一概不放过，但到底吃了些什么却一点都想不起来，体重则按每天半斤到一斤的幅度递增。

在高雄六合夜市的门口，有一间地下书店，我窝在那里看“外版”书刊，因为一直窝在小城镇里，有点与世隔绝，便样样都觉得新奇。只是给导游吓得不敢带，怕回来过关时被查。后来过关，发现人家理也没理，肠子都悔青了。

国立故宫博物院，牡丹

那一晚，在台北西华饭店的门口打车，说“您带我们到台北最热闹的街去”，于是，那个沉默寡言的男人，把我们拉到西门町，放我们下去。那个街口，挂着班杰明奇幻旅程的大幅宣传画，宣传画上班杰明的一个眼睛幽幽发着蓝光。我看的那个版本叫返老还童，感觉没有这个名字浪漫。影片最后的那个镜头，变成婴儿的班杰明躺在黛西的怀里，也睁着蓝色的眼睛，幽幽地，纯粹地，无知地，看着这个世界。就那一刹那，感觉便如地老天荒，眼泪濑濑的，止不住地往下掉。这个街口，因为一幅宣传画，把人心一下拉近。

而西门町，无疑也是属于年轻浪漫的。街上走的，店里卖的，无一例外时尚细碎。我大吃一惊，很多都看不懂，很多没看过，怎么落伍得这般利害。后来莉莎取笑说，那是高中生去的地方，你们过时了。过时就过时，国宝总不会过时罢。那晚我早早睡下，梦里全是好东西。

来台湾之前，被郑重告知，故宫博物院里的宝贝，要真情厚意看待。去过两次北京，都行色匆匆，没有去看故宫，但听说很多是仿真品，且多为大件，如床、柗等。而台湾故宫博物院里的宝贝，都是真品，真品里的精华。听说当时共六千箱国宝在逃难流离途中，经多次折腾，最后到台湾的只有三千箱。国宝的流离先有抗战的国难，后来却是国人自己制造的灾难。凡统治者都是自私的，都把国人的东西视为自家的，搬来搬去，搬没了，便视为历史的遗憾，其实是人性的自私。放在北京如何，放到台湾又如何，都是全中国人的国宝，不是哪朝哪党哪帮哪人私有的。

那天早上，阴雨霏霏，国立故宫博物院很安静。

莉莎在忙着在一边给团员发放传感器和耳机，我静悄悄地蹲在楼梯后面看花，看一瓶红白相间的牡丹，一盘红梅，一盆水仙，以及一张长桌上的几个佛手。依过来拍我的头，说，“你到底进不进?”我犹跟她说，咨询台上那盆牡丹，比这瓶还要漂亮。台湾的牡丹花开了？还开得这么香艳。

没法跟着莉莎的讲解走，她说了，我还没看完，人就没影迹。只好去买一本《故宫精品导览》，其实就这样看看就好了，即便在里头待几天，也没办法消化得了。每个展室都有主题，有宣传页，还有纪念的邮戳。青铜，书画文献，陶瓷玉器，刺绣雕像，每件宝贝都珍贵得让眼光隔着玻璃窗还不自觉地万分小心翼翼。永乐大典，王羲之快雪时晴贴，赵孟頫前后赤壁赋，橱窗里发黄的早春图，春丝飞溅的冰纹青瓷，翠玉白菜上的纺织娘和蚂蚱，仿佛都和春天有关系，流畅，温润，诗意和蓬勃的希望。

纺织娘称螽斯，《诗经·周南·螽斯》说，有美好生养的意思。这个美丽岛屿上的一切，是天赋灵秀，理应生养休息，好好相待。

故宫博物院的二楼台阶上去，也种有粉红粉白的牡丹，和这个博物院一样，开得富贵华丽而雅致。国宝很精致很厚重，国花很有生机。我更喜欢有生命的东西，一点点的细胞迹象，便演绎一段生长的过程，衍生出一切，国宝也是这样演绎累积来的。

我还留恋在牡丹花前，又被人拍了头，说“全世界都在等你，你还看花，快，要照合影相”。我觉得委屈，不是不许拍照，不许说话，进去要关手机么，我又没手表，再说，谁看这些东西时，一天到晚去留意时间。

跟团最不好便是这样，感觉灵魂都给人控制了，变成行尸走肉。

走出国立故宫博物院，天还是阴阴的，微雨打湿到发际，滑滑黏黏，背后浅浅绿绿的青山，忽然变得忧郁起来。那里面收藏的，是十几亿国人寂寞的灵魂。

太阳花，基隆，长青苔的海滩

去基隆，一路是阴雨的，山翠绿，车在流雾里走。

印象里，基隆是一个嘈杂的渔港，是红尘纷纷坠落的地方，有小说里尘埃落定的味道。女主人公很多时候是在海边织网，一身朴素鱼腥时被男主人公找到的。

没有渔网，没有小屋，只有方方块块的水泥砖楼房，在阴湿的海风里，在山脚疯长的灌木丛里，平常无奇地紧挨着生活。因为雨天，集市满地泥泞，但狭窄街道和屋漏帆篷下夹杂的气息，让人想象到寻常的热闹，脚踏实地的感觉。

当然，我们不是去赶集，我们只是去海边看石头。海浪，风沙，阳光，雨水和岁月把那些石头雕刻成离奇古怪的东西，人们就着各自的心思去揣忖他们原来的样子，然后把他们咔嚓进储存卡里，便完成了对人生和宇宙的一段缅怀过程。而我更愿意去查看缝隙里海生物留下的痕迹，像五瓣梅太阳花一样美丽的海胆化石，或干脆把烛台石想象成女人美丽的乳房。人一旦肤浅，心底触不及沧海桑田。

因为去拍树上的假菠萝，一种长得和凤梨一模一样却不能吃的果实，镜头入了水，便站在旁边帮别人拍“女王头”，一块长得像女王头的石头，来来去去的人排队来拍。一位老先生，站在旁边，不打伞，雨水顺着发尖往下淌，却固执地要等到所有人都拍完了他才拍，而人们依然这样，一直的来来去去，谁也没在意他的固执。我拉了拉侬的手说，“我们别拍了。”

在野柳风景区的入口，长满五瓣的紫红的花，在满洲里，被称为粮屯花，在高原上称为格桑花，在这里被叫做太阳花，莉莎说它们一见到太阳就开花。但那天没太阳，它们也一样开花。我觉得它们像五瓣梅，反正开五瓣的我都认为是五瓣梅。

在离五瓣梅不远的地方，摆着一块树头，上面刻着大陆和台湾的版图，一模一样大，这台湾同胞的幽默，有时特别可爱。

在人们忙着研究石头的时候，我恋上了那长满青苔的海滩。在那样阴天的底下，在浪花柔软的浸袭里，岩石的海滩，结满了鲜绿的青苔，长长地，远远地向海中延伸，让人觉得古旧，浪漫，又充满深意。我踏着薄薄的，带着白沙花的海水，在上面这样地，一挪一挪，深恐一脚滑掉，成就千古浪漫。

这种默默的打扰，仿佛离热闹很远，却离尘世很近。如果不怕死不怕孤独，人生可以过得更不造作，更不妥协些，那时我就千古了。

日月潭，台中乡下的布袋戏

从台北乘子弹列车，时速300公里，50分钟便到台中。

日月潭，曾经梦魂牵绕的地方，近在咫尺，一个深埋的情结。上学时，常常把日月潭和杭州西湖的三潭印月混在一起，年少时，她们都是遥远的梦，清澈的，青蓝的。政治真是很无常的东西，忽然间便从梦里落到现实。去年七月台湾通行，便想着过来看看，后来看到排期和保押，觉得不自由，拖到今年立春。内地春寒未央，这里已是百花盛开，温暖灿烂。

在台中来日月潭的路上，看见两旁田野里一茬鲜花，一茬秧田，觉得很奇怪，便问莉莎，种花怎么这样种法，她眨着小眼睛说，不是种花是种花肥。原来在下一茬稻苗之前，要先种一茬花，翻了作肥。这种方法，既环保又美好，把万紫千红埋在底下，哪能不干净不好吃。这里的水果也不打杀虫水，凤梨一有果实，便套上各色各样的帽子防虫防晒，也弄不明白是什么道理。还听说农民用过期的牛奶养出来的大枣，又香又嫩，商场里的菜还有种菜农民的标识。我觉得这些很了不起，在内地风声鹤唳的食品安全问题，在这里颇觉云淡风轻，台湾人晓得尊重自己，尊重生命。

路上见农民在路边用几个棍子或干脆几条甘蔗，搭起一个个架子，叫卖着芭乐。鲜绿新绿的芭乐，在阳光下反射着白光，很是诱人。又没好意思总叫停车，只好睁着眼睛数架子，一个，两个，十个。

当莉莎告诉我们，路边那一棵棵开紫红紫红的花的树，便是山樱的时候，心底便莫名泛出柔情来。山樱，一个充满遥远诗意的名字。后来在日月潭边，鎏金鎏银的文武庙的红墙外，我用手机发了一张开满洁白花朵的山樱，并告诉小西，这是日月潭边的山樱，花朵背着太阳开放。那是个留过洋，出过国，还收埋着一肚古典情怀的女子。她说，山樱让她想起席慕蓉，并告诉我，席慕蓉现在新竹师专教油画。席慕蓉我自然晓得，我前些日子就因为看了她闲书里提到荷开有拔节的声音，才三更半夜跑去看荷花的，但现在她的诗我半句都想不起来。

没想到日月潭的水如此青蓝，在靠近岸边的地方，可以看见那种湛澈的，白玉般温润的蓝，竟不亚于九寨沟秋天的海子。阳光合适，又有微风，在湖上晃荡，教人心思一时无限委婉起来。因为是在午后，从水社码头坐的船，朝着太阳的方向，逆光，所以湖面全是粼粼银光，一粒一粒弹入眼眉，一片春光静美。

日月潭以拉鲁岛为隔，北部如日轮，南部如弯月，置身其中则浑然不觉，只有光线和湖水颜色的区别。拉鲁岛是“水沙浮屿在山里湖中”，是日月潭居民邵族人祖先魂灵安息的地方，经历地震和长年累月的波浪冲刷，曾经沉没，现在大约只有一百多平方米。这个浮屿上的水蓝得出奇，水草繁茂，有一条风情的木走廊。一个木牌上，有骑牛渡水的记忆，“在湖水上升前，拉鲁岛与青龙半岛之间仅有咫尺之隔，族人甚至可以骑牛涉水而过，岛与水岸由紧密的农耕与生活楼居关系串联起。拉鲁岛与青龙半岛之间仅有一沟之隔，每年插秧和收割季节，到拉鲁岛协助农忙的族人撑着竹筏，拉着会泅水的耕牛前往岛上，岛上人家也会准备点心招待前来帮忙的族人。”想一想，这茫茫湖水，不知如何沧海桑田。转一下头，看那个大胡子的男子还半跪在那里，久久地，认真地研究水纹图，背影温暖得要命。

船停玄光寺码头，只为上去买阿婆的茶叶蛋。今年刚好七十岁的阿婆，在日月潭边整整卖了五十年的茶叶蛋。十元一个，余香满口。生意这样好，阿婆眉开眼笑，一边夹蛋，一边说“好吃，好吃，回去多宣传”。

离开日月潭时，一样是财迷的莉莎，让我们到财神香火鼎盛的文武庙磕一下头，祈求大发。文武庙富贵堂皇，一侧的山上开满绯红的山樱，洁白的茶花，以及紫的，桃红的，生机活分的五瓣梅。

回台中的途中，经过一个陈将军庙，那里正在唱布袋戏。莉莎放我们下来看热闹。

路边一个大场子，塔了一大一小两个戏棚，两帮人马一起开锣唱戏。台湾人迷信，到处都是庙堂，二千万人的台湾，听说竟然有两万五千个庙，拜的神五花八门，不怕拜错，就怕拜不到。一个村里，一年三百六十五日，听说天天有人请班唱戏。其时正近元宵，安排不下来，便几台戏一起来。主要唱给菩萨听，再有来听的，便是几个坐轮椅的老人，以及猫狗，老鼠。唱的也全是地方布袋戏，艺人用三个手指头，套着布袋小人的头和双手，躲在布帘后面，左右开弓，撑开收拢，抖抖停停，配以录音机播放戏曲台词，偶尔敲一下锣，便一派莺歌燕舞，窈窕羞涩的热闹非凡。在台湾的日子很宽活。就这样躲在后台看师傅摆弄布袋公仔，还有挂满几面墙的，花花绿绿的面谱，可以一看一个多小时没人管。

阿里山

台湾的男人好色，所以出产了独特的槟榔西施。内地的男人不是正人君子，所以吵吵闹闹要去看槟榔西施。我却对大巴司机更感兴趣，觉得他长得像方中信，真的。他描写台湾男人的战斗力："打什么打，大陆派五千个漂亮女兵过来，立马把那帮台湾兵哥全收拾了，如何打?"

路上莉莎给每个人发了一颗槟榔，却没人吃得下，她说"看什么看，连吃都不行"。可方中信行，他开得很慢很慢，希望停靠一处风景最美的。听说当地政府出于纯洁风化考虑，前些天刚刚带走了不少西施，现在坐小屋里的，穿的尚算整齐，不是传说中的透明蕾丝和丁字裤。大巴终于停在高速路口的一个玻璃屋旁，一个穿黑色小吊背心连超短裙的女孩，咚咚跑过来。一包五一新台币，听说不许上车，但即便如此，这些同胞们还是看得津津有味。我也觉得好看，无畏的青春，没什么不可以炫耀的。

车在激烈的颠簸，转弯，爬坡。窗外一路山樱，零落的，正长满细叶。莉莎说，三月吧，三月满山山樱开。偶尔有长长的狗尾巴草的叶子，和爬满了藤的细叶榕枝丫，刮着车窗玻璃。走过天长和地久桥，莉莎开始放邓丽君演唱会的碟，第一首便是漫步人生路。山路漫漫，她希望我们听了歌不晕车。

我不晕车，我居然想写一首诗，因为我在想三月的山樱，想得天花乱坠。想得天花乱坠的时候，依在我旁边晕得七零八落，我忘了照顾她。后来下山时，她不跟我坐了，跑去下面跟方中信坐，轮到我晕了。

山下的山樱绯红零落，山上的山樱洁白未开，而那半山腰上的灿烂，正在次第开放。原来是我想错了。人间花事的美好，从来都不只是一瞬间，是你方唱罢我登场，花落花开，来早来迟，都不算错过。

阿里山上，山岚一片一片地飞。我看烟花，我看微雨，转眼见，转眼不见。白兰树正花开，气味芳远，人往下面一站，立马清香起来。它开小小的，不簇拥的乳黄的花朵，小气不张扬，它不开花的样子跟山樱一模一样，设想到三月，万树樱开，芳香袭来，不知将如何美妙。

而满山红桧阴旧的气息，却使人头皮发凉。阿里山上有阴深的红桧林，树灵到处乱窜吓人，日本人在山顶建有树灵塔，把他们的亏心和罪恶都埋葬在里头，只有他们留下的铁轨和小火车，带着肮脏的见证，成了阿里山“铁路，森林，云海，日出，晚霞”五景中的一景。我对所有的美景介绍从来都不感冒，我更愿意亲眼去观察一朵花一根草的妩媚开谢，而从中察觉到生命的无比喜悦。

阿里山神木下面有一个慈云寺，慈云寺门前有一棵未开的山樱，山樱下面有两棵正在盛开的茶花，鲜红荼縻。这让我想起，去年春天阳台上盛放的第一朵茶花，比起“宛若终南”粉墙下的这朵还要温润，可惜没两个月就让我把她养死了。

那天最兴头的事，便是到半山腰去吃高山茶。台湾最好吃的茶，便是阿里山 1800 米山腰处的茶。听说在这里吃茶，可吃到一支草一点露，一叶茶一人生的境界。茶园老板陈先生沏了三道茶给我们吃，还没吃完，我要的茶叶已打包好了。而几个生意人团友还在那里跟茶老板磨价，要买六盒送六盒。陈老板用无辜的眼神，这样瞟我，又瞟我，细细声对他们说“你看，你看，人家钱都付了”。我立马高尚起来，跑过去帮他们讲价“您就给他们吧，买六盒送六盒，我保证，绝不眼红”。要走的时候，终究不忿，悄悄把陈老板拉到一边，说“您今天生意真不错，我是真想，真想吃一杯你平常自己吃的，您就援一点私家珍藏的给我吧”。这人真小气，连哄带扯，才从一个铁罐头里倒出不足二两，还说“这是三等奖，三等奖，没得卖的，明白不”，明白个鬼，吃了又不能成仙。台湾生意人就是这样，比我还计较，俗称“算死草”。

吃茶，吃茶，下山时，夕阳西沉。在信义到高雄的路上，看乡间的落日。远远的天边，碧红的云彩，落到池塘里，泛起银亮的光，裹着当中落日的火红，以及远处静静的炊烟，这样的安详，仿若我的故乡。我坐在后面，在团友们一声高一声低的呼噜声中，看“民国”四十年的电影，关于抗战，张艾嘉扮小惠，甜妞扮明珠那部。有一个镜头，文英老师为了救自己的学生，向日本人求情而被误解以至跳海，学生和人们捧着鲜花，慢慢走来，这时，漫天响起“梅花，梅花，满天飞”的歌声。至此，随着劈劈啪啪控制不住的眼泪，我彻底晕车了。这也是一处曾经蹂躏血肉相连的国土。

高雄，垦丁，释迦，花莲的月

高雄有条爱河，爱河里载满了元宵的花船。相爱的人们四面八方地围过来，三百米的街口走了一个多小时。我爬在窗口看人头。高雄的人不斯文，脑袋乱糟糟的，满脸七情六欲，奔赴爱情像赶集。高雄的天空没星星，街灯糜黄使人想起母亲床上的老棉被。

在打狗英国领事馆，我接到铃子打来的第一个越洋电话，当时我正蹲在门口的石头上眺望高雄港，蓦然便起了恍惚，觉得这山这海，这雾光里的天空，一下就山长水远起来。我告诉她一定要心存期待，不要着急。人生最笨的事，是掉在回忆堆里，爬也爬不起来。她如此聪慧，天天早上起来晒太阳，必定充满生机。

那一天，在垦丁路边的一家“品乔”海鲜馆，我吃了一顿无比美味的海鲜，对一盘平常半个眼丝儿不瞟的螃蟹大出其手，然后舔着油手，踱出门外，站在台湾海峡旁边吹风。看珊瑚礁岸边的橄仁树，在慢慢变红。

在巴士海峡和台湾海峡交接的猫鼻头岩脚，我看见一棵叶子肥厚嫩绿，开白头小团花的树，莉莎跟我说那是芙蓉，我吓了一跳，问“台湾除了这个，还有叫芙蓉的吗”，她说只有这个芙蓉。后来，在花莲我看见峥嵘盘札的海棠树时，又大吃一惊，我一直以为海棠是一盆花，而不是一棵树。那一晚，在台东娜路弯饭店的晚会 SHOW 上，我有幸被抽到奖，上去跟人学跳舞，人家跳到右脚，我的左脚还吊在上面，人家转了几个圈，我还猫着身子瞄别人脚后背。没脸死了。

晚上趴在床上，无限郁闷起来，植物分不清，舞也跳不好，我真的有这样笨么?

离开台东的时候，收到花开元宵节的问候，当时正怀抱释迦。释迦，是一种水果，大小似菠萝，外表起粒如佛陀的头，故名释迦。我跟花开说，从高雄到台东，一路莲雾，释迦，还有绵软的海风。莲雾也是一种水果，色泽水红，形如圆心，咬到嘴里有一种棉絮状的温软馨香。花开显然是误会了，表扬我超然物外，心净心静，大约以为我晃荡晃荡着便成仙了。

台湾东海岸风情诱人。从台东出来，海色越来越美。一条大路，一边是海，一边是山，临海是花田，是云朵，是太平洋深邃的蓝，临山是翠绿，是阳光，是盎然的春天。看见一片散落在花丛中，面朝大海，春暖花开的坟茔，心里的感触无法说得出来，那是个人间才有的美好天堂。后来，在走花莲回台北的清水断崖，看窗外一路掠过的七色的海，只余一种久远的寂寞，那时已无力去体验感觉。

日落时分，我坐在台东去花莲的路边，看海水变幻着颜色，在微灰的光影里摇晃。我想，也许我今晚将看不见月亮。

在花莲，我跟莉莎提出旅程里唯一的要求，要一个可看见月亮的房间。

临街的窗口，窗台飘出街外，我搬了个椅子，泡了一个乌龙茶包，坐在窗下看一本从房间抽屉里找到的《新约全书》。下面是鞭炮声和桃花源KTV24小时欢乐不夜城，一片一片都是热闹。看到《新约全书》第三章地节说“从天上有声音说，这是我的爱子，我们喜悦的”，我从窗口望出去，月亮即将爬过楼头，在薄云后面，隐隐生辉，一切都很平常。翻到马太福音第五章十二节说“应当欢喜快乐”，我告诉正在看月的云海，“你做什么都好，只要觉得欢喜快乐”，然后上床睡觉。在异乡生分的床上，能够睡着便是一种欢喜快乐。平常实在的欢喜要比那些挖空心思的感悟来得更有意义。

第二天爬起来，在大堂拍蝴蝶兰，难得笑靥如花。

花莲的面包树，凤凰木，漫波鱼，也都是很有意思的。一切的美好遗憾和有意思，都在沿东海岸路上的，一边看海一边打瞌睡中烟花湮尽。在台北的街头，我又成了口袋里只剩下三百台币的浪荡者，因为买不起一包凤梨而无所事事。

塞纳河畔

初到巴黎

在梧桐叶飘飞的时节，来到巴黎。

细舅住在十八区的外边，带我们回家的时候，看见路边胶袋废纸夹杂着树叶，我吃了一惊：巴黎这么脏啊，没人扫地吗？细舅笑了，是脏一些，有人扫地的，但人工太贵。不久看见有环卫工人，拿着家用的小扫把，在路边慢慢的运动，不禁好笑起来，法国人真优雅，这样扫着，不晓得一条路要扫多少天。

恰好舅母在瑞典的姐姐一家来访，十几号人马挤在一百平的房子里，热闹得无处安脚，我和弟弟自动要求睡地板，但舅母分给我们两个床位，我一不好意思，就睡不着了。睡不着的时候，早早爬起来去阳台吹风。巴黎的晨昏很清凉，天空很白，云很温柔。那些日子，只有在这个阳台上，能看见早晨浅浅的一弯月牙。左边隔壁四楼的窗户总是开着，有一个黑人女孩的身影吊在窗口，不晓得她那么早起来又为了看什么？有时候，我望她久了，窗户就会关上，我觉得她一定在笑，黑人笑起来牙齿最好看，洁白而灿烂。

白天的时候，细舅开车带我们出去。他专门请了一个星期假陪我们玩，但我晓得他不喜欢走路，就想法让他把我们放下，然后说好在哪里等，我们不拘束，他也高兴地去喝他的酒。偶尔他会拉着我们去酒馆，巴黎的酒馆真多，三步一个，到处都是坐在路边喝酒的人。我酒量不好，一沾口就头昏脸红，陪了两次就再也不干了，他很失望，在巴黎，喝酒一点都不能孤独。

弟弟早就在地图上标好了，要去的地方都画上一朵星，记号弯弯曲曲的像一条蛇，我一个字都看不懂。圣心大教堂离细舅家最近，那天有大主教来做弥撒，周围禁车，只能走路。我喜欢在巴黎走路，走路时，尘埃，落叶，光影，路人，甚至汽车尾气的味道，都能成为一种风情，让我感知这个城市，并产生微妙的感觉。对于一个缺乏西方文化教养，语言无法沟通，且没有什么艺术细胞的人，走路是多么重要啊，一步一步，感情就来了。

巴黎的路，是没有规则的多而曲折，后街小巷，任性的串到一起，像把一堆古老的乡村并入都市，我怀疑巴黎的人们是不是每天都在迷路。除了沿河的林荫大道，巴黎的路大都狭窄，一个车道停车，一个车道通行，路就没有了，最有意思的是路旁窗口盛开出来的花朵，或是随意张挂的一块彩色布匹，真的，一个地方原来觉得苍白无趣，有了那么的一点两点亮韵，气息就活过来了。走路的时候，铃子打电话来问巴黎是什么样子，我比喻说，就像你们那里的比华利山庄一样，房屋矮矮的，窗口种着花，弟弟忙在一旁纠正，那是一处，这里是到处，要大气许多，铃子大感兴趣，叮嘱我要多拍照片。想起去年去加州的时候，正是春天，我揣着一腔情意一脸油，到处去看花，而今年巴黎才刚夏天，普罗旺斯的熏衣草就割光了。

圣心堂门口有两棵合欢树，正开得热烈，树下的长椅上坐着一对一对的情侣，一层一层的台阶上坐满了人，草地上挤满鸽子和脚印，流浪的乐手在弹竖琴，大片的云朵从白色教堂的上空飞过。里面的气氛低沉又庄严，穿着绿色镶边长袍的大主教，站在两排穿洁白长袍修女的中间，在遥远的钟声里低眉唱说，两旁的走廊，人们静静的走过，阳光透过彩色的玻璃幽幽的照下来。听说白教堂下面埋着无数的普法战争的烈士尸骨，听说弥撒是安宁和喜悦的，但不晓得为什么，这一切使我觉得压抑和沉重。走出白教堂，突然就下起雨来，教堂旁边露天走廊上正在画画的艺术家，正在盘问可疑人物的警察，以及摆卖手袋的黑人男子，便忙不迭地收拾器具一哄而散。

在巴黎的日子，我常被告诫，要当心扒手和抢劫，这里每天都会发生大量的盗劫案，街头站满骑自行车的警察，我觉得有些不可思议，在我所能看见的每个来往的表情上，实在看不出有什么危险或紧张。对此，细舅常担心我神经大条，我自己却怡然自得。这里真的很热闹，和我的家乡相似。

回去路过圣马丁运河，岸边坐满了人，不美丽不婉约的一条河，给巴黎人一坐，不晓得为什么，浪漫的气息就出来了。

涂鸦的街角

对于巴黎的博物馆来说，时间真是很让人懊丧的东西。为了看维纳斯，世界上最美的黄金比例的身材，要在卢浮宫穿行几个小时，才来到她的脚下，然后看了蒙娜丽莎前面攒动的万人头，便灰溜溜的出来，一切的隔着玻璃窗的不能近观的想象都是徒劳的，一切深刻的艺术都是疲惫的，一切的梦想在阳光下都会晒成泡灰。

我们把大把的时间花在蓬皮杜中心，这个由空调管和水管组成的建筑物，不仅外形怪异，更有大量莫名其妙而又让人兴致蓬勃的东西，他们管这个叫艺术，但于目不识丁的人们来说，说它是就是，说它不是也就不是了。结果如何并不重要，重要的是过程充满认识和批判的欢乐。一些寻常的色块，排列一下，便成了艺术，一个三角形铁架，绑着一条消防水管，便成了艺术，一幅光折射的重影照片是艺术，几个空白镜框挂上去也是艺术，艺术本来便应是这般寻常啊，一切的高深和耻笑都是大话。看见一个镜子，镜子里画着一个女人翘起的臀部，觉得莫名其妙，往镜前一站，立马就笑起来，原来这么有趣，快乐是需要参与的。看得高兴的时候，会嚷着与弟弟说，“呀呀，这个我懂，阿妈也是个艺术家啊。”他就白眼，“这是另类艺术，看懂的都不正常。”有时我会结合科学推理“这个一定是音响房，四周包着海绵柱子”，他就会纠正“这是艺术，没有科学根据可说”！还有那些很喜感的艺术守门员，每个人的姿势都是一样的，仰在椅子上，脚伸得长长的，表情比我还傻，我拍得很快乐，弟弟觉得我很无聊。在他眼里，我就是一个什么也不懂，只会瞎嚷嚷的傻瓜，我丧气死了。

坐在蓬皮杜门口的广场上，看鸽子和行人争地盘，有人躺着晒太阳，有人趴爬在地上画画，有女人在吹两米长的木管，还有一个孩子在扰场，他不停的爬到吹木管女人用来接受行人馈赠的皮箱前，检查里面的东西，把东西搬出来又搬进去，妈妈把他拉开，他等一下又回来，任他如何捣蛋，女人也不管他，场面温馨又纯洁。孩子真是让人痴迷，一个个胖乎乎的，眼睛眨也眨，动不动跟你调情，还会很害羞的遮住脸，唉，如果有一打孩子就好了。

鸽子也是多情的，会在脚边跟我磨磨蹭蹭，跟着我路过街头，睁着绿豆大的眼睛，滑溜溜地张望这个世界。走过一处涂鸦的街角，看见两个女人坐在路边的水泥墩上，在杂乱的人流中，静默的，相对吹烟，旁边的一个黑人男子，有节奏地踏着脚步，场景有一种说不出来的奇异，自由，陌生，动感，漂泊？也许是一种感动，也许是我的心不够安定。后来在巴黎三区的一个酒馆，看见一个穿蓝花布裙，大红外套，围着深蓝格子围巾，戴着礼帽的老太，当她优雅地起身离去，那种奇异的感觉又来了，忽然就想起浏览过的一个博客，彦子，这个同样优雅的，浑身沾染流浪气息的女子，她曾藏在巴黎一个狭小的阁楼上，在两个月亮中睡觉，她迷恋巴黎的幸福，很简单的两个字，幸福。

塞纳河畔

我的塞纳河是从巴黎圣母院旁边的情人桥开始。

我决定用两天的时间，走走这段河岸，路线是经典的菜鸟游客路线，就是从情人桥到埃菲尔铁塔，走走左岸，走走右岸。那两天，我总是重复的经过一座桥，有时会静静地看桥上的老先生，在画布上涂满他心中的颜色，有时会坐在桥洞下，看过往的游轮，轻轻荡涤城市的影子，桥洞里流浪艺人的琴声，有些沧桑，有些温柔。

塞纳河上空的云非常美丽，密集的，遥远的，变幻的，和这个城市一样自由。这里的爱情也很不含蓄，阳光那么猛烈，在情人桥上自拍接吻的情侣，一次，二次，三次，大半个小时过去，我在旁边看得都很累了，可他们一点都不累。桥边拉风琴的老头也不累，帽子被晒得冒烟，仍一遍一遍重复着旋律单调的曲子，我一点都听不懂，如果他长得再帅一点，我一定能听出什么来。塞纳河上跑动的游轮，乍眼一看，每一艘坐着的都是同胞啊，密密麻麻的，我在桥上“嗨”一声，他们在桥下也“嗨”一声，把我吓一跳，声势真是壮大。

巴黎圣母院的塔尖抵着白云，钟声也离地面很远。伊的样子离我的想象也很远。丑陋的卡西莫多在我的心里是极其浪漫的，而伊应该是神秘，威严又带着冷酷的。但伊现实的样子清秀而雅致，内里肃穆而温柔，真的，这些日子在欧洲看了那么多的教堂，唯伊给我是温柔的感觉，那种带着母性的温柔。两边的独特的似戏院一般的骑楼走廊，拔高了大堂的高度，也让伊蓦然多了艺术的气息，太阳的光影轻轻印在玫瑰之窗，橘黄的灯光照在耶稣的十字架上，也照在双手扣着锁链的埃斯美拉达的画像上，温柔的文学，悲哀的圣子，一切如此美丽。我静静站在一处静寂的角落，幽蓝的光影里，手持着橄榄枝的神圣凝望着窗口，没有任何的宗教意识，只是觉得静默温柔。我已不愿再说这两个字了，一些感觉总是这样重复动人。

塞纳河的左岸有一串长长的书摊，沿着栏杆用铁皮搭成盒子，漆上绿色，白天把盖子支起来就成了书屋，晚上把盖子放下来就成了书柜。人们在这里贩卖古旧的书籍以及各种杂志画报，也有卖小纪念品和现场作画的，大家都不喜欢招徕生意，有的搬着小凳子坐在树荫下吹风，有的跑到几十米的隔壁聊天，有的干脆就把书搁在围栏上，写一个价牌，任君自取。古旧的书有时光的温润，看着就亲切温暖，忍不住就伸手触摸，又怕人家责怪，明明大字不识一个，还东翻翻西瞧瞧，装着很有学问的样子，其实时刻准备着，人家喝一声就立马落荒而逃。中国文化真的很没地位，那么长的书摊，有韩文、日文、梵文，就是没有一本中文书，想想就更脸红，在岸边捡了两片叶子，就灰溜溜地走了。这不是我的地盘，我还是去博物馆看雕塑和画罢，那些线条，光影，眼神和力量，不需要文字，会直接撞到心里去，文字是世界上最矫饰的东西，形容词越多，离本质越远。

来之前小西町嘱我，一定要到奥赛博物馆看看，说那里很有意思，门口有老人和孩子在晒太阳。这是个老式火车站改造的博物馆，也许那个车站天生就是个艺术馆，从外形到角落每一处都淌着艺术，在巴黎，我觉得我看见的每个车站的样子都像博物馆。这里展示大量的印象派大师的作品，梵高，塞尚，莫奈，等等，那些我从来都不曾理解和热爱的东西，我一直以为印象派作品就是一些抽象得无法看懂的东西，原来不是，那些来自于和现实世界无比亲密的直觉的描绘，强调现实主义和个性独立，鲜艳的色彩，逼真的姿态，生机蓬勃的情感，田野，河流，花园，撑雨伞的女人，火鸡，所描述的一切自然和社会的世界，都让人产生一种美好的信赖，一点都不高深。后来我从一张卡片了解到，“印象”一词源来自于一句对莫奈的讽刺，勒洛依对莫奈《日出印象》评论说“当然喽，绝对是个印象。我对自己说，如果能让我注意，那一定能给你留下印象。”印象派的名字是个草率的杜撰，不幸拥有了流言的所有缺憾。巴黎夏天的日照很长，晚上十点才天黑，而所有的博物馆总是五点半就关门。我们被赶出来的时候，太阳还辣得冒火，门口的台阶上坐满了人，有人在吹风管，有人在街头耍宝，还有穿着溜冰鞋的少年呼啸而过。我在人群中挤下去，晒太阳谁不会呢？

穿过杜乐丽花园，在黄昏的时候，来到香榭丽舍大街。这个温软的名字，裹挟了很多人对巴黎无限浪漫和小资的想象，也是巴黎对外的脸面。笔直的街道两旁是一排排树身斑驳的法国梧桐，白色的马车偶尔穿过街头，嗒嗒的远去，阳光透过树叶拍打行人的脸，洒了一地温柔光影。商店的玻璃橱窗充满诱惑，每一件看见都想要，只是价格贵得吓人，当眼睛迷糊的时候，弟弟总是三两下就把我扯出来，我又巴巴地建议，“不如我们去大吃一顿?”“不必了，舅公在等我们。”“不是还没约好时间么，我们去吃鹅肝和蜗牛，吃了再说，不吃白不吃。”“这样不好，而且肚子也没饿。”唉，真是忧郁啊，连饭都没得吃。

香榭丽舍每个横巷的街口都充满诱惑，开始幻红的树叶深处，是各式各样的香水公司，咖啡馆，酒吧，书店或博物馆，听说还可以参观到处都是老鼠的地下水道。如果每个地方都走一遍，要花多少时间呢？弟弟叹气说，“别看了，照你这速度，十天也看不完。”从凯旋门到埃菲尔铁塔，照着地图要走五十多分钟。多么安静的街道啊，晚风浅浅，除了偶尔出来遛狗的女人，几乎没有什么人，我摸着各式门环，大的，小的，绿色的，白色的，木头的，铁花的，数着窗户上的花盆，一户一户的挨过去，猜测里面住着什么人，弟弟无奈的跟在后面。如果不是因为脚步已沉重得抬不起来，走在这样安宁的街上该是多么惬意啊。

到达埃菲尔铁塔时，华灯已上。这个城市，到了夜晚，另有一种风韵，在灯影朣朣里，仿佛看什么都是迷离。那个夜晚，我已经连续走了近十个小时的路了，所有的浪漫憧憬跟我都没有关系。

凡尔赛的后花园

世上再没有我这样任性的人了，巴巴去看凡尔赛宫，结果一眼瞥见后花园里花朵盛开，便一头扎进去，不出来了。

夏天的花开得这样灿烂。我都说不出花朵的名字了，在一畦一畦的花圃里，万紫千红，密集的挤着，象迫不及待的青春。凡尔赛的墙头是优雅的，粉橙色上立着中世纪人物的雕塑，因为岁月沉积，悄悄染成尘灰，但还是觉得妩媚温馨。天空的云一团滚过一团，在阳光的缝隙里看异国绚丽的花，有一种奇异的感觉，感动，陌生而带着乡愁。这里的花园布局非常郁闷，方方块块，对称排列，该是路的一棵野草都没有，该长花的一点余地也不留，偌大的一个皇家园林，每一个路口，每一个喷水池，都一模一样的雕塑，整齐划一，像城市街道的绿化带。还是喜欢中国园林的灵气，错落参差，到处布满气点，每一个角度都是景致。也许这是东西方性格的区别罢，西方人死板，崇尚规则，东方人灵活，讲究人情世故。我倒是愿长着西方的心眼，看着东方的景致。好在花朵是不分东西方的，该热烈的热烈，该婉转的婉转，所有生命的底色都是一样的。

我并不能走遍整个花园，在细舅带着表弟们都去划船的时候，我独自走在一条长长的，两边种植菩提树的寂静的路上，下午的阳光透过树叶，落在我斑驳的脸上，树上结满菩提子。我捡了两片叶子，一片枯的，一片正绿，夹在电话簿里。那是枯荷送给我的小本子，草绿的封皮，微黄的纸，最主要是耐磨，那年连同废名的《桃园》寄给我。

离开忒拉浓花园的时候，天微微的黄了，看见两个头发雪白的老太，在同样雪白的石椅上，手持书卷，静静的对坐时光，高贵得无法言说。顿觉一种美好，水远山遥，瞬间充满忧伤。

威尼斯的水鸟

威尼斯无疑是风情的，挟裹着轻佻和浪漫。

在没有见着之前，一切都想象得很抒情，便如陌一样，以为水里泊着的是，充满梦幻的一段风华。小西也是喜欢威尼斯的，她不变的推介语是：坐着小船在河里晃荡，忽然就说，经过了马可波罗的故居。那么寻常的万家灯火。

从那天和弟弟背着包，落在威尼斯机场的那一刻起，便开始了一程的茫然。我们买了票，却不晓得要坐哪一辆车才能去到圣马可广场，机场的警察说了一遍又一遍，我们还是睁着无邪的眼睛，哦？哦？他只好在车票后面画圈，弟弟拿着画满圈的车票，叹气说“就上这辆吧”，好吧，上就上，反正天没黑，错了再回头。下了车，立马买了地图，蹲在路边研究，结果两人都看愣了，这哪里对哪里啊？

2 号水上巴士挤满了人，水花徐徐地拍打着船身。夹杂着各式味道的人们的喘息，水城正午的阳光在淡绿的海水中，弹闪着扎眼的银光。银光中，中世纪古老的房屋漆着亮色的光辉，一一而来，那门楣上的雕刻，以及窗台上盛开的妍丽花朵，还有随意嵌在水中的木桩，来往穿梭的各式船只，甚至于岸上穿着短衣晃荡的男女，无不带着一种游离人世的消磨气息，也许来到这里，你只需要轻轻地放下，而不需要你好好生活。我靠在船舷上，捕捉每个倏然而至的巷口，在那些幽深的水道中，总有窄窄长长的贡多拉，温柔地穿过一座座忧伤的桥，桥栏的影子默默地掉到灰暗的水里。忽然扫兴的是，恰好巷口冒出来的是电动小艇，我立马就蔫了。

最蔫的时候，是在圣马可岛上狭窄的巷子里迷路时。据弟弟说，我们预订的酒店距圣马可广场不足两百米，从广场后面的巷口走进去就是。可是我们走啊走啊，像个无头苍蝇一样撞来撞去，撞了近两个小时，就是无法找到方圆两百米内那个叫“da yuido”的酒店，逼着弟弟打电话问酒店，哦了半天，现在知道怎么走吧？他们说有一条路，晕死，说了半天就只听懂有一条路。威尼斯是个迷宫，来的都是过客，不要问路，没有人会知道你要去哪里。

终于在一条热闹的巷子里，抬头一看，咦，这个是不是?，原来正是。“宽一米五的巷子就叫路，不足一米的那些就叫巷子”，我得意洋洋地总结，弟弟横了我一眼，我立马噤声，他的背包太重了，里面空气膨胀。

我们在里托桥（Rialto）附近的集市里，买了葡萄和桃子，在路边的水龙头下细细地洗了。弟弟迁就我，我虚弱的肠胃，已不能适应那些冷饮，比萨和面包，看见别人一盘一盘的端到傍水的桌子上吃，那么的情调，我的肚子就一阵一阵的疼，眼睛一跳一跳的红。一个下午，我们提着塑料袋，猫在里托桥附近的墙根下，看河里的船只晃过来，晃过去。十步外就是贡多拉下客的码头，划船师傅身手敏捷，不用拉绳套，在水岸上跳来跳去，裤角一点不湿。每个坐船的人，载着一脸或憧憬或迷醉而去，带着一脸或失落或幽怨回来，世上的表情生动而又多变，我无法表达准确。想想也真是很无聊，万里迢迢跑来这里研究别人表情。可是，我觉得光阴就是应该这样洒脱啊，就应该这样铺在阳光下，慢慢地晾晒，直到水分榨干，细菌死绝，日子才又纯洁过来。

天蓝得像透明的海，对岸赭红的屋顶上，云来了一朵，又飞走一朵。大运河里的水鸟，长着长长的，尖尖的，弯钩的嘴，胖胖的身子显得特别敦厚。弟弟说，这是鸭子罢？不是的，你看它兴高采烈地飞，赶着潮儿上岸散步，优雅，自由又幸福。鸭子扁嘴还飞不起来，一热闹就呱呱叫，扑腾扑腾，一点不斯文。我扔葡萄，鸟上岸来吃，一步一步地走近来，还偏着头傻傻地看我，长着直眼睛的动物真糟糕，总是不懂表达柔情。这鸟像我，我有时也直眼睛。它能吃很大的葡萄，不啄碎，整个的吞下去，吃得比我还快。唉，这里的葡萄一点都不便宜。鸽子也来吃，它只能吃很小颗的葡萄，要啄几下才咽得下去，姿态比我温柔许多。

我把大把浪漫的时间，用来和鸟儿相伴。它们是这里的居民，每个屋檐，每个岸畦，每个涂满阳光的脸，每声轻轻的叨扰，都让它们欢乐。听说一百年后，这里将沉为一片水滩，再不会有人，蜷缩在太阳底下给它们喂葡萄了。这里有众多杂合着拜占庭式，哥特式，文艺复兴各时期风格的教堂和殿宅，金色的马赛克，云朵般的熏香，每块大理石上面撒满五六个世纪的风尘，还有匿在小巷里的幽深的修道院。不对，这里都是小巷，窄得相遇必须侧身的巷子，常常给人忽然的乍喜，不是遇着帅哥，而是一件雕塑，一个面具，或是一幅奇怪的画，挂在显眼的墙壁上，突兀兀的制造惊逢。还有那分不清模样的几百座桥，绕来绕去都似曾相识，因为流水阻隔，总是走不到对望的窗口去，让徐志摩感伤的叹息桥，从总督宫通向监狱，窗口开着八瓣菊花，我辗转去来，也总是找不到那扇生离死别的门，在这里，我们永远在迷路。希望做大运河的水鸟，向着阳光和水流的方向，永远是宽阔明媚的天空。

黄昏的时候，我穿了长长的粉红色的裙裤，把钩绣的白色筒衫套到脖子上成了围巾，背着那个廉价老土的天蓝色的包，摇摇曳曳的拉着弟弟出门。因为裤子太长，一不小心就踩着裤角一个趔趄，弟弟揶揄说，你是去扫街罢？我有些窘，我们去坐尖头船，然后去吃中餐好不好？这个历史上艳名远播的盛产音乐和妓女的水都，夜晚一定灯火迷离，我希望坐在贡多拉上，举头明月，低头丝带纷飞，是波中妩媚的影子。

不知是从哪一条运河上的船，水手是一个高个子的阿拉伯人，长着一双浅蓝的滑溜溜的眼睛，不晓得他一路咕咕的唱着什么。弟弟说，那是经过某人的家。我想，也许和小西坐的是同一条线路，漾着漾着就到了马可波罗的家门口，可是，我看不懂任何一个字母，只看见威尼斯的眼睛，在金澄澄的夕照影里，在黯黝的水底缓缓张开，现世的烛火一点一点地亮起来，眼色有些沧桑，沧桑得吞没人的影子，甚至于在转弯的时候，我的胳膊碰触得到，斑驳墙壁上历史的青苔。这是巷内普通的河道，在渐渐漆黑的夜晚，仿佛隔着一个世界，打桨的声音如此悠然，可否让它摇慢一些？

没有月亮，星星也暗淡无光，我站在里托桥上眺望墨蓝的夜空，大运河的夜晚纸醉金迷。纸醉金迷，想起朱自清秦淮河的灯光浆影，那应是中国式的画舫，在蔷薇气息的长河中晃荡，有薄薄的烟霭和袅袅的歌声，包裹着中国文人最古典的美丽心思，而这里不是，这里荡漾的是红酒和花朵的色彩，连游轮过后的每一圈涟漪，都绽放着时尚的风情。河边的露天咖吧，每一条灯光倒照到水底，都比尘世悠长，有什么能比一百年后沉逝的文明更有美感，让人心里有不能释怀的忧伤？虽然我不是很喜欢这里，那只是因为吃不惯红酒和比萨，以及弄不清那些奶昔的名字，并不阻挡我在这样的夜晚迸发忧伤。

从里托桥到圣马可广场，要穿过几条窄窄长长的巷，而巷子里的夜，静寂得让人恐惧，太阳下风情万种的橱窗里的面具，这时显得特别吓人，不晓得白天汹涌的人群去了哪里？人真是很奇怪，总是一窝蜂地来，又一窝蜂地走，连表情都一模一样。听说圣马可广场，每个夜晚都在弹奏动人的交响乐章，还听说圣马可最好看是水涨的时候，灯光和宫殿的倒影，是世上最美丽的海市蜃楼。我发现，鸽子比人们懂得音乐，在悠扬的琴声中，跳得最为轻盈，而最迷人的是风管的声音，穿过亚得里亚海清凉的风，如遥远的天籁，慢慢把夜色沉醉。

当晨光照落窗棂，便是我最快乐的时候，所有的景色在这一刻最为美丽，睁开眼便能忘记所有不快，一切变得意兴蓬勃，太阳真是杀毒剂。把弟弟从被窝里拉出来，我们可以去吃早茶。我知道这个岛上有两家中国餐馆，一家是上海人开的，一家是温州人开的，上海人软声软气，可以给你装热水，温州人睁着小眼睛，开口就要钱，没有一点同胞情义，虽然计较到最后温州人会更便宜，但我更喜欢上海人。

清晨的威尼斯光洁动人。粉红色的光影印在叹息桥一侧的墙壁上，左侧路口有个很大的广告画报，画报上男人刚毅的脸有点像乱世佳人的盖博，眨一眨眼就能让人魂断白桥。哦，这样一重桥，二重桥，穿过去就是斑斓的回忆时光。河道到处泊着贡多拉，撑船的人尚在梦里未曾醒来，不晓得他们的梦里，是否有这样的场景，一缝粉红的阳光，落在水里，画出一条紫蓝的水带，幽光微微，全是墙垣倒影，贡多拉就在倒影波光里荡啊荡，这一刻，纯洁是看得见的。我晓得，随着阳光渐渐热烈，几百米外面的广场和海边，以及沿着罗马广场下来的那段路，将充斥着来自四面八方的风尘气息，当浪漫被大量私奔掺和，感觉自然就轻佻起来。奇怪的是，即便外面千军万马，这巷子深处依然保存着一份淡然静默，该扫街的扫街，该礼拜的礼拜。陌，以后你若来威尼斯，一定要走进来，这两日，我在巷子里晃荡，几乎不见东方人的面孔，感觉有点孤独。

弟弟跑去买了十二小时有效的船票，我们兴致勃勃地讨论，是要去远处的玻璃岛，还是近处的岛屿。我因为前一天坐水上巴士去学院桥博物院时，经过安康圣母大教堂，骤眼看见那边窗口的花朵开得特别灿烂，便心生向往。弟弟说，看完了就离开，不许磨蹭。我是会离开，这里虽然华丽，却不令人安定，我的心里长不出褶褶芳草。

乘 1 号水上巴士在 SALUTE 站下船。远离隔岸喧哗的尘世，这里门口洞开，光影透过天窗玻璃照下来，弹起地上尘埃，我静静地坐在空寂无人的尘埃里，看教堂的灯烛明灭。我的心里缺乏信仰，常常无所适从，对着上帝也不敢说话。踏下台阶，便是鲜活的世界，我发现，在这个区域，河道里没有一条贡多拉，每一户人家的门前都泊着一只白色小艇，有的小艇上还有未卸下的日常用品。有很多的窗户开着，一眼就可以看见厨房，以及餐台上的咖啡芝士，门口的垃圾袋尚未清走。一处小学堂，前面的空地布满落叶，还散落一些胶袋纸屑，两个黑人孩子坐在地上玩耍，阳光照在他们黑漆漆的头发上，闪闪发亮。跟弟弟说，我只喜欢这里，这里有可以亲近的生活气息。弟弟不喜欢，说这里的水不好，没有水草，还发出味道。我仔细观察了一下，水里有青苔，还有灰色的小鱼，总比江南的水好吧，江南的水很多已绿得看不见青苔了。

余下的时光，我们到每个巴士码头研究线路，最后决定坐 1 号巴士，围着威尼斯绕一圈，从外海到大运河，途经大约50座宫殿，6座教堂，4条长桥，2个露天市集，还有一大堆标志性的建筑，当然还有游轮码头，这些环游世界的大船，壮观异常，我怀疑总在上面待着，会不会生忧郁病?

因为没有计算时间，差点误了火车，在这里，有百米冲刺的速度也没用，无车可乘，只有慢吞吞的船，载着漫长的历史悠悠晃荡。在去翡冷翠的路上，看着天上的云朵赶集似的排队漂泊，心里想的竟是绿豆糕。